소설로 쓴 인생론

이수정 지음

가슴에 남는 사람들 이야기

소설로 쓴 인생론

이수정 지음

철학과현실사

일러두기

1. 이 책의 글들은 특별한 장르가 없다. 에세이이기도 하고 소설이기도 하다. 그러나 그 내용은 철학이기를, 특히 인생론, 가치론이기를 지향한다.
2. 기본적인 내용은 사실에 기반한다. 그 사실에 자유로운 상상으로 픽션을 가미한 것이다.
3. 서술은 대부분 1인칭이며 내가 겪은 시기 순으로 배치했다. '나'라는 주인공이 쓴 일종의 일대기로 읽어도 좋다. 각 단편들을 연결하면 하나의 장편이 된다.
4. 등장하는 이름은 대부분 가명으로 처리했다. 필요한 경우 일부 실명을 쓰기도 했다. 임의 작명에 대해서는 관련된 분들의 너그러운 양해를 구한다.

서문

비슷한 전례가 있는지 모르겠다. 어쩌면 세계 최초의 시도일 것이다. '엽편소설 같은 인생론'을 시리즈로 써보았다. 이야기만 있을 뿐 '론'이 없는 인생론이다. 단, 이야기 자체에 이미 철학이, 특히 가치론이 담겨 있는 그런 이야기다. 내가 아는 사람들, 평범하지만 특별한 그들의 이야기를 그냥 딱히 장르 없이 형식도 없이 담담하게 적어본 것이다. 그런 식으로 언어의 조명을 비춰본 것이다.

각 꼭지별로 차이는 있지만 대략 사실 반, 소설 반이다. 아니 정확하게 말하자면 대부분 사실이다. 그 사실에 살짝살짝 픽션이 가미돼 있다. 그러니까 창작된 '문학으로서의 소설'과는 좀 다르다. 실화를 활용한 소설, 실화와 소설을 넘나드는 것이다. 소설보다 더 소설 같은 실화들도 많다. 우리의 삶이란 게 애당초 그런 것이다. 하여 이것은 실화를 소설'처럼' 쓴 것이기도 하다. 본인들이 꺼릴 수도 있어 등장하는 이름들은 대부분 가명으로 처리했다.

이 이야기들 속에는 인연, 만남, 운명, 세월, 친구, 사제, 도전, 노력, 죽음, 사랑 같은 삶의 온갖 주제들이 녹아들어 있다. 내 평생에 걸친 관심사이기도 하다.

나는 철학교수로서 내 인생의 30수 년을 살았다. 나름 열심히 강의를 했고 글을 썼다. 그 경험에서 하나 느낀 것이 있다. 사람들은 철학에게 삶에 관한 뭔가를 기대한다는 것이다. 그리고 건조하고 딱딱한 이론보다 말랑하고 촉촉한 '이야기'를 더 좋아한다는 것이다. 그 효과도 후자가 더 크다. 나는 개인적으로 '언어'라는 것에 특별한 관심을 갖고 있는데, 그 다양한 언어 형태들 중 최고의 형태가 '이야기'라는 것을 나는 여러 차례 나의 언어철학으로서 피력했다. 그 이야기라는 것은 삶의 사연들로 구성되는 것이고 거기엔 온갖 조건-상황-사정-가치관들은 물론 피와 땀과 눈물과 한숨 등이 씨줄 날줄로 뒤엉켜 있어서 듣는 것만으로도 철학공부가 된다. 듣는 이로 하여금 생각을 하게 만드는 것이다. 그 생각은 그러나 머리로 하는 생각이 아니라 가슴으로 하는 생각이다. 더러는 감동도 준다. 나는 그런 것이야말로 진짜 철학이라고 생각한다. '가슴에 작용하는 철학', '가슴에 남는 철학', '가슴을 변

6

화시키는 철학' 그런 것이다. 나는 그런 철학을 좋아한다. 사람들도 철학에 대해 그런 것을 기대한다. 그런 기대에 부응하는 뭔가를 제공하는 것은 철학의 의무다. 느끼고 생각하고 의미를 찾아내는 것은 오롯이 독자들의 몫이다. 2020년대 현재의 우리 현실과 맞대어보면 이 사람들 이야기에는 그 자체로 읽히는 시사적 의미도 없지 않으리라 기대한다.

정년퇴직을 하면서 나는 글쓰기의 종류와 형식에서 자유로워졌다. 그 자유를 마음껏 구사하며 이 책의 이야기들을 적어나갔다. 적은 것을 모아놓고 보니 내 가까이에 참 많은 사람들이 있었구나, 참 대단한 사람들이 있었구나…, 새삼 감동 같은 것을 느끼게 된다. 삶의 과정에서 내 곁에 있어준 그들에게 고마움을 전한다. 그리고 가슴 깊은 곳에서 우러나오는 묵직한 존경을 함께 전한다. 감사와 존경만이 아니다. 나는 그들을 알아주고 싶었고 위로하고 싶었다. 힘겹지 않은 인생이 어디 있으랴.

그들의 삶이 그냥 재처럼 바람에 흩어지지 않고 이런 형태로라도 이 세상에 남게 된다면, 그것도 내가 자주 입에 담는 '존재의 기념으로' 나름 의미 있지 않을까 기대해본다.

2022년 새봄 서울에서
이수정

차례

안동,
유년 및 초등 시절

\# 장면 1 운호 형님 이야기

1960년대 초 내가 아직 국민학교(초등학교) 저학년이었을 때다. 우리 집에 자주 드나들던 일가친척 중에 운호 형님이라고 하는 분이 있었다. 말이 형님이지 그 맏아들이 나보다 열 살 가까이 많았고 둘째도 나보다 나이가 위였으니 사실상 아재뻘이었다. 아버지와도 당연히 친구처럼 지냈다. (나는 늦둥이라 쓸데없이 항렬이 높았고 국민학교 때 이미 손주뻘 친척들이 여럿 있었다.) 가끔씩 놀러 오신 그 형님과 아버지의 대화를 곁귀로 들으며 나는 어렴풋이 '어른'의 세계를 느끼곤 했다.

모두가 어려웠던 그 시절, 그분은 구멍 난 고무신을 때우는 것으로 생업을 삼았다. 그게 '신기료장수'라고 불린다는 것을 안 것은 한참 나중이었다. 집 앞 대로변에 오일장이 서는 날은 그 형님이 우리 집 근처에서 전을 펼치는 일도 있어서 나도 그 앞에 쪼그리고 앉아 형님이 능숙한 손놀림으로 고무신 때우는 것을 흥미진진하게 지켜본 적도 있다. 아버지가 그분과 항렬 상관없이 친구처럼 지냈듯이 나도 그 아들과 비슷한 또래였기에 역시 친구처럼 허물없이 지냈고 그 집에 놀러가 자고 오는 일도 있었다. 외곽 산자락 동네였던 그 집엔 읍내였던 우리 집과는 달리 전기가 들어오지 않아 밤이면 호롱불을 켰다. 나는 그게 그냥 신기하고 재미있었지만 그때는 그게 시대의 양상이었다는 걸 아직 알지 못했다. 밤이 되자 뒷산에서는 '우우~' 하는 늑대의 울음소리도 들려왔다. 무서웠던 기억이 지금도 생생하다.

나중에 안 일이지만 그분은 매일 달라지는 오일장을 따라 인근 일대를 돌며 전을 펼쳤고 열심히 고무신을 때웠다. 그렇게 돈을 벌어 자식들을 키웠다. 그 신 때우는 기계는 쇳덩어리로 엄청난 무게였는데 그걸 매일 짊어지고 장을 돌아다녔으니 그 노고가 이만저만이 아니었을 것이다. 세월이 지나 그 무게를 내가 마음으로 느꼈을 때 나는 뭔가 모를 숙연함과 위엄 같은 것을 느끼기도 했다.

그 시절 우리 윗세대는 대부분 먹고살기에 급급해 교육을 받을 기회가 많지 않았다. 그 형님도 당연히 학교를 다니지 못했고 그게 한이 되었던지 아들 셋 딸 하나를 전원 교육대학에 보냈다. 그 가슴속에 어떤 원대한 구상이 있었는지는 누구도 들여다보지 못했지만, 그들은 모두 아버지의 기대에 부응해 선생님이 되었다. 가난한 신기료장수의 집이 일약 '교육자 집안'으로 거듭난 것이다. 끝내 직접 들을 기회는 없었지만, 그 형님은 아마 그게 인생의 크나큰 보람이었을 것이다. 그중 둘은 교장선생님이 되었고 명예롭게 정년퇴직을 했다. 아버지도 그 형님도, 그리고 어머니도 그 형수님도 세상을 뜨시고 각자 세상살이에 바빠 함께 놀았던 그 조카님들과도 왕래가 끊어졌다. 나보다 나이가 많은 그들도 아마 당연히 정년퇴직을 했을 것이다. 그들의 기억 속에 아버지였던 그 형님이 어떤 모습으로 기억되고 있는지 가끔씩 궁금해지는 때가 있다.

돌아보면 그것도 다 이 나라의 역사의 한 토막이었다. 그 역사의 한 토막을 그들은 자신의 인생으로 살아낸 것이다. 그 쇳덩이 같은 무게를 등에 짊어지고서.

이제는 아무리 가난해도 다들 가죽 구두를 신는 세상이 되었다. 혹은 기능성 스포츠화를 따로 챙겨 신기도 한다. 그 누구도 고무신을 때워 신지는 않는다. 고무신 자체가 아예 없어졌다. 불과 몇 십 년 사이 세상은 엄청나게 달라졌다. 하지만 우리는 기억할 필요가 있다. 매일 쇳덩어리를 등에 짊어지고 장을 돌아다니며 신발을 때운 사람이 있었고 그분이 또한 홀

륭하신 교장선생님들을 키워낸 위대한 '아버지'이기도 했다
는 것을. 그리고 그게 불과 얼마 전 우리네 삶의 현실이었다
는 것을.

장면 2 위디 이야기

위디의 꿈을 꿨다. "위디가 돌아왔단다"라고 누군가가 누군가에게 신기하단 듯 담담하게 수다를 떠는 꿈이었다. 나는 생각이 많은 탓인지 꿈을 엄청 많이 꾸는 편이다. 대부분 아무 의미도 없는 개꿈이다. 평생 그랬다. 그 꿈도 그랬다. 왜 그런 꿈을 꿨는지 도저히 해석 불가능이다. 프로이트도 융도 아무 소용없다.

나는 위디와 일대일로 대면을 한 적도 없고 대화를 나눈 적도 없다. 하지만 그녀는 왠지 내 기억 한구석에 강한 인상으로 남아 있다. 어쩌면 '그녀는 예뻤다', 뭐 그런 것 때문인지도 모른다. 그게 1950년대 말이었는지 60년대 초였는지는 이미 어슴푸레하다. 나이를 추산해보면 아마도 50년대 말이었던 것 같다. "누가 슈메이 아지매 집 앞에 갓난아이[갓난아이]를 버리고 갔단다. 아지매가 과분 줄 미리 알고 그랬는갑다. 아지매가 가를[그 아이를] 거다[거둬] 키우기로 했단다." 엄마가 그런 이야기를 누군가에게 하던 기억이 남아 있다. 그게 위디(玉笛)였다. 6·25 전쟁 얼마 후인 당시로서는 드문 일도 아니었다. 그런데 그게 엄마를 비롯한 동네 아줌마들의 화제가 된 것은 그 슈메이 아지매가 작은 중국집을 경영하던 '화교'였고 그 아이는 어쨌든 한국 아이였기 때문이다. "한국 아아가 중국 아아가 됐네…." 그렇게 그녀는 입양되어 법적으로 화교가 되었다. 오다가다 마주친 그 아이는 예쁘게 자라났고 중국 음식을 먹어 그런지 어딘가 중국인 같은 이국적 분위기를 풍겼다. 그 근처의 또 다른 중국집 아들 닝치(寧起)가 내 동갑내기 친구였기에 그를 통해 위디가 화교 학교의 최고 우등생이라는 이야기도 전해 들었다. 한자가 가득하던 닝치의 교과서에 어렴풋이 위디의 얼굴이 겹쳐졌다. 한국인으로 태어나 알 수 없는 사연으로 중국집 앞에 버려졌다가 화교가 된 예쁘고 똑똑하고 착한 아이, 그게 위디였다. 그 집은 넉넉지 못했지만 그녀는 슈메이 아지매의 사랑을 듬뿍 받으며 티 없이 자라났고 역시 근처에 있던 커다란 중국집 송죽루의 할배가 상처를 하고 몇 년 뒤 슈메이 아지매와 재혼을 하게 되어 집은 갑자기 부자가 되었다. 길거리에서 가끔 보는 그녀에게도 어딘가 부티가 느껴졌다.

18

나는 중학교 때 서울로 진학하는 바람에 일찍이 고향을 떠나 위디도 기억에서 멀어졌다. 대학생이 된 후 엄마를 통해 오랜만에 그녀의 소식을 들었다. 내 친구 닝치의 뒤를 이어 위디도 대만으로 진학을 했다는 것이다. 그것도 대만 최고의 타이완대학이라고 했다. 전공은 듣지 못했다.

　그 이후 나는 그녀를 본 적이 없고 소식도 들은 바가 없다. 대만으로 떠난 닝치와도 소식이 끊어져버렸기 때문이다.

　대학을 졸업한 후 나는 일본으로 유학을 떠났다. 거기엔 전 세계 오대양 육대주의 유학생이 다 있었고 대만 출신 유학생들도 많았다. (대만은 일본에 대해 특별히 우호적인 감정을 갖고 있다.) 자유세계라는 공통된 이념 때문인지 그들과는 특별히 친하게 지냈다. 그런데 1992년 한중이 수교하고 대만과의 외교관계가 단절되었다. 그때 나는 도쿄에서 친하게 지냈던 셰롱칭이나 성추링에게 엄청 미안한 느낌이었지만, 왠지 대만에서 인생을 살고 있을 위디와 닝치의 얼굴이 미안함과 함께 먼저 떠올랐다. 그들은 고향인 한국을 어떻게 생각하고 있을까…, 마음이 쓰였다. 반면 기숙사에서 사귀게 된 대륙 사천 출신의 탕차오신 내외와는 그 기쁨을 함께 나누기도 했다. 묘했다. 개인의 인생과 국가의 정세 변동이 묘하게 교차하는 순간이었다.

귀국해 교수가 된 후 동료들과 단체로 대만 여행을 하는 기회가 있었다. 일정에 따라 타이베이에서 화롄으로 가는 기차에 올랐다. 떠들썩한 출발 전의 풍경 속에서 나는 비슷한 또래의 한 대단한 미인을 목격했다. 응? 혹시 위디? 좀 놀랐고 살짝 가슴이 뛰었다. 그러나… 세상에 그런 영화 같은 장면은 흔하지 않다. 생각해보니 내 기억 속에는 이미 그녀의 얼굴조차도 거의 지워지고 없다. 그 인상만이 희미하게 남아 있을 뿐. 나는 묘한 감상에 젖어들었다. 기차 안의 그녀 옆에는 남편으로 보이는 신사가 그녀의 짐을 선반에 얹어주고 있었다. 나는 훤칠하게 잘생긴 그 신사가 어쩌면 어릴 적 내 친구 닝치일지도 모르겠다는 상상을 해봤다. 뭣 때문인지 대판 싸우고 그 아버지에게 불려가 혼날 줄 알았는데 뜻밖에 짜장면을 해주시며 사이좋게 지내라고 해서 정말 사이좋은 친구가 되었던 그 닝치. 나는 그 행복해 보이는 대만 부부를 보면서 따라서 잠시 행복했다.

지금도 대만 어디에선가 위디는 실제로 잘 살고 있을 것이다. 중화민국의 국민으로서. 어쩌면 손주가 한둘 있을지도 모르겠다. 그녀의 가슴속에 자기를 버린 고향 한국이 어떤 이미지로 남아 있을지 가끔씩 좀 궁금해지기도 한다. 어쩌면 한번쯤 그리움으로 고향을 다녀갔을지도 모르겠다. 동네 오빠였던 나는 아마 희미한 기억조차도 없겠지만.

장면 3 어릴 적 친구들 이야기

사람의 인생은 참 가지가지다. 이따금씩 사람들이 살아온 이야기를 듣다가 보면 참 드라마 같다는 생각이 들 때가 많다. 그런 드라마들 중 어떤 것들은 글솜씨가 뛰어난 작가를 만나 멋진 에세이나 소설로 남기도 한다. 어떤 삶의 이야기는 진짜 드라마나 영화 같은 것이 되기도 한다. 작품이 되는 것이다. 그러나 누구나 그런 행운을 만나는 건 아니다. 그렇다고 작품이 되지 못한 사람들의 삶이 드라마보다 덜 드라마는 아니다. 그런 이야기들이 우리 주변에, 아주 가까이에 널려 있다. 이를테면 이런 것.

1972년 무렵인 것 같다. 안동에서 같은 국민학교를 다닌 친구들 다섯이 서울 도봉산에 모였다. 그들의 그 고등학생 시절은 엇비슷했다. 그들의 즐거운 그날은 그중 하나가 찍은 몇 장의 희미한 흑백 사진으로 남겨졌다. 아직은 컬러 사진이란 것이 나오기 전이었다. 그들의 '그후…'.

그 사진에 남은 친구 윤태는 큰 약국집 아들이었는데 대학 시절에 만난 친구와 어쩌다 가게 하나를 시작했다. '젊을 때 고생은 사서도 한다', '모든 게 경험이다', 그런 생각으로 장난처럼 시작한 그것이 그의 평생의 생업이 될 줄은 그도 알지 못했다. 그렇게 평범한 인생을 살게 됐지만, 그는 바로 그 가게 덕분에 거래 은행의 한 어여쁜 여직원과 만나 연애를 했고 결혼을 했다. 성실히 일했고 아들도 잘 키워 결혼까지 시켰다. 65세가 되었을 때 그는 "나도 정년이다." 하며 가게를 접었지만, 곧바로 사회복지사 자격을 따 봉사활동을 하는 한편, 난초와 등산을 즐기면서 나름의 행복한 노년을 보내고 있다.

또 한 친구 인섭은 고3 때 연극의 매력에 빠져 너무 신나게 활동한 탓인지 원하던 대학에 낙방을 하고 당시 후기 모집의 H대학에 들어갔는데, 우연히 취중 패싸움에 휘말려 웨이터에게 모욕적인 언사를 들은 것이 사무쳐 자퇴 후 명문 Y대학에 재도전을 했고, 성공해 배지를 바꿔 달았다. 재학 중 그 어렵다는 고시에도 합격해 승승장구 고위 공직에까지 이르렀다. 그는 우리나라 IT산업 발전에 크게 기여했고, 그 뛰어난 능력을 인정받아 모 대기업이 임원으로 모셔갔다. 가끔씩은 신문기사에도 그의 이름이 오르내린다.

또 한 친구 명호는 대학 재학 중 군대를 갔는데, 첫 미팅에서 만나 사귀었던 E여대 여학생을 몹시 좋아했다. 그는 제대 후 그녀를 다시 만나기로 했고 그 생각에 기쁨이 충만했다. 그런데 제대를 딱 하루 앞둔 날, 예기치 못한 부대 내 사고로 큰 부상을 당했다. 친구들 중 가장 키가 크고 힘이 세어서 늘 골목대장 노릇을 했던 그였다. 그랬던 그가 건강을 잃게 될 줄은 아무도 몰랐다. 그는 그녀와의 약속에 나갈 수 없었고 소식도 끊었다. 그 나름의 배려였다. 그녀는 혼란스러워했지만 세월이 흐르며 차츰 자연스럽게 그와 멀어졌다. 그녀는 졸업 후 다른 남자를 만나 그를 잊고 잘 살고 있다. 그는 재활 끝에 건강을 회복했지만 떠나간 그녀를 흔들지 않고 당초와는 다른 제3의 인생을 살고 있다.

또 한 친구 기영은 화물 운송업을 하는 부잣집의 막내였는데, 전교 1등에 일류고, 일류대를 간 '너무 잘난' 형들 때문에 늘 좀 주눅이 들어 있었다. 그는 형들과 달리 고등학교 때도 특별히 두드러지지 못했고 대학도 결국은 평범한 곳에 들어가 평범하게 다니다가 졸업을 했다. 형들은 학부 때 일찌감치 고시에 합격해 큰형은 판사가 되고 작은형은 중앙부처의 공무원으로 승승장구했지만, 그는 그나마 한 대기업에 취직하는 것으로 그럭저럭 체면을 세웠다. 그런데 인생이란 게 정말 알 수가 없다. 그는 회사에서 열심히 일했고 역시 집안의 유전자가 남달랐던지 우연한 기회에 '윗분'의 눈에 들었다. 과장, 차장, 부장…, 그도 회사원으로 승승장구했고 임원까지 올라가 언젠가부터 회장님의 오른팔이 되었다. 그런데 세상살이 소위 '출세'에 공짜는 없다. 그는 그분 대신에 옥살이도 했다. 드물지도 않은 일이다. 매스컴에서 한동안 떠들었지만 곧 잠잠해졌다. 출소 후에는 마치 보상처럼 대표이사 사장님이 되었다. 국제적인 대기업의 사장이 어디 아무나 하는 자리인가. 한동안 그는 형들보다 더 빛나 보였다. 그는 회사의 미래 먹거리를 마련해놓은 후 은퇴했고 지금은 한가롭게 골프를 즐기며 노년을 보내고 있다.

또 한 친구 상우는 대학 졸업 후 우연한 기회에 큰 정부 장학금을 받아 일본으로 갔다. 유학 중에 그는 전혀 뜻하지 않게 이상형인 여학생을 만나 결혼도 했다. 착하고 예쁜 딸들도 둘씩이나 얻었다. 열심히 공부한 그는 귀국 후 자리를 얻어 교수님이 되었고 재직 중 많은 저서들을 냈을 뿐만 아니라 고등학교 시절의 취미를 살려 문인으로 등단을 하기도 했다. 자기 분야에서는 나름 대단한 학자로 평가받는다. 언뜻 순탄해 보이는 그의 삶에도 그 굽이굽이에는 수많은 난관과 상처들이 없지 않았다. 그러나 속 깊은 그는 그런 상처들을 좀처럼 드러내지 않는다.

빛바랜 사진 속에서 다섯 친구는 지금도 환하게 웃고 있다. 그 웃음이 앞으로 어떻게 그 모습을 바꾸어갈지 사진 속의 그들은 짐작조차 못한 채 그냥 청춘의 한때를 웃고 있는 것이다. 지금 이 순간에도 이 지상에는 77억의 드라마가 진행 중이다. 77억의 인간들이 매일 77억 편의 드라마를 그 삶으로 만들고 있는 것이다. 그 드라마들은 때로 죽음 이후까지도 그 속편이 이어져가는 연속극이다. 그중의 어떤 것은 글로 남고 대부분은 그저 흔적도 없이 사라지리라. 사라지기에는 너무나 아까운, 작품 같은 이야기들이 너무나 많다.

*

그중엔 우리 모두의 부모님들도 있다. 그들도 한때는 다 어린이였고 청춘이었음을, 그 너무나도 당연한 사실을 우리는 의외로 잘 생각하지 못한다. 언젠가 어머니가, 처녀 시절 총각이었던 아버지를 처음 만났을 때 나무 위에 걸터앉아 하모니카를 불던 모습이 그렇게 멋있더라고 살짝 얼굴을 붉히시던 모습이 떠오른다. 어머니에게도 청춘이 있었던 것이다. 그렇게 만나 온갖 풍상을 함께 겪으며 부부로 해로하셨지만, 두 분 다 이미 오래전에 80을 넘기고 내 곁을 떠나셨다. 그 파란만장한 삶의 이야기들도 이젠 우리 형제의 늙어가는 기억 속에서 함께 풍화되며 희미해지고 있다. 그렇게 서서히 사라지리라.

흔적 없이 사라진 세상 모든 부모님들의 나름 드라마 같았던 인생을 아쉬워하며 졸시 한 편을 읊어본다.

과거에 관한 수정빛 고찰

아깝다, 그때, 그곳, 그 아름다웠던
아깝다, 그 그리고 그녀, 그 푸르렀던

그립고 또 그리워 눈물겹다
그때 그곳 그들의 그 숱한 삶의 이야기들
소설 같은, 아니 소설보다 더 소설 같아 눈물겨운
그 기쁨과 슬픔의 나날들
아득히 사라진
흔적조차 희미한…

우리는 때로 시간의 보물창고로 가봐야 한다
아린 가슴을 추스르면서
푸른 발자국 되밟으면서

그들의 그 '그때 거기서…'가 들릴 때까지

장면 4 김태인 사장님 이야기

　오랜만에 고향 안동을 방문했다. 크지 않은 시가지, 그것을 감싸 안은 나지막한 산들, 그리고 낙동강과 눈부신 백사장 …. 중학교를 서울로 진학한 후 방학 때마다 귀성을 하며 그때마다 설레던 고향이지만, 70을 바라보는 나이에도 그 아련한 향수는 크게 달라진 바가 없다. 청춘 시절에 좋아하던 저 헤르만 헤세의 소설 《청춘은 아름다워라(*Schön ist die Jugend*)》의 주인공 헤르만과 비슷한 그런 설렘을 거기에 갈 때마다 느끼게 된다. 아마도 거기엔 유년기와 성장기의 이런 저런 추억들이 고스란히 보관되어 있기 때문인지도 모른다. 일종의 시간 창고랄까. 고향이란 대개 그런 것이다. 거기엔 아련한 파스텔 톤의 커튼이 쳐져 있다.

안동역에 내리면 그 바로 앞에 하늘을 찌를 듯한 높이로 공장의 굴뚝이 하나 솟아 있다. 공장은 이미 오래전에 흔적도 없이 사라졌지만 어쩐 사연인지 그 굴뚝만은 무슨 기념물인 양 그 자리에 그대로 보존되어 있다. 지금은 그곳이 소위 '먹자 거리'로 유명한 모양인데, 예전엔 그 일대가 다 'KS섬유'라는 회사 터였다. 그 집은 안동 최고의 갑부였다. 안동의 첫 '자가용' 승용차(빨간색 퍼블리카)도 바로 그 집 소유였다.

어릴 적, 아버지는 가끔 그 사장님인 김태인 어르신을 '대단한 양반'으로 입에 담았다. 거의 안동의 이병철 같은 이미지였다. 뛰어난 수완의 사업 천재였다. 뵌 적은 없다. 일제의 수탈로 모든 것이 황폐해진 해방 직후, 그분은 백지 위에 '사업'을 설계했다. 입는 것마저 귀하던 그 시절 그분은 의식주부터 해결해야 한다는 철학으로 섬유산업에 손을 댔다. 그 시절 공장을 갖고 자기 사업을 한다는 것은 보통 일이 아니었다. 먹고살기도 쉽지 않았던 1950년대, 60년대. 전쟁에 정변까지 겪어야 했다. 그러니 사업이란 그 시도 자체로 충분히 존경의 대상이 될 일이었다. '증산, 수출, 건설'이라는 당시 정부의 시책에도 발맞추어 그분은 수출에도 힘을 쏟았다. 막 불이 붙기 시작한 국가경제에도 크게 기여한 셈이다. 그 집의 '부유'는 말하자면 그 특별한 안목과 노력에 대한 포상과도 같은 것이었다. 더욱이 그분은 시와 손잡은 공익사업에도 관심을 기울여 적지 않은 사람들이 그 혜택을 입기도 했다.

하여간 그 집은 여러 가지로 주목 대상이었는데, 당시 아이들에게도 그 집은 늘 화젯거리였다. 그것은 그 또래의 자녀들 때문이었다. 그 집에는 7공주를 포함한 9남매가 있었는데, 유전자가 특별했던지 하나같이 그 미모와 두뇌가 뛰어났다. 그 일곱째 공주님이 나와 동기였고 여덟째가 내 동생과, 첫째와 넷째와 다섯째가 각각 내 형들과 동기였다. 그런데 특히 이 딸들이 하나같이 다 백설공주급이었다. 게다가 공부도 거의 다 최고 우등생이었다. 동기인 일곱째도 나와 전교에서 1, 2등을 다투었다. 6학년 때는 전교 어린이회 회장단으로 함께 활동했는데 바로 옆에 있어도 그녀는 항상 뭔가 별세계의 사람 같은 느낌이었다. 또래 남자아이들은 음악 시간에 '그집 앞'1)이라는 노래를 배우며 가장 먼저 그녀의 '그 집'을 떠올리고는 했다.

김태인 어르신은 실력도 당연히 뛰어났겠지만 타고난 복도 보통은 아닌 셈이다. 아홉 자녀가 하나같이 이렇게 우수하다는 게 어디 흔한 일인가. 그런데… 다산 정약용이 말한 것처럼 '소완복(少完福)', 완전한 복이란 드문 법인지, 이분은 뜻밖의 병으로 일찍 세상을 떠나셨다. 과도한 노력 때문인지도 모르겠다. 나는 중학교부터 서울로 유학을 한 탓에 나중에 풍문으로 그 소식을 전해 들었다. 당연히 동기였던 그 일곱째

1) "오가며 그집앞을 지나노라면 / 그리워 나도 몰래 발이 머물고 / 오히려 눈에 띌까 다시 걸어도 / 되오면 그 자리에 서졌습니다."

서영이가 떠올랐고 염려가 됐다. 함께 노래를 배우고 함께 그림을 그리고 함께 꽃씨를 따던, 어린 시절의 추억을 공유한 특별한 친구였으니까.

내가 알지 못했던, 알 수 없었던 '그 이후'가 당연히 있었다. 그것을 나는 60이 넘은 나이에 전해 들었다. 그 집의 이야기는 이미 안동의 전설이 되어 있었다. 어르신의 별세 이후 공장은 첫째가 이어받았으나 시대의 흐름 속에서 경영은 어려움에 처했고 결국 문을 닫았다. 그리고 홀로 남은 모친이 남은 자녀들을 모두 끝까지 뒷바라지했다. 말이 그렇지 그게 쉬운 일이겠는가. 장남은 장성했다 쳐도 무려 아홉이다. 장남과 함께 회사도 살피며, 그리고 먹이고 입히고 가르치며 그 숫자를 혼자서 다 키워냈으니 그분은 그분대로 여장부였던 셈이다. 그 소상한 전모는 가정사이니 나도 알지 못한다. 그러나 내가 아는 일곱째는 그런 어려움 속에서도 고등학교와 대학교 모두 명문을 나와 한국을 대표하는 저명 아티스트가 되었고 전 세계를 무대로 지금도 맹활약을 하고 있다. 동생의 친구였던 여덟째는 역시 언니와 같은 명문 학교를 나와 독일과 일본에 유학했고 일본에 자리를 잡아 현지 방송에서 맹활약을 하며 국위를 선양 중이다. 그리고 나와 전공이 같다는 이유로 언니인 여섯째를 일곱째로부터 소개받아 친구가 되었는데, 이 양반도 역시 명문대를 나와 미국의 초명문대에서 유학한 후 홍콩 명문대에서 오랫동안 교수로 활동했다. 학문적 대화를 나눠봤는데 보통 실력이 아니었다. 그녀는 장르를 넘나드는 주목할 만한 저서들도 여러 권 국내에 선보였다. 곧 70을 바라보지만 그 뛰어난 미모로 시니어 모델이 되어 이따금 런웨이의 조명을 받기도 한다. 국제적인 학자의 모델 활동! 해외 토픽에 나올 법한 이야기다. 다른 형제자매들도 다 엇비슷하게 잘 풀렸다고 전해 들었다. 이러기가 어디 쉬운 일인가. 내용은 다르지만, 그녀들의 이야기는 일본의 저 유명한 영화 〈사사메 유키(細雪)〉를 연상하게 만든다. 톱 여배우 키시 케이코, 사쿠마 요시코, 요시나가 사유리, 코테가와 유코 등이 열연했던 역시 대단한 미인 자매들의 이야기였다.

첫째와 아홉째 두 아들들, 주원과 주성은 특별한 인연이 없어 명문대를 나왔다는 것 이외에 자세한 소식을 모르지만 내가 아는 희윤-윤서-서영-영주 네 따님들은 가끔씩 페이스북에서 댓글로 서로 안부를 전하기도 한다. 흐뭇하고 아름다운 풍경이 아닐 수 없다.

안동을 방문하는 외지인들은 그 역 앞에 생뚱맞게 솟아 있는 공장 굴뚝을 의아하게 생각할지도 모르겠다. 그것은 공장이 철거되는 과정에서 그 '사라짐'을 아쉬워하는 시민들의 건의와 시 당국의 결정으로 그 보존이 결정된 것이었다. 그것은 안동의 역사였다. 고향 사람들은 지금도 그 굴뚝을 보며 대단한 사업가요 훌륭한 인격자였던 김태인 어르신과 그 사모님과 그 아홉 자녀들의 찬란한 삶을 떠올린다. 안동의 각 세대들에게 그 따님들은 지금도 한결같이 백설공주로 기억되고 있다. 그들의 남은 시간들도 "그리고 오래오래 행복하게 살았습니다."로 마무리되기를 기원한다.

장면 5 대흥군 이연계 이야기

대흥군 이연계(大興君 李連桂), 어린 시절 아버지에게, 그
리고 이따금 흰 수염 휘날리며 우리 집에 찾아와 한동안 식
객으로 사랑채에 머물던 '신호 할배'에게 귀가 따갑도록 들
은 이름이다. 우리 집안의 시조공이다. 일반인 중 이 이름을
아는 사람은 아마 거의 없을 것이다. 그러나 이성계라는 이름
을 모르는 사람은 역시 아마 거의 없을 것이다. 그는 그 성계
의 육촌이었다. 형인지 아우인지는 확인되지 않는다. 저 용비
어천가에서 "해동 육룡이 나라샤" 어쩌고 하는 그 대목에 등
장하는 소위 6룡(목조-익조-도조-환조-태조-태종) 중의 한 명
인 익조의 증손자였다. 그러나 누구나 다 아는 대로 그 익조
는 태조나 태종 같은 왕이 아니었다. 태조가 왕이 된 후 그

조상들에게 추존한 것이다. 그러니 그 손자인 연계도 당연히 왕자가 아니었다. 그런데 그 이름에 왕족에게만 허용되는 '군'자가 왜 붙어 있을까? 거기엔 이런 사연이 있다. 역사책에는 나오지 않는 이야기다.

그는 조선 태조 이성계의 재종형제지만 당연히 조선이 아닌 고려의 백성으로 태어났다. 수상한 세월이었다. 최씨들의 무신정권이 쇠하고 고려가 짧지 않은 세월 몽골 침략군에게 저항하다가 역부족으로 두 손을 든 이후 그 원의 속국이 되어 이쪽 공녀가 저쪽 황후가 되기도 하고 저쪽 공주가 이쪽 왕비가 되기도 하던 시절이었다. 이윽고 대륙의 정세도 변하여 주원장이 명을 세우고 원은 북으로 밀려나 쪼그라들었다. 연계는 우왕 공민왕이 다스리던 그런 시절을 살았다.

그에 대해 알려진 바는 많이 없다. 그는 충청도 대흥(현재의 예산)에서 태어나 성장했고 열심히 유학을 공부해 개경으로 올라가 이윽고 관직에 올랐다. 그 벼슬은 예문제학을 거쳐 이부상서(현재의 행안부 장관)에까지 이르렀다. 그는 포은 정몽주, 목은 이색, 그리고 특히 장군 최영과 의기투합해 가까이 지냈다. 아버지 최원직의 유언을 받들어 평생 여색과 재물을 멀리한 그 최영이었다. 이연계 역시 백이와 숙제를 흠모하는 청렴한 선비였다. 그런 인품이 서로를 매료했을 것이다. 그러나 격동하는 역사의 전환점이었다. 그들의 주변에서는 엄청난 일들이 일어나고 있었다. 홍건적과 왜구의 침입도 있었으나 장군 최영은 이를 잘 막아냈다. 그런 한편 대륙을 장악한 명은 철령 이북 옛 원의 쌍성총관부 지역을 내놓으라 고려에 요구했고, 최영은 이에 강하게 반발하며 요동정벌을 주장했다. 우리가 잘 아는 대로 그 계획은 부하였던 이성계의 배신으로 좌절되었다. 4대 불가론을 내세웠던 이성계는 압록강 하구의 위화도에서 회군했고 그 말머리를 개경으로 돌려 쿠데타를 감행했다. 상관인 최영을 체포, 경기도 고봉(현재의 고양)으로 유배시켰다가 개경으로 소환해 결국 죽였고, 그 시신을 길거리에 내다버렸다. 이윽고 그는 500년 고려를 멸하고 조선을 건국해 스스로 왕이 되었다.

연계의 인생에서 이건 보통 사건이 아니었다. 그는 이런 역사의 격동을 고스란히 자기 인생의 일부로서 겪었다. 그의 가치관이 받아들일 수 있는 일이 아니었다. 그는 도저히 육촌 형제인 성계의 행태를 용인할 수 없었다. 그러나 그는 이미 용상에 오른 지존이었다. 문관인 그가 할 수 있는 일이 없었다. 그러나 용기를 냈다. 태조가 즉위한 날 '함흥으로 돌아가라'는 상소를 올렸다. 어쩌면 목숨을 건 일이었을 것이다. 당연하지만 그게 받아들여질 리는 만무했다. 그는 조준(趙浚) 등의 참소로 양양 고인현(襄陽 古仁縣: 현재의 경북 예천군)으로 유배를 떠나야 했다.

그런데 상황은 그것으로 끝이 아니었다. 조카뻘인 방원이 정몽주를 〈하여가(何如歌)〉로 회유하다 안 되니 개경의 선죽교에서 타살했을 때 연계는 치를 떨었었다. 위화도에서 회군하여 개경으로 되돌아온 이성계를 편들어 그에 대한 반감, 반대 여론을 무마시키기도 했던 정몽주였다. 그런데 그런 방원이 왕자의 난으로 등극해 태종이 되더니 무슨 영문인지 아재뻘인 연계를 사면해 '대흥군'에 봉했다. 비록 고려조이긴 하나 그 충심이 가상하다는 취지였다. 어쩌면 친고려 구세력에 대한 유화책의 일환이었을 수도 있다. 요즘도 정치하는 사람들이 자주 입에 담는 국민대통합 뭐 그런 것? 그러나 그는 자기를 군에 봉하거나 말거나 유배지에 그대로 머물렀다. 농사로 소일하다 세상을 떠날 때 그는 유언으로 "우리 자손은 반드시 대흥 이씨로 관향을 삼으라"는 말을 남겼다. 요즘 식으로 말하자면 스스로 족보에서 자신의 이름을 파버린 것이다. 전주 이씨에서 대흥 이씨가 갈라져 나온 순간이었다. 연유는 대충 그러했다.

그가 남긴 시의 한 구절이 600여 년 세월을 넘어 지금까지도 전해 내려온다.

緬想天開雨露春　千年薇蕨爲誰新
莫過首陽山下路　伯夷應笑未亡人
면상천개우로춘　천년미궐위수신
막과수양산하로　백이응소미망인

하늘 열릴 적 비와 이슬의 봄을 생각하나니
천년의 고사리풀 누구를 위해 새로운가
수양산 아래 길을 지나지 말라
백이2)가 미망인3)을 보고 비웃을지니

역사는 승리한 자의 것이라고 했던가. 성계는 기록되었고 연계는 잊혀졌다. 그러나 어느 삶이 더 훌륭한 것인지는 권력이 결정하는 것은 아니다. 함흥에서 한양의 아들이 보낸 차사들을 연이어 죽이고 형제끼리 권력투쟁을 하던 아들 방원을 미워하며 숨을 거둔 성계와 유배지에서 사이좋은 아들 셋과 유유히 밭을 갈며 백이와 숙제를 그리워하다가 숨을 거둔 연계의 말년은 과연 어느 쪽이 더 행복했을까? 저 세상에서 친구 최영을 다시 만난 그는 신선주가 담긴 술잔을 기울이며 선담을 나누었을지도 모르겠다. 이따금씩 그들의 그 대화가 어떤 것이었을지 궁금해지기도 한다.

600년도 더 지난 21세기, 지금도 그 후손들은 해마다 의성군 다인면에 있는 그의 무덤을 찾아 풀을 깎고 있다.

오랜만에 셋째 형 수형이 전화를 걸어와 시조공 시제에 함

---

2) 백이(伯夷): 중국 상나라 말기의 인물로 아우 숙제(叔齊)와 함께 끝까지 군주에 대한 충성을 지킨 의인이다.
3) 고려왕조를 따라 죽지 못한 자.

께 가지 않겠느냐고 물었다. 어렸을 때 들었던 600년 전 할아버지의 굵직한 삶이 가슴 한 자락을 스쳐갔다.

\# 장면 6 이응태 부인 원이엄마 이야기

1998년 9월 28일이었다. 아침 신문에 눈길을 끄는 박스 기사가 하나 실렸다. "먼저 간 남편 그리는 16세기 편지글"이 동년 4월 택지 개발 과정에서 발굴된 무덤 속에서 나와 412년 만에 세상에 알려지게 되었다는 것이다. 그게 "400년 전 사부곡"이라는 제목으로 소개되어 있었다. 그 편지는 당시 안동 지역의 유력한 집안 자제이던 이응태가 1586년 31세의 젊은 나이로 숨지자, 평소 금슬이 좋았던 그의 부인이 가로 60, 세로 33cm의 한지에 깨알 같은 언문으로 빼곡히 써 남편의 관 속에 넣어둔 것이다.

기사에 부분적으로 소개된 내용을 보면 애절하기가 이를 데 없다. "원이 아버지에게, 병술년(1586년) 유월 초하룻날

아내가" 보낸 이 글에는 "당신 언제나 나에게 둘이 머리 희어지도록 살다가 함께 죽자고 하셨지요. 그런데 어찌 나를 두고 당신 먼저 가십니까." "당신을 여의고는 아무리 해도 살 수 없어요." "함께 누우면 언제나 나는 당신에게 말하곤 했지요. 나는 당신 마음을 어떻게 가져왔고, 당신은 내 마음을 어찌 가졌나요." "다른 사람들도 우리처럼 서로 어여삐 여기고 사랑할까요." 같은 애틋한 심정이 절절이 담겨 있다. 닭살이 돋을 만큼 달달한, 아름다운 이야기가 아닐 수 없다. 나는 인터넷을 뒤져 그 원문과 현대어 번역을 살펴보았다.

원이 아바님께 샹백

병슐 뉴월 초ᄒᆞ룻날 지븨셔

자내 샹해 날ᄃᆞ려 닐오ᄃᆡ 둘히 머리 셰도록 사다가 홈께 죽쟈 하시더니 엇디ᄒᆞ야 나를 두고 자내 몬져 가시는 날ᄒᆞ고 ᄌᆞ식ᄒᆞ며 뉘게 걸ᄒᆞ야 엇디ᄒᆞ야 살라 ᄒᆞ야 다 더디고 자내 몬져 가시는고 자내 날 향ᄒᆡ ᄆᆞᄋᆞᆷ믈 엇디 가지며 ᄂᆞᆫ 자내 향ᄒᆡ ᄆᆞᄋᆞᆷ믈 엇디 가지던고 믜양 자내 ᄃᆞ려 내 닐오ᄃᆡ 혼ᄃᆡ 누어셔 이보소 ᄂᆞᆷ도 우리ᄀᆞ티 서로 에엿쎄 녀겨 ᄉᆞ랑ᄒᆞ리 ᄂᆞᆷ도 우리 ᄀᆞᆺᄒᆞᆫ가 ᄒᆞ야 자내ᄃᆞ려 니ᄅᆞ더니 엇디 그런 이ᄅᆞᆯ 생각디 아녀 나를 ᄇᆞ리고 몬져 가시ᄂᆞᆫ고 자내 여히고 아무려 내 살셰 업스

니 수이 자내흔듸 가고져 하니 날 드려가소 자내 향호 모으믈
츠생 니즐쥬리 업스니 아무래 션운 뜨디 구이 업사니 이내 안
흔 어듸다가 두고 즈식 드리고 자내룰 그려 살려뇨 호노이다
이내 유무 보시고 내 꾸메 즈셰와 니르소 내 꾸메 이 보신 말
즈셰 듣고져 호야 이리 서년뇌 즈셰 보시고 날 드려 니르소
자내 내 밴 즈식 나거든 보고 사를 일란고 그리 가시듸 밴 즈
식 나거든 누룰 아빠 호라 하시는고 아무려 흔들 내 안 구틀
가 이런 텬듸 가슨 흘이리

[윗부분]
   하늘 아래 또 이실가 자내난 한갓 그리 가 겨실 뿌거니와
아마려 한들 내 안 가티 셜운가 그지 그지 가이없서 다 몬서
대강만 뎍뇌 이 유무 자세 보시고 내 꾸메 자셰와 븨고 자셰
니라소 나난 꾸믄 자내 보려 믿고 인뇌이다 몰래 뵈쇼셔

[첫부분]
   하 그지그지업서 이만 젹뇌이다

원이 아버지께

병술년 유월 초하룻날 집에서

당신 늘 나더러 둘이 머리 세도록 살다가 함께 죽자 하시

더니 어찌하여 나를 두고 당신 먼저 가십니까

나와 자식은 누구 말 듣고 어떻게 살라 하고 다 버리고 당신 먼저 가십니까

당신 날 향해 마음을 어떻게 가졌고 나는 당신 향해 마음을 어떻게 가졌던가요

늘 당신에게 함께 누워서 내가 말하기를

이보소 남들도 우리 같이 서로 어여삐 여기고 사랑할까 남들도 우리 같을까 했는데

어찌 그런 일들 생각하지도 않고 나를 버리고 먼저 가시는가요

당신 여의고는 아무리 해도 나는 살 수 없어 당신에게 가고자 하니 날 데려가세요

당신 향한 마음을 이승에서 잊을 수 없사니

아무리 해도 서러운 뜻 한이 없사니

이 내 마음 어디다 두고 자식 데리고 당신을 그리며 살까 하노이다

이 내 편지 보시고 내 꿈에 자세히 일러 주세요

내 꿈에 이 보신 말 자세히 듣고자 이렇게 써넣으니

자세히 보시고 나더러 일러 주세요

당신 내 밴 자식 낳거든 보고 말할 것 있다며 그리 가시니

밴 자식 낳거든 누구를 아빠 하라 하시는가요

아무리 한들 내 마음 같을까

이런 천지 같은 한이 하늘 아래 또 있을까

[윗부분]

당신은 한갓 그곳에 가 계실 뿐이지만 아무리 한들 내 마음같이 서러울까

그지없어 다 못 적고 대강만 적으니

이 편지 자세히 보시고 내 꿈에 자세히 보고 자세히 일러주세요

나는 꿈에 당신 보리라 믿고 있습니다

몰래 와 보여주세요

[첫부분]

하도 그지그지없어 이만 적습니다

그들 부부가 정답게 살았던 그 고장이 또한 내가 태어나 자란 곳이기도 하고, 무덤이 발굴되었다는 정상동이라는 곳이 내가 꿈 많은 소년 시절 종종 낙동강을 건너가 그 동네 친구들과 산토끼 쫓으며 놀던 곳이라 남다른 감회가 있었다. 어쩌면 바로 그 원이 아버지 이응태의 무덤가에 앉아 구운 감자를 먹으며 놀았을지도 모를 일이다. 바로 그렇기에 나에게는 그것이 그냥 하나의 기사가 아니었다. '내가 아는 사람'의 이야기 같았다.

나는 가끔씩 보도에 등장하는 그런 발굴된 옛 사람의 유해

나 무덤을 보게 될 때 묘한 느낌에 사로잡힌다. 거기서 시간을 거꾸로 돌려 영화나 드라마의, 혹은 적어도 소설의 첫 장면이나 마지막 장면 같은 것을 그려보는 것이다. 철학자의 직업병인지도 모르겠으나 자연스러운 연상이다. 소위 '발다로(Valdaro)의 연인'으로 알려진 6천 년 전 이탈리아 만토바 인근의 서로 껴안은 남녀의 유해를 봤을 때도 그랬다. 거기는 《로미오와 줄리엣》의 배경이기도 했던 터라 그 유해는 더욱 특별한 느낌으로 내 가슴에 각인되었다.

안동 정상동의 그 무덤도 그랬다. 그곳은 '원이 아버지' 이응태의 무덤이었고 거기에 '원이 어머니'는 없었지만, 그 이야기의 주인공은 실은 이응태보다 그 부인이었다. 화제가 된 것은 그 부인이 써서 관에 넣은 편지와 그녀의 머리카락으로 만든 그 미투리였으니까. 하여 그 기사는 내게 한 편의 드라마를 들려주었다.

400여 년 전 경상도 안동에 한 여자 아이가 태어났다. 그녀는 곱게 자라면서 집안 어른들의 사랑을 듬뿍 받았다. 엄하지만 한편으론 자상한 부친의 관심으로 소학에 사서삼경도 배우고 서화에도 재주를 발휘했다. 모친에게는 자수를 배워 멋진 모란과 나비도 수놓았다. 10대가 되면서는 담장 아래 핀 봉숭아꽃으로 손톱을 붉게 물들이며 웃음 짓기도 했고 새로 맨 붉은 댕기에 하루가 행복했다.

어느 날 그녀는 어른들이 꺼낸 혼담에 부끄러워 양 볼이 붉어졌고 설렘과 불안을 함께 품은 채 꽃가마를 탔다. 떠들썩한 혼례 잔치와 한없이 부끄러웠던 첫날밤, 처음 본 신랑 응태는 멋진 청년이었고 다정했다. 꿈같은 신혼이 흘러갔고 나날이 정은 두터워졌다. 서로의 마음속에 서로가 있었고 서로 어여삐 여기고 서로 사랑했다. 이부자리에 함께 누워 "남들도 우리처럼 이렇게 서로 어여삐 여기고 사랑할까요?" 간지러운 말을 소곤거리기도 했다. 서방님은 밤마다 그녀에게 "둘이 머리 희어지도록 살다가 함께 죽자"고 다정하게 속삭였고 그녀는 무한한 행복을 느꼈다. 그러리라 믿어 의심치 않았다. 기다리던 아이도 이내 들어서 불러오던 배도 서방님은 예쁘다 어루만졌다. 그녀는 서방님과 함께 세상을 다 얻은 듯했다. 집안 어른들도 경사라 크게 기뻐하셨다. 태명을 원이라고 지었다. (족보에는 성회라는 이름이 올라 있다.) 그러나… 운명은 서방님처럼 다정하지 않았다. 사람이 너무 행복하면 귀신이 질투를 한다 했던가. 뱃속에 아이도 들어섰는데, 건장했던 서방님이 어느 날 갑자기 시름시름 앓기 시작했다. 용하다는 의원도 귀하다는 약재도 다 써보았지만 별 효험이 없었다. 이제 갓 서른, 한창 꽃다울 나이에 서방님은 어이없이 눈을 감고 말았다. 하늘이 무너져 내렸다. 청상과부, 허전한 잠자리…, 도저히 살아갈 자신이 없었다. 그녀는 눈물로 편지를 쓰고 삼나무 껍질과 자신의 머리카락으로 미투리를 만들어

관 속에 함께 넣었다.

그 편지가 설마 몇 백 년 후 다시 햇빛을 보게 될 줄은 원이 엄마도 몰랐을 것이다. 이 감동적인 편지는 사람들의 마음에 파문을 그렸다. KBS는 〈조선판 사랑과 영혼: 400년 전의 편지〉라는 제목으로 '역사 스페셜'을 방영했고, 조두진은 《능소화》라는 제목으로 소설을 썼고, 김나영은 무용극 〈죽음도 갈라놓지 못한 사랑〉으로 이 이야기를 무대에 올렸고, 임진평은 〈우리 만난 적 있나요〉라는 제목으로 영화를 만들었고, 박창근은 무려 오페라를 만들었다. 안동시는 이응태의 무덤 근처 정하동 녹지공원에 이 편지글을 새긴 비를 만들어 세웠고, 정상동 대구지검 안동지청 앞 공원에는 원이 엄마의 동상('안동 아가페상')도 세워졌다. 그리고 영국인 숀 어셔(Shaun Usher)는 그의 책 《진귀한 편지 박물관(*Letters of Note*)》에 문자 발명 후 약 7천 년간 '마음을 움직이고 세계를 뒤흔든 126통의 편지' 중 하나로 이 편지를 수록하기도 했다.

일설에는 이응태가 죽기 1년 전 그의 부친이 보낸 (관에서 함께 나온) 편지에서 그와 장인의 안부를 물었다는 것을 근거로 그가 실은 처가살이를 했으며, 고성 이씨의 족보에 이응태의 옆 칸이 비어 있다는 것을 근거로 원이 엄마가 개가를 했다는 주장도 있으나 그것만으로 사실 여부를 확인할 수는 없다. 퇴계의 며느리도 남편 사후 개가를 한 선례가 있고 원이 엄마도 20대 젊은 나이였으니 어쩌면 사실일 수도 있다. 그러나 그런 설이 사실이든 아니든 큰 상관은 없다. 설혹 그녀가 개가를 했더라도 그 편지를 쓸 당시의 진심은 한 치도 거짓이 없었을 것이다. 그런 종류의 글은 오직 진심으로만 쓸 수 있는 것이다. 개가를 했다고 그 이전의 사랑이 가짜거나 무효가 되지는 않는다.

이름도 알 수 없는 '원이 엄마'와 원이 아빠 이응태는 우리가 알고 있는 바로 이 세상에서 부부로 만나 서로 아끼고 사랑했으며 자식도 보며 한 시절 더할 수 없이 달콤하고 행복했다. 그리고 응태는 아직 20대의 젊은 아내를 남겨두고 먼저 갔으며 그녀는 아무리 해도 살 수 없을 만큼 큰 사별의 아픔을 겪었다. 생로병사니 애별리고 같은 것이 그들에게 고스란히 진실이었던 것이다.

이들의 이 아름답고 가슴 아픈 사연이 그려주는 장면을 나는 가슴에 간직하고 있다. 그 배경이 나 자신의 청춘과 겹치기에 나에게는 그들의 속삭임과 눈물과 체취까지도 거의 실감처럼 다가온다. 물어보지는 않았지만 그들은 어쩌면 내 어린 시절 정상동, 정하동 산자락에서 함께 놀던 내 친구 고성 이씨 이주원의 몇 대조 할아버지 할머니일 수도 있다. 그러나 사람들은 의외로 잘 모른다. 어떤 할아버지도 할머니도, 어떤 해골도 한때는 다 분홍빛 청춘이었으며 그/그녀와 서로 마음을 주고받으며 어여삐 여기고 사랑이라는 것을 했었다는 사실을. 남녀의 조화라는 것은 참으로 신비로운 진리의 한 자락이며, 선비의 나라 조선에서도 그것은 예외가 아니었다.

서울,
중고등 시절

장면 7 김수열 이야기

아마 누구나 그렇지 않을까 싶은데, 성장기를 뒤돌아보면 '특별한 친구'라고 할 수 있는 누군가가 한두 명은 있다. 나에게도 그런 친구가 있었다. 김수열, 그는 중학교 동창이었다. 1960년대였고 아직 치열한 중학교 입시가 있을 때였다. 그는 재수를 했는지 또래보다 한 살이 위였고 공부도 잘한 데다 성격도 점잖았던 탓에 동기들 모두에게 좀 '특별한' 존재로 자리매김되었다. 그 당시 청소년 필독서 거의 1순위였던 헤르만 헤세의 《데미안》에 나오는 그 데미안 같은 존재라고 할까. 하여간 '뭔가 다른' 이미지로 그는 각인되었다. 결정적인 계기가 된 것은 독서로 인한 그의 박식함과 새에 대한 관심이었다. 스위스인 뺨치는 수준급의 요들송은 덤이었다.

지금 생각해봐도 흔치 않은 사례였다.

그는 새를 엄청나게 좋아했고 믿을 수 없을 정도의 지식을 갖고 있었다. 당시의 감각으로는 거의 조류백과 수준이었다고 할까? 그는 거의 모든 새의 소리를 구별해 모사할 수 있었고 대충 보고도 그게 무슨 새인지를 알아맞혔다. 그의 별명이 '새박사'가 된 것은 너무나 당연한 일이었다. 직박구리니 박새니 황조롱이 같은 것도 그때 그를 통해 처음 알게 된 이름이었다. 더욱 놀라운 것은 중학생인 그때 이미 자기 손으로 직접 새의 박제를 만들었다는 것이다. 안암동에 있던 그의 집에 놀러갔을 때 넓지 않은 그의 방이 박제로 가득 찬 것을 보고 나는 놀라지 않을 수가 없었다. 날개를 펼친 매의 박제는 그 부리부리한 눈과 함께 지금도 선명히 기억난다. 나와는 문예반 활동을 함께하며 친해졌지만 그는 조류학자가 되는 게 꿈이라 했다.

그런데 인생이란 참 뜻대로 되기가 쉽지 않다. 그는 중학교 때 수학과 악연이 생기면서 고등학교 때는 결국 이과를 포기하고 문과를 선택할 수밖에 없었다. 고등학교 때도 그와의 아름다운 추억담이 가득하다. 그는 총학생회장(학도호국단 연대장)을 맡아 리더십도 발휘했다. 그때도 지금의 '일진' 비슷한 친구들이 있었지만 그만은 절대 건드리지 않았다. 일종의 성역이었다. 박식과 점잖음에 대한 평가가 당시에는 '어깨'들에게도 불문율처럼 통하고 있었다.

그런데 그는 끝까지 특별했다. 문과였음에도 그는 대입에서 이과인 '생물학과'에 도전했고 합격했다. 조류학자에 대한 꿈을 버리지 않은 것이다. 어떤 인연인지 나는 그와 대학원까지도 계속 같은 학교를 다녀 그의 그 성장 과정을 고스란히 지근거리에서 다 지켜보았다.

학부를 마치고 같이 조교를 하고 있을 때였다. 그나 나나 책 읽고 글 쓰는 건 그럭저럭 하는 편이었지만 인간관계는 영 숙맥이라 제대로 된 연애 한 번 못해보고 졸업을 한 터였다. 그런데 어느 날 그가 술에 떡이 되어 내 자취방을 찾아왔다. 전윤미가 가족을 따라 미국으로 이민을 가게 됐다고 한숨을 푹푹 내쉬었다. 그러고는 혀 꼬부라진 소리로 횡설수설 이야기를 늘어놓았다.

전윤미는 같은 과 조교를 하던 동기였는데 명문 E여고 출신에 학과 수석으로 입학한 재원이었다. (참고로 그는 차석이었다.) 명문 출신에 공부도 자기보다 잘하고 집안도 짱짱하고 인품도 착하고 거기다 누구라도 눈길이 가는 미인이었다. 바로 그 때문에 평범한 출신이었던 그는 언감생심 마음도 먹어보지 못하고 4년을 보냈는데, 막상 그녀가 미국으로 가버린다니 뭔가 무너져 내리는 기분이 들더라는 것이었다. 자기가 그녀를 깊이 사랑하고 있었다는 걸 그제야 비로소 깨닫게 되었다는 것이다. 그런데 실은 같은 실험실 조교를 하던 후배 녀석에게 그런 심정을 슬쩍 흘렸더니 그 후배가 깜짝 놀라며,

"형이 하나도 티를 안 내서 그런 줄 전혀 몰랐네요. 그러면 4년 이상 바로 옆에 있으면서 왜 대시를 하지 않았어요? 형 참 바보네. 내가 알기로는 그 누나도 형 좋아하는 것 같던데… 지금이라도 고백을 해보는 게 어때요?"라고 말하더라는 것이다. 나도 그러기를 권했다.

그 며칠 후 그가 다시 찾아왔다. 표정이 달라졌다. 드디어 용기 내서 고백을 했다는 것이다. 그런데 너무나 뜻밖에 즉각 그녀의 반응이 있더라는 것이다. 그에 대한 그녀의 호감을 확인한 것이다. 그러나 어쩌리. 그녀는 출국을 앞두고 있었다. 시작하기에는 너무 늦어버린 것이다. 난들 해줄 말이 없었다. 다시 며칠 후, 그녀는 예정대로 가족들과 함께 미국으로 이민을 떠났다. 그는 다시 어깨가 처졌다. 마치 구름을 밟는 듯한 자세로 초점 잃은 눈동자로 그는 멍하니 시간을 보냈다.

그런 가운데 나는 조교 생활을 정리하고 예정돼 있던 일본 유학을 떠났다. 1980년, 격동하던 시절이었다. 언어·문화 등 모든 것이 새로운 환경에 적응하느라 나도 정신없이 도쿄에서의 시간을 보내고 있었다.

그로부터 몇 달 후, 학교에 갔다가 집에 돌아와 보니 우편함에 그림엽서가 한 장 도착해 있었다. 발신자는 수열이었다. 그런데! 응? 뜻밖에 발신지가 USA였다. 그는 윤미가 떠난 후 모든 조건을 총동원해 그녀의 뒤를 쫓아 미국으로 유학을 떠났으며, 서로의 사랑을 확인한 후 그녀와의 본격적인 연애를 시작했고 오늘 그녀와 함께 나이아가라 폭포에 다녀왔다는 간단한 소식이었다. 감동이었다. 영화나 드라마는 아니지만 이런 러브스토리가 어디 흔한 것인가! 흐뭇한 미소가 한동안 나의 입가를 떠나지 않았다. 진심의 진심으로 그들을 축복해주고 싶었다.

그는 결국 그녀와 결혼해 가정을 이루었다. 멋진 두 아들을 두었다. 그 배경은 미국 위스콘신.

그런데… 영화나 드라마라면 거기서 '해피엔드'이겠지만, 현실은 그렇게 간단하지가 않다. '그 이후'가 있는 것이다. 그녀는 미국 현지에서 직장을 얻어 자리를 잡았지만 같은 지역에서 그가 원하는 곳에 취직을 하기는 쉬운 일이 아니었다. 드넓은 아메리카 대륙에서 이산가족으로 사는 것보다는 그가 기러기 아빠가 되더라도 차라리 한국으로 돌아가는 게 낫겠다고 그들은 결론을 내렸다. 다행히 그는 국립 모 대학에 교수로 초빙되어 개선했다. 좀 늦은 취직이었지만 그는 열심히 연구하고 강의해 훌륭한 교수님으로 평가받았다. 조류학계의 권위자가 되었다. 당시 멸종 위기에 처한 국내 황새 복원에 결정적으로 기여해 9시 뉴스에도 몇 번 얼굴을 내밀었다. 나와 그는 서로 지역이 멀리 떨어져 있는 데다 각자 생활이 바빠 가끔씩 전화로만 안부를 주고받았다. 수년이 순간처럼 지나갔다. 그는 방학 때만 미국으로 가는 기러기 아빠 생활을 계속했다. 그건 시대의 유행이기도 했다.

그러던 어느 날, '삐리릭' 문자가 왔다. 그걸 열어본 순간 나는 경악하고 얼어붙었다. 그가 응급실에 입원 중이며 위독하다는 소식이었다. 그의 조교가 보내온 것이었다. 전화를 걸었다. 수업이 있는데도 교수님이 오지 않아 숙소를 찾아갔더니 혼자 댁에 쓰러져 있더라는 것이었다. 만사 제쳐놓고 병원으로 달려갔다. 그의 얼굴을 본 것은 유학을 떠난 후 처음이었다. 중년이 된 그가 환자의 모습으로 누워 가쁜 숨을 몰아쉬고 있었다. 눈물이 맺혔다. 그의 손을 아플 정도로 쥐고 다정한 말을 건넸지만 그는 의식이 없었다. 응급실이라 면회는 제한적이었다. 납덩이처럼 무거운 발을 겨우 끌면서 집으로 돌아왔다. 다음 날 조교가 부고를 알려왔다. 그와의 추억들이 주마등처럼 스쳐갔다. 중학교 때, 고등학교 때, 대학교 때, 대학원 때, 조교할 때…, 소설로 써도 여러 권이 나올 대하편이다.

　장례식 때 그의 아내가 된 윤미를 오랜만에 만났다. 중년이 된 그녀의 얼굴에도 세월의 흔적이 있었다. 그러나 대학 시절의 미모는 변함없었고 깊어진 표정은 더욱 매력적이었다. 미국으로 되돌아가기 전 카페에서 다시 만나 긴 이야기를 나누었다. 내가 알지 못하는 그의, 아니 그와 그녀의 '미국 시절'이 있었다. 치열했지만 아름다웠다. 그를 쏙 빼닮은 그의 두 아들도 장례식 때 처음 만났다. 반듯하게 잘 자란 느낌이 외모와 말투만으로도 충분히 짐작되었다. 미국 태생이지만 한국어도 전혀 문제가 없었다. 며칠 후 그녀와 두 아이들은 그들의 보금자리가 있는 미국으로 되돌아갔고 그는 땅속으로 되돌아갔다.

그로부터 수개월 후 고등학교 동창들 중 한 명이 등기우편을 보내왔다. 책이 한 권 들어 있었다. 《천국으로 날아간 새》라는 제목. 그의 추모집이었다.

그 책의 첫 페이지를 가득 채운 사진 속에서 그는 환하게 웃고 있었다. 윤미에게 마음을 고백하고 그녀의 사랑을 확인했다고 알리던 그날의 그 얼굴에 있던 그런 웃음이었다.

나는 아마도 치매가 오지 않는 한 그를 잊지 못할 것이다. 그리고 아마 다른 동창들도 다 그럴 것이고 새를 사랑하는 이 땅의 모든 애호가들도 마찬가지일 것이다. 새건 친구건 여자건 공부건 좋아하는 것을 최선을 다해 좋아했던 친구, 그는 참으로 특별한 존재였다. 그의 영혼이 지금 하늘나라에서 하느님의 가호 아래 새처럼 자유롭게 날갯짓하고 있을 것을 나는 믿는다. 지금도 나는 새만 보면 그의 얼굴이 떠오른다. 어쩔 수가 없다.

장면 8 박시윤 이야기

아득한 50년 전, 고등학교 때, 박시윤이라는 친구가 있었
다. 동계 진학이었던 터라 중학교 때부터 같은 학교였지만 어
쩐 일인지 중학교 때의 기억은 별로 없다. 우연히도 3년 간
같은 반이었던 적이 없었던 모양이다. 고등학교 때 나는 문예
반에 들어갔는데, 선배였던 자기 친형 박기훈을 따라 시윤이
도 같이 들어왔다. 취향이 같아 그런지 우리는 금방 친해졌
다. 기훈이 형도 시윤이도 글을 참 잘 썼고 무엇보다 심성이
참 고왔다. 말이든 행동이든 남에게 해로운 건 절대 못하는
타입이었다. 나는 그때부터 그런 걸 가치 있는 것으로 존경하
고 있었다. 그는 선배였던 규리 누나를 은근히 좋아하고 있었
는데 당연히 말 한마디 꺼내지도 못했다. 사춘기였지만 당시

연상에 대한 짝사랑 같은 건 아직 아이들의 리스트 자체에 없었다. 그는 시대를 앞서가고 있었던 걸까? 가끔씩 그가 보여주는 습작 시엔 그런 풋풋한 감정이 살짝살짝 내비치기도 했다. '베아트리체' 같은 단어를 보고 "이거 혹시 그 누나 아냐?" 하고 놀리면 그는 부끄럽게 웃으며 어깨를 툭 치곤 했다. 마음속에만 있던 것이었으니 그 뒷이야기 같은 건 물론 없다.

친해지면서 그의 집에도 자주 놀러갔다. 그의 집은 정릉 산동네에 있어 언제나 약간쯤 등산하는 느낌이었다. 어머니는 일찍 돌아가시고 아버지 혼자서 여동생을 포함해 삼남매를 키우고 계셨는데 항상 '일'이 바빴던 그 아버지는 한 번도 뵌 적이 없다. 들은 바로는 아버지는 그림을 아주 잘 그리셨는데, 예술가로 살아가기에는 집안 형편이 넉넉지 않아 호구지책으로 극장의 간판 그리는 일을 하고 계셨다. 언젠가 미아리 부근의 한 극장 앞을 지나다가 "저거 우리 아버지가 그린 거야." 하고 손가락으로 간판 그림을 가리킨 적도 있었다. 지금 생각해보면 병으로 고생하신 어머니의 치료비도 만만치가 않았을 것이다. 1970대 초였고 모두의 삶이 힘겨웠던 시대였다.

그 집에 놀러 가면 여동생 윤주가 늘 수제비를 끓여주곤 했는데, 그렇게 맛있는 수제비는 음식점에서도 여태 먹어본 적이 없다. 아무튼 그런 사정으로 형편은 넉넉지 않았지만,

시윤이를 비롯한 사이좋은 삼남매는 늘 건강하고 밝았다. 기훈이 형도 시윤이도 문예반 활동을 좋아했다. 반장이었던 형의 주도로 우리는 《코스모스》라는 제목으로 문집을 발행하기도 했다. 소위 '가리방'을 긁어 '등사판'을 밀던 방식이었다. 표지는 색지로 입혀 '호치키스'로 찍어 완성했다. 그런 작업 하나하나가 참 즐거웠다. 헤르만 헤세, 알베르 까뮈를 비롯해 문학 책도 많이 읽었고 토론도 많이 했다.

당시 우리 문예반엔 서울에서 잘나가던 네 고등학교들이 연합해 해마다 돌아가면서 '4개교 문학의 밤'이라는 행사를 하는 전통이 있었다. 지금으로서는 상상하기 힘든 일이지만 당시엔 엄청난 문인들이 직접 이 고등학생들의 행사에 왕림하시어 어설픈 발표를 듣고 강평을 해주시기도 했다. 박목월, 박두진, 서정주 선생님도 그 행사에 오신 적이 있었고, 내가 반장을 할 때는 우리 학교 차례가 되어 김남조 선생님을 모셨다. 내가 발표한 작품에 대해서도 "맑은 심성이 깔끔한 시어들 속에 잘 녹아들어 있다"는 강평을 들었고 그 말씀을 평생 보물처럼 가슴 깊은 곳에 간직하고 있다. 지금 생각해보면 정말이지 엄청난 영광이 아닐 수 없는 일이었다.

그때 우리는 소위 '문학의 본질이 무엇이냐', '순수문학과 참여문학 어느 쪽이 답이냐' 어쩌고 하는 토론도 하곤 했는데, 유행하던 실존주의의 영향인지 '문장만으로 문학이 성립되지는 않는다', '삶의 깊은 진실을 건드리는 철학이 있어야 진짜 문학이다' 어쩌고 하는 주장이 힘을 얻고 있었다. 사르트르니 하이데거니 니체니 하는 철학자들의 이름도 함께 거론되었다. 내가 대학에서 철학을 전공하게 된 데는 그런 분위기의 영향도 없다 할 수 없다.

시윤이도 나도 국문과를 갈 줄 알았다. 그런데 인연은 따로 있는지 나는 철학과로 갔고 시윤이는 뜻밖에 항공대로 갔다. 나중에 들은 이야기지만 거긴 장학제도가 아주 좋았다. 졸업 후의 취업도 확실하게 보장되었다. 그는 이미 나보다 훨씬 더 일찍 '세상'을 아는 '어른'의 세계에 진입해 있었던 것이다. 고등학교를 졸업한 후 나는 나대로 그는 그대로 각자의 인생을 사느라 거의 만나지를 못했다. 그에 관한 모든 일들이 시간과 함께 아른거리는 '청춘'의 커튼 뒤로 멀어져갔다. 그 특별했던 우정이, 그 세월이, 그 이야기들이, 마치 그냥 우리가 그렇게 많이 읽었던 소설 중의 하나 같은 느낌이었다. 그는 지금 어떻게 살고 있을까? 아버지는 아직 건강하실까? 기훈이 형과 윤주는 어디서 무얼 하면서 어떻게 살고 있을까? 아주 가끔씩 그런 게 궁금한 순간도 없지 않았다.

2013년 연구년으로 미국 보스턴에 가 있을 때, '미동동'(미국 동부 동창회) 친구들로부터 '뭉치자'는 연락이 와 뉴욕에서 모인 일이 있었다. 그때 이런저런 이야기를 하다가 '미서동'(미국 서부 동창회)에 있다가 동부로 온 한 친구에게 시윤이의 소식을 듣게 되었다. 항공대를 졸업한 그는 공군에 갔다가 모항공사에 스카우트되어 파일럿이 되었다는 것이다. 제복을 입고 보잉 여객기의 조종간을 잡은 시윤이의 모습이 머릿속에 그려졌다. 멋있었다. 제법 오래 파일럿으로 일했는데, 얼마 전 그 일을 그만두고 미국 로스앤젤레스에 정착해 자기 사업을 시작했다는 것이다. 옛 생각이 물밀 듯 밀려오면서 만감이 교차했다. 잘은 모르지만 그런 건 일단 '나름 성공한 인생'으로 받아들여진다. 흐뭇했다. 엄청난 노력이 있었을 것이다. 그 친구의 이야기로는 서부에 있을 때 만나본 시윤이는 여전히 밝고 착하고 그리고 듬직한 모습이었다고 했다. 미국에 있을 동안 한 번 만나보고 싶었지만 보스턴과 LA의 거리가 그렇게 만만한 게 아니었다. 나는 결국 그를 보지 못한 채 귀국했다. 그는 지금도 미국에서 열심히 그의 삶을 살고 있을 것이다. 거기서도 가끔씩 수제비를 끓여 먹고 있는지 모르겠다.

장면 9 미동동 친구들 이야기

아마 누구나 그렇겠지만 중학교 고등학교 때의 친구들은 뭔가 좀 다를 것이다. 현재의 재산이나 지위, 아무 상관없이 편하게 말을 놓을 것이고, 청춘의 시작인 만큼 추억도 유난히 많을 것이다. 아직 뭐가 뭔지 잘 모르는 초등학교 시절과는 달리 중고등학교 때는 이성에 대한 호기심을 비롯해 그래도 뭔가를 좀 알게 된다. 그 뭔가를 이 시기의 친구들은 공유하기에 '우리'라는 일체감도 남다른 것이다.

나는 안동에서 국민학교를 마치고 중학교 때부터 서울로 올라왔다. 당시 중학교 입시는 정말 치열했다. 나는 다행인지 불행인지 그것을 치른 마지막 세대에 해당한다. 우리 바로 다음부터는 입시가 없어지고 소위 '뺑뺑이'로 학교가 배정되었다. 나는 그 치열한 입시를 뚫고 서울 B중학교에 입학했다. 소위 전국 최상위권의 명문이라 아이들의 실력도 자부심도 대단했다. 친구들에게 배울 것도 참 많았고 관계도 나름 끈끈했다. 특히 그때는 고등학교까지 동계 진학제가 있어 우리는 중간에 빠져나간 극소수를 제외하고 6년을 내리 같이 다녔다. 더욱이 우리 학교는 서울에서 유일한 남녀공학이라 남학생 네 반, 여학생 세 반, 소수 정예였기에 웬만하면 한 번쯤은 같은 반이 되어 거의가 다 알고 지냈다. 1960년대 말, 70년대 초였다.

훗날(2013년) 교수로서 연구년을 받아 미국 보스턴의 하버드에서 1년을 보내게 됐다. 도착 얼마 후 3월이었던가? B고 미주지부 '미동동' 명의로 연락이 왔다. '뭐지?' 했는데, '미국 동부 동창회'였다. 보아 하니 '미중동', '미서동'도 따로 있는 것 같았다. 내가 보스턴에 간 걸 누구에게 들었는지, 꽃구경 겸해 한 번 '뭉치자'는 연락이었다. 여학생 명단은 좀 낯설었지만, 남학생들은 다 낯익은 아니 정겨운 이름들이었다. '어? 이 녀석도 미국에 와 있었네?' 각자 뭔가 사연이 있을 터. 흥미로웠다.

공지된 대로 보스턴에서 뉴욕으로 내려갔다. 거기서 홍윤진, 김선일, 박영노를 만났다. 허그의 강도가 지난 40수 년의 세월을 말해주었다.

우리는 뉴욕 퀸스 한인타운 플러싱의 한 한국식 커피점(카페베네)에 진을 치고 40수 년 만의 회포를 풀었다. 다들 온 지 30년이 넘은 영주권자였다. 겉모습은 백발이 성성한 초로의 아재 아니 할배들이었지만, 입을 열자 그 알맹이는 40수 년 전 중고딩 때 그대로임이 금방 드러났다. 머리 좋은 영노는 내가 중1 때 출석번호가 몇 번이었는지, 앉은 자리가 몇 분단 누구 옆이었는지까지 기억하고 있었다.

　조금씩 풀리는 그 이야기보따리들이 흥미로웠다.

　선일이의 경우는 특히 그랬다. 그가 미국에 온 계기가 '사기' 덕분이라는 것이다. '응? 사기 덕분?' 사연은 이랬다. 원래 좀 '크게' 놀던 그는 서울에서 대학 졸업 후 잠시 평범한 회사원 생활을 했지만 만족하지 못하고 사업을 꿈꾸고 있었는데, 비슷한 생각을 가진 사람을 만나 동업을 하기로 했다. 그는 자금을 대고 그 사람은 상속받은 건물을 지분 삼아 제공하기로 했다. 그는 회사를 때려치우고 어렵게 모은 거금을 그 사업에 몽땅 쏟아 부었다. 그런데 어느 날 그 사람이 그 돈을 챙겨서 어디론가 튀어버렸다. 상속받았다는 건물도 새빨간 거짓말이었다. 그는 완전히 당한 것이다. 잠적한 그 사람은 중국인지 베트남인지 어딘가로 숨어버려 경찰도 찾을 길이 없었다. 그는 세상이 너무나 싫어져 한동안 실의 속에 술만 퍼마시다가 이대로는 안 되겠다 싶어 이를 악물고 모든 걸 새로 시작하기로 했고 미국행을 결심했다….

대충 그런 스토리였다. 미국에 온 이후 그 친구는 길거리 노점에 과일 장수에 온갖 궂은 일로 고생을 하고 공사판에서 일하다 사고를 당해 임사 체험까지 했는데, 착실히 모은 돈으로 차린 식당이 다행히 잘되어 지금은 맨해튼에 잘나가는 레스토랑과 식품점 체인을 운영하는 사장님이 되었으니 그런대로 성공 신화의 주인공이라 해도 좋을 것이다. "그 자식 지금 어디 처박혀 있는지, 죽었는지 살았는지, 하여간 그런 놈은 천벌 받아야 해…" 말은 거칠었지만 이미 성공한 그의 표정에는 이긴 자의 여유 같은 것이 감돌고 있었다. 나중에 그의 가게에 가서 점심도 얻어먹어 보았는데, 현지화된 훌륭한 맛이었다. 그는 "정신없이 바빠지지만 항상 분주하게 돌아가는 맨해튼에 들어서면 요새도 가슴이 뛰기 시작해."라고 말했다. 고등학교 때와 별반 다를 바 없는 영락없는 소년의 모습이었다.

윤진은 서울의 대학에서 철학을 전공했는데, 불교학생회 활동도 아주 적극적이었다. 학자로 남는 게 꿈이었지만 졸업 후 집안 사정으로 미국에 이민을 왔다. 특별한 재벌집이 아닌 한 초반에는 누구나 온갖 고생을 다 한다. 그도 예외는 아니었다. 지금은 한인타운 플러싱에서 작은 금융업을 하며 그럭저럭 안정된 생활을 유지하고 있다. 그의 사무실에도 가 보았는데 서랍 속의 권총이 아주 인상적이었다. '아하 여기는 미국…' 곧바로 납득했다. 그런 한편 그는 한국계 사찰에도 열심히 다니고 동창회 사이트와 SNS에 불교 관련 글도 꾸준히 올린다. 그가 계절마다 올리는 뉴욕 주변 일대 여행담들은 그의 일품 사진들과 함께 구경하는 재미가 제법 쏠쏠하다. 대개 현지인만이 아는 명소들이다. 덕분에 나도 이젠 키스나 공원에 대해 제법 많은 것을 꿰고 있다. 꽃만 보면 카메라를 들이대는 그의 습관은 아마 오늘도 변함없을 것이다.

그에게 흥미로운 이야기를 하나 들었다. 바로 그 한인 동네 플러싱에 대한 이야기다. 그들은 거기를 '대한민국 뉴욕시 플러동'이라 불렀다. 맨해튼이 워낙 집값이 비싸 한인들이 하나씩 둘씩 상대적으로 저렴한 이곳에 와 타운을 개척했는데, 지금은 역 앞 황금 상권을 중국인들이 완전히 장악해버리고 정작 이곳을 개척한 한인들은 역에서 먼 안쪽으로 밀려났다는 것이다. 역 앞 노른자위는 사실상 차이나타운이 되었다고 했다. '어떻게 해서' 그렇게 되었냐고 물어봤다. 간단했다. 사정이 똑같았던 중국인들도 외곽을 찾았는데 그들은 서로 공동 출자를 해서 건물 자체를 아예 사버린다는 것이다. 혼자서는 도저히 불가능한 일을 '함께 모여서' 이루어낸다는 것이다. '아하!' 바로 이해가 되었다. '함께'가 '힘'이 되는 것이다. "그럼 한인들은?" 하고 물어보니까 그게 안 된다고 했다. 각자 자기가 잘났고 상대를 불신하기 때문에 알면서도 안 된다는 것이다. 그 결과가 뺏기고 내몰리는 것이다. "거 참…" 안타까웠다. 그런데 어쨌거나 동창인 그 친구들끼리는 지금도 중고딩 시절처럼 여전히 잘 뭉치는 것 같아 다행이었다.

다음 날 우리는 윤진의 차로 플러싱을 출발해 도중에 처음 만나는 여자 동창 현주와 은경을 태우고 필라델피아에 들러 상현을 태우고 워싱턴DC로 가 벚꽃놀이를 즐겼다. 그 아름다운 꽃들이 다 도쿄 시장의 선물이었다는 불편한 사실만 빼면 모든 것이 좋았다. 프랭클린 루즈벨트 기념관에서 제퍼슨 기념관까지 타이들 베이슨(Tidal Basin) 호수를 천천히 한 바퀴 돌며 우리는 많은 이야기를 나누었다.

상현은 중고등 때 내내 성적이 상위권이었는데 그 실력을 그대로 살려 미국에서 CPA(공인회계사)가 되었다. 엄청 바쁘지만 돈을 엄청 잘 번다고 했다. 국가 상관없이 공부의 위력을 다시 한 번 느낄 수 있었다. "세금철만 되면 바빠서 화장실도 못 가." 그는 툴툴댔지만 표정은 즐거워 보였다. 그는 필라델피아 백인 거주지에 고급 저택을 갖고 있었다. 귀로에는 그의 집에 들러 거한 식사를 대접받기도 했다. 할리우드 영화에서 보던 그런 집이었는데 너른 정원의 거대한 느티나무가 인상적이었다.

그들의 배웅을 받으며 다시 보스턴으로 돌아가는 버스 안에서 뉴욕과 워싱턴에서의 모든 장면들이 반추되었다. 아니 40수 년 전 서울 용두동과 청량리와 종암동에서의 모든 장면들도 함께 반추되었다. '그때'와 '지금', 그 사이에 가로놓인 '세월', '산다는 것', 변하는 것과 변하지 않는 것, 그런 것들이 혼재한 상태로 사념을 불러일으켰다. 나는 깊은 잠에 빠져들었다.

주머니 속 전화의 진동 벨소리에 잠이 깼다. 뉴욕의 윤진이었다. 그의 목소리가 좀 다급했다. "야, 너 지금 어디야? 괜찮아?" "왜? 아직 버스 안인데…" "아, 그럼 다행이다. 지금 보스턴 난리 났잖아. 조심해라." 보스턴 마라톤 폭발물 테러가 일어났던 바로 그날이었다.

장면 10 수학 선생님들 이야기

요즘은 중2병이라는 것이 일반명사화된 듯한 느낌이 없지 않지만 우리가 중학생 땐 특별히 그런 현상도 별로 없었다. 어쩌면 학풍? 어쩌면 서울에서 유일했던 남녀공학이었기 때문일까? 어쩌면 시대가 그런 시대였을까? 아이들은 대체로 얌전하거나 점잖았다. 열심히 등교해서 수업을 듣고 친구들과 떠들기도 하고 운동장에서 뛰놀기도 하고 더러는 몰래 무협소설 같은 걸 돌려보다가 생활주임에게 들켜 꿀밤을 맞기도 하고… 그렇게 여러 해를 보냈다. 그러나 그런 가운데서도 인생을 좌우하는 일들이 언뜻 고요해 보이는 수면 하에서 일어나기도 한다.

중학교 때 S라고 하는 친구가 있었다. 그는 특별히 똑똑하고 점잖아서 친구들 사이에서 신망이 높았다. 책을 많이 읽어 아는 게 많았고 성적도 우수했다. 특히 그는 글도 잘 쓰고 그림도 잘 그리고 노래도 아주 잘 불러 소풍 때 장기자랑에서는 인기가 장난이 아니었다. 당시 우리 중학교는 입시 경쟁이 아주 치열한 전국 최상위권이었기 때문에 각자의 초등학교에서 전교 1등을 했던 아이들이 수두룩했다. S도 그랬다. 그런데 그는 1학년 때부터 '수학'에 문제가 생기기 시작했다. 당연히 그도 초등학교 '산수'에서는 날고 기던 친구였다. 6학년 때는 '어린이 과학경연대회'에 학교 대표로 참가해 우승을 했고 당시 라디오 방송국에 초대되어 아나운서 아저씨와 인터뷰라는 걸 하기도 했다. 그는 '장래희망'을 묻는 아나운서 아저씨의 질문에 '훌륭한 과학자'가 되겠다고 했다. 그 꿈이 1년도 안 돼 흔들리게 된 것이다. 수학 없이 어떻게 과학을 하겠는가.

이유는 일단 수학을 맡은 A선생님 때문이었다. 담임이기도 했던 이분이 너무 재미가 없었다. 선생님의 잘못은 아니었을 것이다. 유일한 국립이었던 특성상, 교사진은 전국 최상위권 인재들이었다. 실력은 기본적으로 짱짱했다. 그런데 수업은 정말 딱딱했다. 3년 내내 우리는 그 선생님이 웃는 모습을 거의 본 적이 없다. 까르르 웃음이 넘치던 '기하' 과목과 대조적으로 이분이 가르친 '대수'는 인수분해에서부터 방정식을 거치며 당시 처음 배우기 시작한 영어보다도 더 외국어처럼 들렸다. 감수성이 발달했던 그는 특히 심했다. 그렇게 S와 수학의 악연은 시작되었다. 그의 성적은 대부분 과목이 전교 최상위권이었는데 수학만이 바닥권이었다. 물상 과목도 따라서 저조했다.

3학년 때 불에 기름을 붓는 사건이 발생했다. S는 새를 무척이나 좋아했고 당시 우리의 감각으로는 거의 '교수'급의 지식을 자랑했는데, 기르던 새의 상태가 안 좋아졌고 그 '모이'가 마음에 걸려 새장을 학교에 가지고 온 적이 있었다. B 선생님의 수학 시간이었다. 수업 중에 뒤에 둔 새가 짹짹거렸다. (그는 소리만으로 새가 아프다는 걸 알아들었다.) S가 뒤를 돌아보았다. 아이들도 고개가 돌아갔다. "뭐야!" 그걸 보고 문제풀이를 하던 선생님이 불같이 화를 내셨다. 워낙 성격이 급한 분이었다. "제 샌데…" S가 제대로 설명할 틈도 없이 선생님은 쏜살같이 그에게 다가가 따귀를 날렸다. 근처에 앉았던 내 눈에서조차 불이 튀는 느낌. 순식간에 교실은 공포 분위기에 휩싸였다. 너무나 충격적이라 50수 년 전의 그 분위기를 나는 아직도 생생하게 기억한다. 있어서는 안 되는 일이었다. 그분이 그때 왜 그렇게까지 화를 냈는지 지금도 잘 이해가 되지 않는다. 어쩌면 그날 출근하기 전 사모님과 부부싸움을 했을 가능성도 배제할 수 없다. 그래도 그렇지…. 그날 이후 S는 수학과 완전히 담을 쌓았다. 미래의 한 위대한 과학자가 사라지는 순간이었다.

그런데 인생이란 참 묘하다. '엎친 데 덮친 격'이라는 말이 있다. 말하자면 그런 것인지 S와 수학의 제3탄이 있었다. 진학해서 고1 때였다. (우리는 동계 진학으로 같은 고등학교를 다녔다.) 복도에서 아이들끼리 어쩌다가 싸움이 붙었다. 고등학생이 된 후 S는 그 특유의 점잖음으로 리더십을 발휘하고 있었는데, 지나가다 말고 그 싸움을 말리려 뛰어들었다. 싸우던 친구들은 흥분한 상태라 주먹을 휘두르며 셋이서 몸이 서로 엉겼다. 그때 마침 지나던 선생님이 "이누무 자슥들…" 하며 출석부로 머리를 사정없이 내리쳤다. 하필 또…, 수학 담당의 C선생님이었다. S는 어처구니없이 쌈박질이나 하는 '나쁜 놈'이 되고 말았다. 자존심이 남다른 그였다. 리더 격이었던 그가 여러 친구들 보는 앞에서 맞았으니 완전히 체면을 구긴 셈이 되었다. 좀 떨어진 거리에서 여학생들도 몇 명 보고 있었다. 그 일은 교무실에 바로 알려졌고 그의 재주와 인품을 익히 잘 알던 국어 담당 D선생님이 그가 얼마나 훌륭한 모범생인지를 잘 설명했다지만, 짓밟힌 S의 자존심은 이미 엎질러진 물이었다.

학교에서는 그런 일들이 곧잘 벌어진다. 그러나 적지 않은 선생님들이 자신들의 말 한마디 행동 하나가 학생들의 인생에 어떤 영향을 끼치는지는 여전히 잘 모르고 있다. S는 다행히 예비고사 점수가 잘 나왔고, 본고사에서 수학과목이 없는 대학에 들어가 열심히 공부했고 유학 후 박사가 되었고 조류학자로서 큰 족적을 남겼으니 '훌륭한 과학자'가 되겠다고 했던 초등학교 시절의 저 라디오 인터뷰를 어느 정도는 지킨 셈이다. 미적분 등 고등수학을 계열 상관없이 무조건 배워야 하고 수학이 수능 점수를 좌우하고 그 수능 점수가 대학의 이름을 결정하고 그 대학의 이름이 학생 전원의 인생을 일괄적으로 좌우하는 이 나라의 교육제도는 어딘가 잘못돼도 한참 잘못된 것이라고 S는 가끔씩 웃으며 흥분하기도 한다, 아니 했었다. 지금은 수학이 없는 아득한 세계로 떠나가버렸으니까.

장면 11 한진우 이야기

　우리는 영문도 모르고 이 세상에 태어나 이런저런 일들을 겪으며 한 세월 인생이라는 것을 살다가 역시 영문도 모른 채 이 세상을 떠나게 된다. 빈손으로 왔다가 빈손으로 떠나는 '공수래공수거'다. 지금까지 무려 1,082억의 인간들이 그러했고 지금 살고 있는 77억이 또한 마찬가지다. 그런데 참으로 묘한 것이 구도상으로는 도리 없이 허망한 것이지만 그 인생이란 것에는 '아름다운 장면'들이 적지 않아 그것이 '사는 재미'를 주기도 한다. 철학자들은 그런 것을 '의미'의 하나로 치기도 한다. 그 정수가 아마도 남녀의 사랑일 것이다. 그것은 때로 운명적이기도 하다. 그 아름다운 장면의 하나를 소개한다.

일본에서 소포가 하나 왔다. 발신인은 일본 N대학의 한진우 교수다. 그는 내 중고등학교 시절부터의 오랜 친구다. 함께 문예반에서 어설픈 습작들을 서로 바꾸어 보며 청춘을 공유한 사이다. 준수한 용모에 심성도 선하고 머리도 총명한 '범생이' 그 자체였다. 그가 정년퇴직 기념으로 에세이집을 하나 내겠다며 옛날처럼 그 원고 뭉치를 보내온 것이다. 나도 이제 바쁠 것 없는 처지라 단숨에 읽어 내려갔다. 아련한 50년 전 중고등학교 시절의 회고담도 있었고, 내가 모르는 '그 후'의 이야기들도 있었다. 그중의 한 편이 내 관심을 사로잡았다. 감동이 있는 '아름다운 장면'이었다. 나도 일부 알고 있는, 명백히 그 자신의 이야기지만 그 글은 쑥스러움을 감추려는 듯 3인칭으로 서술되어 있었다.

그녀에 대하여

그가 그녀를 처음 만난 것은 1979년 4월 어느 날, 일본 와세다대학 문학부 국제교류실 '야노 세츠코' 상(さん)의 방에서였다. 새 학기가 시작되었고 학위과정에 정식으로 입학하게 된 인사차 그 방에 들렀을 때 그녀는 다소곳이 소파에 앉아 야노 상과 무언가 이야기를 나누고 있었다. 그녀의 단정한 옷차림, 자태, 그리고 약간쯤 칸사이(関西) 사투리가 섞인 듯도

한 부드러운 말투와 고운 음성은, 있는 듯 없는 듯한 청량한 향기와 함께 기묘한 교양미를 내뿜고 있었다. 어쩌면 수국과도 같은, 어쩌면 코스모스와도 같은, 또 어쩌면 백합과도 같은 그 고움, 그 화사함은 그로서는 처음 접해보는 신선한 것이었다. 그는 가슴속에 고요히 일어나는 미묘한 설레임을 감지할 수 있었다.

그러한 설레임을 아는지 모르는지 야노 상은 반가운 듯 그를 맞으며 호들갑을 떨어댔다. '정식 입학을 축하한다'는 둥 '다들 대단하다'는 둥 인사를 늘어놓은 끝에, 앞에 앉은 그녀를 의식한 듯, "아 그래요, 소개하죠. 같은 한국 분이니까…. 이쪽은 한진주 씨, 요번에 일본사연구실 노무라 선생님 밑에 연구생으로 들어오신 분입니다. 이쪽은 한진우 씨, 비교문화연구실 수사과정에 요번에 합격하신 분입니다. 어머, 그러고 보니 이름이 거의 똑같네요. 이런 우연이…"

그 '이국적인' 미모의 아가씨는 놀랍게도 한국인이었던 것이다. 게다가 이름이 거의 같아 참으로 묘한 느낌이었다. 그는 몇 마디 형식적인 이야기를 그녀와 나누었지만 자신이 무슨 이야기를 하고 있는지 도시 종잡을 수가 없었다. 그 대화의 시간이 얼마쯤이었는지도 알 수가 없었다. 얼떨결에 작별을 하고 그 방을 나섰지만 그녀의 단아한 자태며 음성, 그리고 그녀에게 너무나도 잘 어울리던 작은 꽃무늬 블라우스 등등이 한동안 그의 인상에서 지워지지 않았다. 따뜻하고 화려한, 벚꽃 흐드러진 도쿄의 봄이 그 만남의 배경이었다.

문학부 카페 '메트로'에서 몇 차렌가 유학생 모임이 있었지만 그녀는 잘 나타나지 않았다. 그러나 새로 작성된 명부에는 분명 그녀의 이름이 일본사학과 소속으로 올라 있었고 그로 해서 그는 항상 마음 한구석으로 그녀의 존재를 의식하고 있었다. 그 명부를 통해 그는 그녀가 자신보다 두 살 아래이며 여느 유학생과는 달리 일본에서 학부를 졸업했다는 사실을 알게 되었다. 주 전공 분야는 일본 근세사였다.

　　반년 이상 살고 있는 신주쿠구(新宿区) 카구라자카(神楽坂)의 그의 아파트는 언제나 고요하고 외로운 장소였다. 그래도 그곳은 그에게 충분한 만족을 줄 만큼 깨끗했고 안락했다. 낮 동안은 햇볕이 따뜻했고, 창밖 공터에는 민들레가 하나 가득 아름답게 피어 있었고, 가끔씩 옆집의 구관조가 시도 때도 없이 '오하요(おはよう)'를 지껄여대기도 했다. 방 안에는 빨간색 SONY TV가 놓여 있었고 그것은 그에게 큰 위안이요 좋은 어학 선생이었다.

　　어느 날, 교육방송을 켜니 '후쿠자와 유키치(福澤諭吉)' 강좌가 진행되고 있었다. 그것이 그녀의 전공 분야임을 그는 알고 있었다. 그로서는 아직 잘 알아들을 수 없는 일본 역사였지만 그는 그녀의 그 곱던 분위기를 화면에 겹쳐 보면서 끝까지 그 프로를 지켜보았다.

　　어느 날 세미나가 끝난 뒤 문학부 현관에서 고등학교 선배이기도 한 일본사학과의 전인철 씨를 만났다. 무뚝뚝한 편이지만 그래도 사람 좋은 그는 느닷없이 '여자'를 소개해주겠다며 그를 끌고 갔다. 정문 맞은편 '에르-누벨'이라는 조그만 찻집(喫茶店)에 들어서니 그곳에 바로 '그녀'가 앉아 있었다. 전의 설명인즉 근세사 연구에 필수적이지만 잘 몰라 헤매고 있던 일본 근세어를 그녀에게 배우기로 했다는 것이다. 좋은 선생을 만나 잘됐다고 공치사를 해주었지만, 그는 한편으로 반가움, 한편으로 쑥스러움, 또 한편으로 미묘한 질투 같은 묘한 기분 속에 빠져들었다.

후쿠자와 유키치의 문장을 그녀는 열심히 읽고 설명해주었지만 사실 그런 따위는 그로서는 별로 관심이 없었고, 능글능글 웃으며 듣고 있는 전도 실은 글 배우는 게 주목적이 아닐 거라고 그는 짐작하였다. 그래선지 전이 고약한 사람이라는 생각까지 들 지경이었다. 이런 비공식적인 자리에서 글공부 따위를 핑계로 그녀를 불러낸 것은 아무래도 그녀에 대한 '수작'이라는 느낌이 강하게 그를 지배했다.

얼마간의 시간이 지나고 이윽고 그녀는 자리를 뜨려 했다. 찻값을 내고 그곳을 나와 부끄러운 듯 작별을 고하려 하는데, 전이 느닷없이 어깨를 툭 치며 말했다. "야 인마, 숙녀를 배웅도 안 하고 그냥 보낼 작정이냐?" "아참 그런가? 그것도 그렇네…" 순간적이지만 전의 말은 그에게 큰 용기를 주었다. 그녀는 괜찮다고 사양했지만 그는 (평소의 그답지 않게) 용감하게 그녀의 에스코트를 자청하고 나섰다. '에르-누벨'에서 와세다 역까지는 그다지 멀지 않았다. 전은 이미 자리를 피해주었고 이제는 단둘이었다. 그는 묘한 긴장과 부끄러움을 느끼면서도 한 걸음 한 걸음을 아끼고 있었다. 와세다 거리의 소음도 평소와 같으련만 그날의 그에게는 결코 시끄럽지가 않았다. 이윽고 역 개찰구. 그녀가 단정히 고개 숙여 인사하며 미소 지을 때, 그는 '영락없는 일본 여자' 같은 느낌을 다시 한 번 받았다. 그녀가 계단을 내려가 모습이 보이지 않게 된 후도 그는 한참을 멍하니 서 있었다. 그녀가 남기고 간 체취를 반추라도 하듯이.

공부는 결코 호락호락하지 않았지만 수사과정 첫 학기라 심리적인 부담은 크게 없었다. 가끔씩 교정을 산보하기도 하고, 여유롭게 '키타로(喜太郎)'의 음악을 들을 때도 있었다. 가끔씩 강의실로 향하는 그녀의 뒷모습을 목격하기도 했다. 그러나 그런 행운이 자주 찾아오지는 않았다.

그의 마음과는 아랑곳없이, 와세다 거리에는 언제나 자동차와 그 소음들이 흘렀고, 사람들은 분주히 오고 갔고, 교정에는 변함없이 까마귀들이 깍깍거리고 있었다. 교정 안팎의 은행나무 잎은 점점 그 녹색을 더해 갔다. 대강당 시계탑 위에 흰 뭉게구름이 걸리고 그 사이사이로 매미 소리가 퍼져 나갈 무렵, 그는 자랑스러운 기분으로 한국을 잠시 다녀왔다.

한국을 다녀온 후 마음도 한결 안정되고 공부에도 진전이 있었다. 그건 또, 서서히 주변에 펼쳐지는 가을이라는 계절의 덕분이었는지도 모른다. 신학기가 시작되었건만 그녀의 모습은 보이지 않았다. 어느 날 오후, 그는 수업이 일찍 끝나 친하게 지내던 재료공학과의 윤세일 씨 거처로 찾아갔다. 그는 농학부 건너편 YMCA 회관에 살고 있었다. 그곳은 걸어서 5분이면 충분한 거리인지라 가끔씩 들르곤 했었다. 어쩌다가 그녀의 이야기를 하게 되었는데 윤세일 씨는 빙그레 웃으며 어깨를 툭 쳤다. "당신 혹시 그 아가씨 좋아하고 있는 거 아냐? 그렇게 궁금하면 연락을 해봐! 어떤 아가씬데 우리 한진우가 이렇게 찬양을 하는지 나도 한번 봤으면 좋겠네. 주소는 안다며? 한번 찾아가보라고. 나도 같이 가줄까?" 그렇게 시작된 이야기가 실행에 옮겨지고 말았다. 그건 어쩌면 '젊은 놈'으로서의 '객기' 같은 것이었다. 그는 윤세일 씨와 둘이서 포켓용 지도를 하나 사고는 지하철을 집어탔다. 지도만 있으면 도쿄에서 집 찾기는 일도 아니었다. '고코쿠지(護国寺)', 처음 내리는 곳이었지만 지도는 친절했다. 큰길에서 골목길을 들어서 언덕길을 조금 오르니 왼편으로 '오차노미즈대학'이 보였다. 그녀의 모교였다. 조금 더 지나 왼편으로 꺾어진 골목길 안에 주소와 일치하는 그녀의 거처가 틀림없이 있었다. 깔끔하고 조용한 2층짜리 '와카바 코-포'의 2층. 그러나 그는 문을 두드리지는 않았다. 사람이 있는 기척도 느껴지지 않았거니와, 애당초 문을 두드리고 그녀를 불러낼 만큼 그는 '여자'에 대해 용감하지도 못했다. 또 한편으로는, 설혹 그녀가 있다 해도 갑작스런 '내방자'를 '이상한 녀석들'이라고 불쾌해하기라도 하면 그야말로 낭패라는 불안감도 어디엔가 있었다.

아무튼 그녀를 찾아 여기까지 왔고, 또 그녀의 거처를 확인한 것만으로도 그는 뭐라 말할 수 없는 만족을 느꼈다. 기다리지도 않고 그냥 되돌아 언덕을 내려가며, 윤세일 씨는 "이렇게 갈 거면 뭐 하러 왔어." 하며 이해할 수 없다는 듯 투덜거렸지만 그는 그것으로 족했다.

가을은 점점 깊어가고 구내의 은행잎이 노랗게 물들어도 어쩐 일인지 그녀의 모습은 학교에서 보이지 않았다. 그의 뇌리에는 가끔씩, 화사하게 미소 짓던 봄날의 그녀, 그리고 고요 속에 감싸여 있던 그녀의 아파트가 떠오르곤 했다.

어느 날, 노란 은행잎이 한참 떨어질 무렵이었다. 요시다(吉田) 교수의 세미나가 시작되기 직전, 그는 서둘러 현관을 들어서다가 나오던 어떤 사람과 어깨가 부딪혔다. 그 사람은 놀랍게도 바로 그녀였다. 반갑지 않을 수가 없었다.

"오랜만입니다. 통 안 보이시던데…"

"네, 한국에 가 있었어요."

"아, 그러셨구나…"

그는 납득을 하면서도 무슨 말을 어떻게 이어야 좋을지 몰랐고, 그나마 수업이 시작되기 직전이었다. "연락드리겠습니다." 하고 헤어졌지만 무슨 연락을 어떻게 하겠다는 말인가. 그는 교실 한쪽에 앉아 있었지만 가뜩이나 발음도 확실치 않은 요시다 교수의 웅얼거리는 이야기가 귀에 들려 올 턱도 없었다. 과감히 수업을 빼먹고 그녀를 붙잡지 못한 자신이 한심스러웠다. 어떻게 수업이 끝나고 어떻게 집으로 돌아갔는지도 몰랐다. 저녁 내내 그는 멍한 기분이었고 오랫동안 궁금하던 차의 재회라 그녀의 인상은 더욱 강렬했다. 추위 탓인지 약간쯤 여위어 보였던 그녀의 얼굴이 안쓰럽기도 했다.

　밤이 깊어갔다. 책상 위에는 책과 노트가 펼쳐져 있었지만 그는 멍하니 턱을 괴고 그녀를 생각하고 있었다. 그러다가 그는 그렇게 그녀를 생각하고 있는 자신의 모습이 불현듯 신기하게 느껴졌다. '아 나는 지금 책을 펼쳐 놓은 채 여자를 생각하고 있구나… 이것이 나의 성장한 모습인가… '공부'보다도 '그녀'는 지금 내게 있어 훨씬 더 강력한 진실이 아닌가… 이 마음이야말로 가장 순수하고 아름다운 것이 아닌가…'

　그는 노트 위에 뭔가를 끄적거리기 시작했다.

　「책을 펼쳐 놓고 이 가을밤, 나는 책에 없는 그녀를 생각한다. 기나긴 성상 스물 몇 해, 산 지나 강 지나 바다도 지나 지금 이곳은 일본 땅 도쿄. 과제를 하다 말고, 지금 나는 그녀를 생각한다…. '그녀를 생각한다. 고로 나는 청춘이다.'」

　그러다가 그는 한 편의 시를 적어 나갔다.

연모

보이지 않지만 영롱한
깊고 깊은 곳에 있는

진주알 같은 내 마음을 그대는
알 턱이 없다

매일매일 당신의 창밖에서
수줍게 유리를 두드리는 그 햇살들
그것이 내 마음임을 그대는
알 턱이 없다

당신이 산보하듯 지나온 그 계절마다
길섶에 피어나던 온갖 꽃들이 실은
꽃빛 내 마음이었음을 그대는
알 턱이 없다

언젠가 백년의 시간이 물결처럼 지나고
내 무덤에서 봄 잔디가 돋아날 때
그 싱그런 초록들 또한 내 마음임을 그대는
알 리 있을까

알 리 있을까, 그대는
오늘밤 그대의 꿈을 고이 비추는
저 수많은 은하의 별들이 모두 다
내 애틋한 마음인 것을
…

그 시는 제법 길었고, 만족스러운 것이었다. 그는 그 끄트머리에 단정하게 날짜를 적어 넣었다. 그는 그 시를 정서하지 않은 채 그녀에게 건네줄 작정이었다. 그것은 제법 멋진, 결코 천하지 않은 아주 순수한 애정의 표현 방식이 될 거라고 그는 생각했다. 그는 그 노트 쪽지를 곱게 접어 봉투에 넣고 책갈피에 끼워 가방에 넣었다. 아름다운 밤이 흐르고 있었다.

그러나 그녀는 숨바꼭질이라도 하는 양 모습을 드러내지 않았다. 하루가 지나고, 이틀이 지나고, 그는 세미나 준비에 시달렸고, 그녀는 언제나 숨어 있었고, 시를 담은 봉투는 책갈피에 꽂힌 채 조금씩 잊혀져갔다.

캠퍼스 은행나무의 참새들도 추워 보일 무렵, 그는 문학부 사무실에 전날 신청한 재학증명서를 찾으러 갔다. 면식 있는 직원이 증명서를 건네주면서, "여기에 수취 사인 부탁합니다." 하며 쪽지를 내민다. 사인을 하고 건네주자 그는 갑자기 낭패한 얼굴을 하며, "이런, 제가 실수했습니다. 그게 아니고 이거네요." 하는데 보니, 증명서의 이름이 달랐다. 한은 한인데 한진우가 아니라 한진주, 바로 그녀의 것이 아닌가! 그는 다시 사인을 하고 자기 증명서를 받아 사무실을 나왔지만 가슴이 뛰고 있었다. 그녀가 왔었다! 그리고 틀림없이 저걸 찾으러 올 것이다! 그 확신이 서는 순간, 그는 다시 사무실로 되돌아갔다. 신청서 뒷면에 서둘러 메모를 적었다. 그러고는 아까 그 직원에게 이걸 그 증명서에 끼워 둬 달라고 부탁했다. 직원은 순간적으로 머뭇거리더니 납득한 듯 씨익 웃으며 부탁을 들어주었다. 그 메모에는 다음과 같은 글이 적혀 있었다.

「오랜만입니다. 우연히 보고 이 글을 적습니다.

꼭 드리고 싶은 말씀이 있으니 보시는 대로 즉시 전화 주십시오.

1979년 ○월 ○일 ○시 한진우

전화번호 ×××-××××」

난생 처음 하는 짓이다. 그건 제대로 연애 한 번 해본 적 없었던 그로서는 대단한 용기였다. 무엇이 그로 하여금 그런 용기를 내게 했을까? 그는 짐작이 갔다. 그건 아마도 핑크빛 호감이었다.

그날 밤, 아파트의 전화벨이 울렸다. 그는 화들짝 놀라며 TV를 껐다. 그녀였다. 가슴이 뛰었다. 무슨 일인가 의아해하는 느낌이 전화를 통해 확실히 전해져 왔지만 그는 아랑곳하지 않고 반 강요하듯이 다음 날 만나자는 약속을 얻어냈다. 그녀는 얼떨결에 응낙했겠지만 그는 약속을 얻어내기 위해 필사적이었다. 그의 목소리는 조금쯤 떨리고 있었음에 틀림없다.

다음 날, 문학부 카페 '메트로'에서 그는 그녀와 재회했다. 그녀는 약속시간을 지켰고, '급한 용건'을 궁금해했지만 애시

당초 그런 용건은 있을 턱이 없었다. 그 급한 용건이 바로 '당신을 만나는 것'이라는 말에 어이없이 웃었지만, 그녀는 다행히 화를 내거나 하지는 않았다. 그는 시시콜콜한 이야기들로 수다를 떨었고 그녀도 그 시시콜콜한 이야기들에 불평 없이 대꾸해주었다. 그러나… 그는 그 자리에서 그녀가 '귀국'한다는 충격적인 이야기를 들었다. 그는 항의하듯 그 이유를 추궁했지만 그녀의 대답은 '이제 갈 때가 되었으니까…'였다. 그는 그녀가 항상 달고 다니는 그런 약간의 '신비주의'를 높이 평가하고 있었지만 이때만큼은 그것이 원망스러웠다. 그러나 그는 곧 자신이 그녀에게 있어 결코 어떤 '특별한' 존재가 아니라는 사실을 깨닫고 그녀의 귀국을 납득할 수밖에 없었다. 그로서는 그녀의 한국 주소를 캐묻는 것이 고작이었다. 다행히도 그녀는 자신의 한국 주소를 순순히 가르쳐주었다.

「서울특별시 서대문구 연희동 ○○○」

그는 몇 번이고 그 주소를 되뇌었다.

이윽고 그녀는 한국으로 떠났고, 그의 마음 한구석에는 휑하니 구멍이 뚫린 것 같았다. 그러나 생각해보니 그 주소는 하나의 기적이었다. 만일 그 직원이 실수로 재학증명서를 잘못 내주지 않았더라면 그녀는 그대로 귀국했을 것이고, 그는 그녀의 소식을 모른 채 두 사람은 영원히 비껴가고 말았을 것이다. 그는 그 실수의 한순간이 둘을 이어주는 운명의 손길이라는 느낌이 들었다. '그 기적을 헛되이 할 수는 없다.' 약속대로 그는 편지를 썼고, 이윽고 답장이 왔다. 아파트 현관문 옆에 달린 빨간 편지통 안에서 처음 그녀의 편지를 발견했을 때, 그는 확실히 흥분했다. 난생 처음 받아보는 특별한 '여자' 의 편지였다. 그는 그 편지를 읽으면서, 그가 이제 비로소 그녀의 어떤 특별한 존재가 될 수 있다는 희미한 가능성을 확인하는 듯했다. '적어도 이 편지를 쓰는 동안 그녀는 나를 생각하고 있었을 것이다…' 물론 그녀의 편지는 아직 다소 사무적이었지만 호의적인 것이었다. 그는 그녀의 글씨가 놀랄 만한 달필인 것을 보고 존경스러운 느낌이 들기도 했다.

다행스럽게도 편지는 몇 차롄가 꾸준히 계속되었다. 꼬박꼬박 답장도 왔다. 그러는 동안 그녀에 대한 그리움은 점점 더 어떤 '특별한' 성격을 띠고 진해져갔다.

어느 날 그는 큰 결심을 하고 서울의 그녀에게 국제전화를 걸었다. 신호가 가는 동안에도 가슴은 콩콩 뛰고 있었다. "여보세요." 하고 중년부인의 음성이 들려왔다. 도쿄의 한 아무개라고 밝히고 그녀를 부탁했다.

"아유 어떡하죠. 그 애는 지금 대구에 가고 없는데…"

"대구에요? 네… 그럼 언제쯤 계실까요?"

"곧 올 거예요. 오면 연락하라고 할까요?"

"아닙니다. 제가 다시 연락드리죠… 별일 없이 잘 계시지요?"

"네… 대구에 취직이 됐는데 이야기 안 하던가요?"

"취직이요? 아, 네, 그랬군요. 어딘가요?"

"○○대학이에요."

"네, 아유 어려운 일인데 참 잘됐네요. 축하드립니다. … 어머님이신가 보죠?"

"네… 그 애한테 이야기는 들었어요. 또 전화하세요."

"네, 감사합니다. 또 연락드리겠습니다. 실례했습니다."

그렇게 통화는 끝났다. 그녀의 어머니는 친절하고 호의적이었다. 그는 또 전화하라는 그녀 어머니의 마지막 말이 기쁘기가 이를 데 없었다. 그러나 한편으로 그녀가 교수로 취직이 되었다는 소식은 석사 1학년인 그에게 묘한 느낌을 주었다. '그녀가 이제 나와는 다른 세계로 멀어져가는 것은 아닌가.' 하는 불안감과 함께.

도쿄에는 서서히 겨울이 찾아들고 있었다.

은근히 추운 그 도쿄의 겨울 속에 다시금 그녀가 나타났다. 그러나 그 나타남은 재회를 위한 것이 아니라, 작별을 위한 것이었다. 그녀는, 이제 아주 귀국하기 위해 이삿짐을 싸러 돌아 왔노라고 그에게 알려왔다. 그는 어떤 절박한 기분에 사로잡혔지만, 이제 교수가 되기 위해 귀국하려는 그녀를 만류할 수 있는 방도는, 지금의 그에게는 없었다. 그러나 편지를 주고받으며 조금씩 조금씩 발전시켜온 그녀와의 소중한 관계를 포기할 수 있는 방도는 더더욱 없었다.

그는 그녀와 교정 이곳저곳을 다니며 이제 마지막이 될

'기념'들을 카메라에 담았다. 그녀의 하얀 코트 모습은 황량해진 겨울의 와세다대학을 마치 봄인 양 착각케 했다. 그러나 그 봄은 길지 않았다. 그녀를 역까지 배웅하고 '카구라자카'의 집으로 돌아가는 그에게는 가뜩이나 차가운 겨울바람이 더더욱 차게 느껴져 왔다.

이튿날 저녁 무렵, 그는 타오르는 초조함을 이기지 못하고 그녀의 아파트를 찾아 나섰다. 고코쿠지 역에서 오차노미즈대학을 거쳐 그녀의 아파트까지, 이제는 지도가 필요 없었다. 그는 용기를 내어 계단을 올라갔고 그녀의 방문 앞에 멈추어 섰다. 그러나… 그녀의 방에는 불이 꺼져 있었다. 조심스럽게 벨을 눌렀지만 응답이 없었다. 노크도 해보았지만 마찬가지였다. 이웃에 폐가 될까 크게 두드리지는 못했다. 그는 기다리기로 했다. 간혹 이웃집 사람들이 오가며 수상쩍은 눈빛으로 그를 힐끔힐끔 보는 것이 쑥스러웠지만 지금 그에게는 그런 쑥스러움이 문제가 아니었다. 초조함 속에 10분, 20분 … 시간이 지나고 해가 어두워졌지만 그녀가 돌아오는 기색은 보이지 않았다. 말로 표현하기 힘든 불안과 걱정이 그의 가슴을 옥죄어들었다. '이 늦은 시간 그녀는 어디서 무엇을 하길래 돌아오지 않는가… 무슨 사고라도 당한 것인가…'

그는 걱정에 휩싸여 이대로 돌아갈 수가 없었다. 그렇다고 문밖에서 밤을 지새울 수도 없는 노릇이다. 그는 언덕길을 내려와 고코쿠지 역 근처에서 '마이아미'라는 24시간 다방을 발견하고는 들어가 자리를 잡았다. 눈은 놓칠 새라 역 쪽을 응시하면서… 막차가 지난 다음까지도.

피가 마르는 그의 심정을 아는지 모르는지 어느새 희뿌옇게 새벽이 밝아왔다. 그는 차가운 새벽 공기를 마시며 다시 언덕길을 걸어 그녀의 아파트로 향했다.

노크를 했다. 반응이 없을 것을 확인이라도 할 듯이…. 그런데 "누구세요?" 하는 그녀의 목소리가 안에서 또렷이 들려왔다. 그녀는 돌아와 있었던 것이다. '그렇게 살펴도 안 보였는데 어느 길로…' 하는 의문이 들었지만 대답이 먼저였다. 자신임을 알리자 그녀는 놀라며 문을 열었다. 이런 시간에 어찌 된 영문이냐는 표정이었다. "안 계시길래 어제 저녁부터 뜬눈으로 기다렸는데…" 어찌 된 영문이냐고 그는 되물었다. 그녀는 의아한 듯이 대답했다. "저녁때부터 계속 있었는데…" 무슨 소리냐는 것이었다. 자초지종을 말하니 그녀는 어이없다는 듯이 웃었다. "죄송해요. 저는 일찍 자는 편이거든요. 초저녁엔 여간 시끄러워도 깨질 않아요." 하는 것이었다. 그는 그녀가 잠들어 있는 방 앞에서 그토록 걱정을 하며 기다렸던 것이다. 그도 어이없이 웃을 수밖에는 없었다. 밤을 지새운 피로가 일순에 가시는 듯했다. 정신을 차리고 보니 그녀의 단칸방은 온통 이삿짐 더미로 가득했다. "짐을 다 싸버려서 도구도 없는데 어떡하죠…" 하면서도 그녀는 남아 있는 냄비 하나로 라면을 끓여 줬다. 그건 아마도 그가 먹어본 음식 중 가장 맛있는 것이라는 느낌이 들었다.

그로부터 온종일 그는 그녀의 남은 짐 꾸리기를 도왔다. 그녀는 몇 가지 물건에 관해 설명을 해주기도 하고, 도수 없는 안경을 써 보이며, "이상하죠?" 하며 장난기 어린 표정을 지어 보여주기도 했다. 낮에는 배윤선이라는 그녀의 친구가 찾아와 작별인사를 나누고는 돌아갔다. 재일교포라고 그녀는 소개했다. 밝고 재미있는 사람이었다.

짐 꾸리기가 대충 일단락되고 그는 그녀와 마주 앉았다. 그는 용기를 내서 '미래'에 대한 이야기를 조심스레 꺼냈다. 이제 그녀가 떠나면 마지막이 될 수도 있는 터라 이야기는 진지했다. 표현은 신중했지만 그 내용은 '청혼'이었다. 그는 진땀을 흘렸지만 그녀는 한동안의 침묵을 거쳐 조심스럽게 '희망'을 약속했다. 그의 일생에서 가장 기쁜 순간이었다.

그는 너무나도 긴장한 탓에 입고 있던 코트의 한 자락이 스토브에 그슬리고 있는 것도 모르고 있었다. "어머, 어떡해요." 부랴부랴 옷을 털어 끄며 그와 그녀는 웃고 말았다. 그 웃음이 두 사람의 긴장을 완전히 풀어주었다.

다음 날 아침, 그녀의 이삿짐을 실어 보내고, 그는 이제 떠날 일만 남은 그녀를 학교 근처의 제법 그럴듯한 프렌치 레스토랑으로 초대했다. 라면의 보답을 하겠다는 것이 구실이었다. 함께 맛있는 점심을 먹으며, 낮게 깔리는 아다모의 노래 '통블라네주(Tombe la neige: 눈이 내리네)'를 들으며 그는 황홀할 만큼의 행복을 감지했다. 때마침 함박눈이 내리고 있었다. 도쿄에서는 드문 일이었다.

며칠인가 지난 후, 마침내 그녀의 귀국 날짜가 다가왔다. 그녀는 어김없이 서울행 비행기에 앉아 있었다. 그리고… 그녀의 옆자리에는, 말쑥이 차려입은 그가 함께 앉아 있었다.

그는 그녀의 손을 굳게 잡고 있었고, 창밖에는 눈부신 운해 위로 햇빛이 찬란했다.

원고는 여기까지. 일종의 해피엔드로 끝나 있었다.

벌써 20년도 더 지난 어느 날 진우와 '그녀' 한진주가 부부 동반으로 북한산 자락에 있던 우리 집에 놀러온 적이 있었다. 그때 이런저런 옛이야기를 하다가 그녀에게 진우와의 첫 만남을 물어본 적이 있었다. 그녀는 살짝 얼굴을 붉히며 이렇게 말했다.

"참, 이상했어요. 처음 보는 사람인데, 뭐랄까, 내가 나중에 만일 결혼이라는 걸 하게 된다면 아마 이 사람이겠구나…, 그런 느낌이 들더라구요. 정말 이상하죠? 그런 게 인연이라는 걸까요?"

나는 진우의 그 원고를 덮으며 '그녀'의 그 말이 다시 떠올랐다. 학위 후 그는 그를 아끼던 지도교수의 배려로 일본에서 교수 자리를 얻었고 그녀도 우여곡절 끝에 대구에서 일본으

로 자리를 옮겼다. 하여간 운도 좋은 친구들이다. 그렇게 그
들은 신 재일교포로 새로운 삶을 살았다. '함께'라면 어디든
좋았다. 거기가 어디든 나는 그들의 행복한 백년해로를 믿어
의심치 않는다.

서울,

대학 시절

장면 12 천욱헌 교수님 이야기

많지는 않을지 모른다. 그러나 인생이라는 것을 뒤돌아보면 '고마운 사람'이라는 존재가 누구에게나 몇 명은 있는 법이다. 내게도 그런 존재가 여럿 있다. 그중 한 분의 얼굴이 떠오른다. 대학 철학과에 갓 입학했을 때, 가장 낯설었던 과목의 하나가 논리학이었는데, 천욱헌이라는 교수님이 가르치셨다. 수학과 좀 악연이 있었던 나였지만 그 교수님 덕분에 나는 수학의 사촌격인 논리학을 아주 재미있게 공부할 수 있었다. 개념론, 판단론, 추리론, 오류론 … 지금도 아주 빠삭하게 꿰고 있다. 그것만으로도 충분히 고마운 일이지만, 이분이 내게 베풀어준 은혜는 하나둘이 아니다.

전남 출신이신 그 교수님은 복도에서 담배를 피우던 한 학생에게 불같이 화를 내시며 호통을 치기도 했던 소문난 호랑이 선생님이었음에도 어쩐 영문인지 경북 출신인 나를 편견 없이 특별히 예뻐해주셨다. 2학년 올라갈 때 좋아하던 국문과로 전과할 기회도 있었지만 나는 이분의 사랑을 배신할 수가 없어 철학과에 잔류를 결정하기도 했었다. 인생이 바뀔 수도 있었던 순간이었다. 그 특별한 '아낌'은 4년 내내 계속되었고 덕분에 큰 외부 장학금도 받게 되었다. 4학년 때는 일찌감치 졸업 후 '조교'를 하도록 내정도 해주셨다. 조교 생활 1년 후 나는 일본 정부 장학생으로 선발되었는데, 이분이 직접 나서서 국제전화도 걸고 편지도 쓰고 해서 저쪽 지도교수까지 연결해주셨다. 그 덕분에 나는 좋은 지도교수 밑에서 의미 있는 유학 생활을 보낼 수가 있었다. 천-코지마-와카마쓰-타나베 네 단계를 거친 특별한 인연이었다. 천 교수님이 지인인 코지마 교수에게 부탁을 했고, 코지마 교수는 학과가 달랐던 터라 철학과의 와카마쓰 교수에게 부탁을 했고, 와카마쓰 교수는 자신의 전공이 내 연구계획서와 거리가 있었기 때문에 그 전공에 가까운 타나베 교수에게 다시 부탁을 했고, 타나베 교수가 나를 받아준 것이다.

1979년, 80년, 격동의 시기였다. 소설보다 더 소설 같은 스토리는 통째로 생략하지만 5·18을 전후해 DJ와 가까웠던 그분은 해직교수가 되었고 끝내 복귀를 못한 채 병을 얻어 세상을 뜨고 말았다. 그 병도 아마 저 시대와 무관하지 않았으리라 짐작된다. 그래서 더욱, 그분은 내 가슴속에서 절대로 지울 수 없는 인생의 한 토막으로 남아 있다.

교수님은 열암 박종홍 선생과 청송 고형곤 선생의 직제자셨는데, 6·25 전쟁이 발발했을 때, 그 경황없는 와중에도 그분들을 찾아가 비상식량인 감자를 건네 드렸다는 전설 같은 미담이 전해진다. 그만큼 의리파였다. 인간적으로나 학문적으로나 참 배울 점이 많았다. 워낙 성격이 화통하고 발도 넓어 그분의 인맥으로 우리는 좋은 수업도 들을 수가 있었다. 예를 들어 불교철학 수업은 동국대 교수님이, 유가철학 수업은 성균관대 교수님이 직접 와서 강의해주셨다. 실감의 수준이 달랐다. 다 그분의 인맥이었다.

유학 중에 나는 인연을 만나 결혼을 하게 됐는데 주례를 맡아주신 그분은 우리 신혼부부를 위해 사군자 한 폭을 손수 그려 표구해서 선물로 주시기도 했다. 그런 다정한 교수님이 어디 많겠는가.

목포상고에 재학 중이었을 때 조선인 학생을 괴롭히는 일본인 동급생을 흠씬 두들겨 패주었다는 무용담을 그분은 여러 번 자랑스레 늘어놓기도 했었는데, 하여간 겁 없고 호방한 성격이었다. 베레모를 쓰고 향긋한 파이프를 피던 그 표정에서는 어딘가 고향인 신안 섬마을 특유의 바닷바람이 느껴지기도 했었다.

조교를 할 때는 무슨 바람이 불었는지 흄에 대한 논문을 쓰겠다고 영어 원서를 한 보따리 싸들고 함께 부산 동래 온천장의 한 여관에 한 달간 머물며 같이 지낸 적이 있었는데, 호랑이 같은 노인네 시중을 드는 것이 쉽지는 않았지만, 새벽에 금정산을 오르던 일이며 온천수에 몸을 담그던 일이며 맛집 탐방이며 그런 건 아름다운 추억으로 남게 되었다.

역사가 요동치던 1980년 7월 나는 유학 중이었지만 일부러 일시 귀국을 했고 5·18의 현장이었던 광주를 거쳐 해직당한 그분이 계시다는 목포로 내려갔다. 교수님은 부재중이셨다. 낚시를 하러 가거도에 가셨다고 친척분이 알려줬다. 배편을 물었더니 그 친척분이 펄쩍 뛰면서 만류했다. "그 양반잉께 거길 갔제, 너무 위험해서 안 뒤야"라는 것이었다. "나오시면 잘 말해줄 텡께 그냥 서울로 돌아가소"라고 몇 번이고 말하기에 아쉬움을 뒤로하고 나는 서울로 되돌아 올라왔다. 그게 마지막이었다.

도쿄로 되돌아간 후 얼마 뒤에 그분의 부음을 접했다. 마지막 모습을 뵙지 못한 것이 지금까지도 한으로 남아 있다.

세상에 선생은 많다. 그러나 제자를 알아주고 아껴주고 더욱이 그를 위해 수고를 마다하지 않고 나서주는 선생님은 많지 않다. 천 교수님은 그런 많지 않은 선생님 중의 한 분이었다. 나는 그분에게 아무것도 돌려드리지 못한 채 영원히 이별하고 말았다. 거기에 우리 현대사의 '아픈 역사'가 개입했다.

이제는 이런 식으로 그분을 기억하고 반추하는 것만이 나에게 더할 수 없이 잘해주신 선생님께 대한 최소한의 보은일지도 모르겠다. 세상에는 '스승과 제자'라고 하는 관계가 있다. 인생을 풍요롭게 하는 아름다운 관계다.

장면 13 서경호 교수님 이야기

나이 탓인지 지나간 옛날을 되돌아보는 일이 잦아졌다. 회상 속에서 나는 가끔씩 대학 시절로 돌아간다. '화양연화', 꽃다운 시절이었다. 대학 시절을 되돌아보면 누구든 특별한 느낌으로 기억되는 은사들이 있을 것이다. 나에겐 그중 하나로 서경호 교수님이 있다. 배운 것이 많으니 확실한 은사다. 함북 경성 태생으로 영어와 산스크리트어 실력이 뛰어났다. 기독교에서 불교로 개종한 특이한 이력이 있다. 그런데 이분은 내가 다녔던 K대학의 전임교수가 아니었다. 이분은 시내 타대학 전임으로 특별히 전공 관련 강의를 위해 지원을 나와주신, 말하자면 '외래교수'다. 마당발이었던 C교수님의 학부 인맥으로 불교로 특화된 D대학의 전임교수였다. 그래서 우리는 불교철학과 인도철학을 이분에게 제대로 배울 수가 있었다. 참으로 고마운 행운이었다. 내가 특별히 좋아하는 저 리그베다의 명언 "하나의 진리를 현자들은 여러 가지로 말한다(Ekam sad vipra bahudha vadanti)."도 바로 이분에게 배운 것이었다. 기독교와 불교를 다 아는 이분에게 이 말을 배우며 나는 기독교와 불교도 결국 '하나의 진리'를 다르게 말하는 것이라고 받아들이게 됐다. 나는 그것을 '궁극의 선', '진정한 선'이라 부르고 있다.

학기 초, 첫 대면부터 인상이 좀 강렬했다. 그다지 크지 않은 키에 단단한 인상. 형형한 눈빛. 그리고 무엇보다 시원하게 벗겨진 머리에 은백색 긴 수염. 생김새는 다르지만 언뜻 소크라테스를 연상시키기도 했다. 베레모와 안경이 소크라테스와는 확실히 구별시켜줬다. 그런 특징 있는 용모 때문인지 약간 쯤 신경질적인 그 어투도 오히려 매력으로 받아들여졌다. 학기가 끝난 후 "졸업하면 대학원은 D대학으로 오지 그래?"라고 말씀해주셨기에 개인적인 정을 느낄 수도 있었다.

이분은 우리 대학에 오기 바로 직전, 인도의 네루대학에 2년간 교환교수로 나가 있었다. 귀국하자마자 출강을 나오셨기 때문에 우리는 수업 중간 중간 따끈따끈한 인도 이야기를 많이 들을 수가 있었다. 이를테면 이런 것.

뉴델리에 사실 때 집에 가사 도우미 소녀가 있었는데, 학교에서 돌아와 보니 저녁 준비를 하며 식탁을 닦고 있었다. 그런데 바닥을 닦던 걸레를 빨지도 않고 그대로 식탁을 닦는 것이었다. 교수님은 워낙 깔끔한 성격이라 기겁을 하고 버럭 소리를 지르며 나무랐더니 그 소녀가 눈물을 찔끔거리며 이해를 못하겠다는 표정으로 "걸레나 행주나 뭐가 다른데요." 하더라는 것이다. 말하자면 '걸행불이'였다. 그 말을 듣고 '아, 애네들은 위생관념이란 게 없구나, 우리랑 다르구나'라는 생각도 들었지만, 한편 그 말을 듣고 반야심경의 저 유명한 "색불이공 공불이색, 색즉시공 공즉시색…"이라는 말이 곧바로 연상되었다고 하셨다. 뭔가 확 와 닿았다.

또 이런 이야기도 들려주셨다. 인도에는 빈부의 차가 극심했다. 길 하나를 사이에 두고 빈민촌과 고급 호화 주택지가 마주하고 있었다. 거기에 거지가 한 사람 앉아 있기에 학문적 호기심으로 물어봤다는 것이다. "당신 이 고생 하면서 저런 부잣집 보고 있으면 화가 안 나나요? 뺏고 싶다든지…" 그랬더니 그 거지가 정색을 하고 언짢은 표정으로 "예끼 여보슈, 그런 말 마슈. 저런 양반들은 전생에 선업을 많이 쌓아서 지금 저런 복을 받는 거고 나 같은 사람은 전생에 악업을 쌓아서 지금 이런 신세로 사는 건데, 지금 원망하는 마음을 품고 도둑질을 하면 그게 또 악업이 돼서 내세에는 축생이나 버러지로 환생할지도 모르잖소. 그러니 엉뚱한 소릴랑 하지를 마쇼." 그러더라는 것이다. 그때도 교수님은 '아, 이 사람들에게는 업이니 윤회니 하는 것이 실제로 살아 있는 관념이구나. 과연 인도다.' 하는 생각이 들더라는 것이다. 그러면서 불살생, 불사음, 불투도 … 그런 것을 가르쳐주셨다.

또 있다. 귀국이 임박했을 때, 교수님은 하루 시간이 남아 유명한 관광지 한 군데를 가볼까 하는 생각이 들었다. 멀지 않으면 가볼 심산이었다. 택시 기사에게 그곳이 여기서 머냐고 물어보았다. 기사는 "just there(바로 저기요)"라고 대답했다. 대답에 만족하여 바로 택시를 탔다. 그런데! 그 택시가 한 시간, 두 시간도 넘게 달리더라는 것이다. 성질 급한 교수님이 참다못해 버럭 소리를 지르며 항의를 했다. "지금 어수룩한 외국인이라 봉 잡으려는 거요? 바로 저기라 했잖소?" 했더니 그 기사가 아주 어이없다는 표정으로, "바로 저기 맞는데요. 하루도 안 걸려요."라고 말하더라는 것이다. '아, 이 사람들은 시간과 공간에 대한 감각이나 관념이 우리와는 엄청 다르구나.' 하는 걸 느꼈다고 했다. 그러면서 저들의 '겁', '영겁'이라는 시간 단위를 설명해주셨다. 사방 천리 되는 철성에 겨자씨를 가득 채우고 천 년에 한 알씩 그걸 꺼내 그 겨자씨가 다 없어지는 게 '한 겁'이다. 혹은 사방 천리 되는 바위를 천 년에 한 번씩 선녀님이 내려와 그 부드러운 옷자락으로 스쳐 지나가 그게 다 닳아 없어지는 게 '한 겁'이다. 그러면서 "인간이 인간으로 태어난다는 것은 눈먼 거북이가 망망대해를 헤엄쳐 다니다가 우연히 구멍 뚫린 통나무에 얹어

걸리는 것보다 더 희한한 인연이다." "그런 인연으로 태어난 인간과 인간이 오다가다 길거리에서 옷깃을 스치기 위해서는 다섯 겁 이전부터의 인연이 있어야 한다."는 인상적인 이야기를 들려주셨다.

이런 이야기들만으로도 인도철학과 불교철학의 한 절반쯤은 배운 느낌이었다. 나는 40수 년 전에 들은 이 이야기를 지금도 기억하고 나의 수업시간에 학생들에게 들려준다.

서경호 교수님은 1925년 생으로 당시 50이 넘은 나이였지만 노모를 모시고 사는 독신이었다. 그런데 그로부터 10년 가까운 시간이 흐른 후 도대체 무슨 인연인지 그는 한 선배 교수의 중신으로 뒤늦은 결혼을 했다. 무슨 운명이었을 것이다. 그런데 그 운명이란 게 참으로 가혹했다. 결혼 1년이 지난 1986년 10월, 그는 운전 중 덤프트럭에 받히는 어이없는 교통사고를 당하고 유명을 달리했다. 토끼 같은 딸이 태어난 지 21일 만이었다.

장면 14 김건영 이야기

김건영, 그는 내 대학 시절 친구다. 동기로 입학한 동갑내기 친구다. 첫 인상부터 그는 좀 남달랐다. 뭐랄까, 좀 강인한 느낌이라고 할까. 굳건한 심지 같은 것이 표정에 드러나 있기도 했다. 그건 어쩌면 그가 육사를 다니다가 그만두고 철학으로 진로를 바꾼 경우였기 때문에 갖게 된 선입견 같은 것이 있는지도 모르겠다. 그러나 그는 심성이 착하고 점잖았다. 다른 친구들에 대한 존중이 몸에 배어 있었다. 그에게는 '함부로'가 없었다. 나는 그의 그런 점을 높이 평가했다.

몇 차례의 속 깊은 대화로 금방 친해진 그는 나의 자취방에 여러 번 놀러오기도 했다. 그런데 그는 빈손으로 오는 법이 없었다. 한번은 뜻밖에 돼지고기를 한 근 사 들고 온 적도 있었다. 객지에서 고생하고 있으니 영양 보충을 하라고 그걸 건네주며 웃었다. 함께 맛있게 구워 먹었지만 그런 건 평범한 대학생의 사고가 아니었다. 그는 명상이나 종교적인 이야기를 곧잘 화제로 삼았지만 특정 종교에 기울어 있지는 않았다.

그의 집에 놀러간 적도 있었다. 휴전선이 바로 코앞인 경기도 금촌. 그는 홀로 농사를 짓는 연로하신 할아버지와 함께 지내고 있었다. 서울 근교였지만 자연을 만끽할 수 있는 멋진 동네였다. 사업으로 바쁜 부친의 본가는 서울 시내에 따로 있었다. 그는 외로운 할아버지께 효도를 하고 있었던 것이다. 거기서 밤을 지새우며 그는 바로 그 동네에서 있었던 어릴 적 첫사랑 이야기를 들려줬다. 마치 황순원의 소설 같은 그런 아름다운 장면들이 있었다. 모든 첫사랑이 그렇듯 그것도 당연히 지나간 과거의 한 자락인 줄 알았다. 그런데 2학년 때였던가? 그는 놀랍게도 학교 축제 때, 그 클라이맥스인 불꽃놀이 쌍쌍파티에 그녀를 데리고 나타났다. 그 둘은 너무나 멋진 그림 속의 주인공이었다. 서선화, 그녀는 예쁘고 착하고 조용하고 교양 있는 여성이었다. 나는 그 둘을 진심으로 축복해줬다.

함께 교정 숲속의 호젓한 벤치에서 도시락을 까먹기도 하면서, 철학적인 토론도 하면서, 그와 나의 우정은 깊어갔다. 3, 4학년이 되면서 그는 교직과 ROTC를 하며 바빠져 나와 놀 시간은 좀 줄어들었고 둘 다 나름 인생의 '그다음'을 준비하면서 대학생활을 마쳤다. 졸업 후 나는 조교 생활을 거친 다음 일본으로 유학을 떠났고 그는 육군 소위로 임관을 했다. 그 후 서로가 잘 모르는 각자의 세월이 있었다.

수년 후 나는 학위를 마치고 귀국해 지방으로 내려가 교수가 되었고, 그는 제대를 하고 대학원에 들어가 박사까지 하더니 좀 뒤늦게 역시 지방 모 대학의 교수가 되었다는 소식이 들려왔다. 찾아가 그의 강의를 들어보고픈 마음도 있었지만 여러 사정이 그걸 허락하지 않았다. 직장과 집이 달라 학창 시절 같은 우정을 나누기는 어려웠다. 그러나 그는 늘 내 마음 한구석에 친구로 머물렀고 특히 어느 핸가 그가 부부 동반으로 우리 집을 방문한 것은 기념할 만한 일이었다. 그런데 놀라운 것은 그 부인이 바로 첫사랑의 그녀였다는 것이다. 축제 때 손잡고 내 앞에서 핑크빛 청춘을 과시했던 바로 그 서선화. 그들은 어린 아들과 함께 너무나 행복해 보였다.

그 후 또다시 수년…, 중년으로 치닫는 우리는 분주했고 간헐적으로 그와 나는 소식을 나누었다. 돌아보면 그간에 우리가 보낸 시간은 그야말로 인생 그 자체였다. 각자에게 별의별 일들이 다 일어났다. 그는 고약한 직장 동료로 인해 교수생활에 환멸을 느끼고 그만둔 후 사업을 시작했고 아마 더할 수 없이 괴로웠을 상처의 아픔도 겪었고, 나는 학교와 학회의 여러 자리들을 거치기도 하고 학문적 호기심으로 일본, 독일, 미국, 중국의 대학들을 섭렵하기도 하고 열정적으로 30여 권의 책을 쓰기도 했다. 그에게는 아마 내가 모르는 고생도 많았으리라. 이따금 그는 중국과 베트남에서 사업 영역을 개척한다는 소식을 보내왔다. 부친이 사업가였다고는 해도 그가 사업 수완이 있는 줄은 학창 시절엔 짐작도 하지 못했다. 무려 국제적인 회사의 대표이시다. 최근에는 그가 본격적으로 한-중을 겨냥한 전자상거래를 시작했다는 소식을 보내와 흐뭇한 마음으로 그 사업의 추이를 지켜보고 있다. 채무자의 보은 등 그 과정의 감동적인 뒷이야기들도 적지 않았다.

그런데 얼마 전 그는 지인에게 들었다며 SNS로 이런 이야기를 전해왔다.

인생이 아름다운 이유

어느 날 급한 볼일이 있어 외출했다.

뭔가 중요한 것을 결정해야 하는 일이었기에 출발 전부터 신경이 예민해져 있었다.

마음을 차분하게 하려고 동네 커피 전문점에 들어가 카페 라테 한 잔 주문했는데, 테이크 아웃해서 들고 나오던 중 유리문에 살짝 부딪혔다.

순간 종이컵 뚜껑이 제대로 안 닫혔던지 커피가 반쯤 쏟아져버렸다.

나는 바로 안으로 들어가서 "뚜껑 하나 제대로 못 닫아 커피를 반이나 쏟게 하느냐?" 화를 냈다.

종이컵 뚜껑을 잘못 닫은 그 청년 직원은 어눌한 발음으로 "죄송합니다. 죄송합니다." 하며 연신 고개를 숙였다.

그때 커피가 나왔다는 신호의 진동 벨이 앞좌석에서 울렸고, 앞좌석의 아주머니가 커피를 받아서 내게 건네며 말했다.

"카페라테에요. 저는 커피를 좋아하지 않아서 늘 남겨요. 그거 제가 마실게요. 우리 바꿔 마셔요."

나는 그 아주머니가 손에 쥐어준 그분 몫의 카페라테를 들고 도망치듯 나왔다.

너무 부끄러웠다.

커피 집에 들를 때마다 문득문득 그때 커피 전문점에서의 상황이 마음속 그늘로 남아 있고 쉽게 지워지지 않았다.

가끔 들르는 그 커피 집에 낯선 청년이 새로 와서 일을 하고 있었는데, 가만히 보니 행동이 느리고 말이 어눌했다.

순간 그 청년을 채용해준 회사가 몹시 고마웠다.

그건 단순히 취직이 아니라 한 사람의 인생에 눈부신 날개를 달아주는 일이었다.

그리고 내 시선을 빼앗은 또 한 사람.

40대 아주머니 한 분이 구석에 앉아서 커피를 마시고 있었는데, 단순한 손님이 아니라는 걸 나는 직감했다.

그 아주머니는 오직 한 사람만 보고 있었다.

아주 애틋하고 절절한 눈빛으로.

청년의 어머니라는 걸 쉽게 알 수 있었다.

발달장애인 아들의 첫 직장에서 그 아들을 지켜보는 심정이 어떨까?

초조하고 불안하고 흐뭇하고 감사하고, 참으로 다양한 감정의 소용돌이에서 눈물을 참고 있는 듯 보였다.

순간 나는 그 아주머니를 안심시켜 주고 싶었다.

다가가서 이렇게 말했다.

"저 여기 단골인데요. 아무 걱정 마세요. 여기서 일하는 직원들 다 착하고 좋아요. 아드님도 잘할 거예요."

그 아주머니의 눈에 눈물이 핑 도는 걸 보고 나도 울컥했다.

삶이 아름다운 건 서로의 어깨를 내어주기 때문이 아닐까?

한문의 '사람 인(人)자'처럼.

망설임 없이 자신의 몫인 온전한 카페라테를 내어준 아주머니.

코로나19로 인해 몇 개월간 집에 못 들어가서 보고 싶은 어린 딸과 영상 통화를 하면서도 울지 않는 간호사.

화재 현장에서 부상 입어 들것에 실려 병원으로 향하면서도 한 사람이라도 더 구하지 못해 안타까워하는 소방관 아저씨.

장사 안 되는 동네 입구 과일가게에서 사과 살 때 제일 볼품없는 것만 골라 넣는 퇴근길의 영이 아버지.

마스크를 서너 개씩 여분으로 가방에 넣고 다니며 마스크 안 쓴 사람에게 말없이 내미는 준호 할머니.

이렇듯 참으로 많은 보통 사람들이 우리의 인생을 아름답게 만들고 있다.

나는 얼마나 더 감사하고 베풀며 살아갈 수 있을까?

남은 인생 나는 얼마나 자주 내 어깨를 내어줄 수 있을까?

"사랑은 언제나 오래 참고 믿음이 충만한 것"

행복 가득한 기쁜 시간 되시길 빈다.

이 글을 읽으며 나는 그 행간에서 대학 시절과 전혀 변함이 없는 그의 선한 심성을 다시 한 번 느꼈다. 출처는 잘 모르겠지만 이런 종류의 아름다운 글들을 그는 며칠이 멀다 하고 보내준다. 그는 교수직을 정리하고 대학을 떠날 때 했던 그 자신의 다짐대로 "사업하면서 성자(聖者)가 되어 보자"던 그의 서원을 조금씩 성취하고 있는 건지도 모르겠다. 나는 그의 결말이 찬란하기를 진심으로 기원하고 있다. 40수 년 전 그때와 다름없는 우정으로.

장면 15 박찬성 이야기

대학 진학률이 80퍼센트에 가까운 우리나라의 현실에서 대학은 인생의 결정적인 변수의 하나로 작용한다. 학벌, 학력, 학문 … 그런 것뿐만 아니라, 사제관계, 선후배관계, 그리고 친구관계 등 인간관계도 역시 각자의 인생에 작지 않은 요인의 하나로 손꼽힌다.

많은 사람들이 '대학 시절'이라는 그 무대에 등장하지만, 수십 년이 지난 후 기억에 남아 있거나 특히 그 관계가 지속되는 경우는 많지 않다. 나의 경우도 그렇다. '알던' 사람들은 수십 명이 되지만, '남은' 사람은 극소수다. 내게는 지금도 자주 만나 세상 사는 이야기로 수다를 떠는 그야말로 '친구'가 네 명이 있다. 얼굴만 떠올려도 반가워지는 김창주, 박승수,

박찬성, 이윤기. 요즘은 그런 존재를 '절친'이라고 부르기도 한다.

거의 50년이 다 되어간다. 그들의 싱싱했던 20대 때 얼굴을 나는 아직도 또렷이 기억한다.

특히 찬성과의 첫 만남은 인상적이었다. 1학년 때다. 입학하고 몇 달이 지난 후 나는 동기들과의 대화에서 약간의 아쉬움을 느꼈다. 명색이 대학이건만 의외로 학문적인 대화가 별로 없었다. 어느 날 조교실에 들러 수다를 떨다가 그런 심정을 살짝 내비쳤더니 한참 선배이기도 했던 그 조교 형이 "그렇다면 2학년에 박찬성이란 친구가 있는데 한번 만나서 이야기를 해봐라. 너랑 대화가 잘 통할 거다." 그렇게, 말하자면 '추천'을 해줬다. 기회를 봐서 그를 찾았다. 당찬 느낌이었다. 문과대 앞 벤치에서 긴 대화를 나누었다. 조교 형의 추천은 정답이었다. 대화가 통했다. '이런 우수한 친구가 있었다니!' 당시의 감각으로 그에게서는 뭔가 모를 천재성이 반짝였다. 철학에 대해 엄청나게 박식했다. 나중에 알았지만 그는 어릴 적부터 소위 '신동'이라 초등학교를 마치고 곧바로 고등학교에 들어간 수재였다. 고등학교 학번으로 따지면 한참 선배에 해당했다. 나이는 나보다 한 살 많았다. 그도 나와의 대화가 흡족했던지 헤어질 때, '편하게 말을 트자'는 제안을 했고 그렇게 해서 우리는 확실한 '친구'가 되었다.

그와는 참 많은 대화를 나누었다. 그는 당대의 지성에 관심이 깊었다. 대학에 입학하기 전, 그는 당대 최고 지성의 한 명으로 알려진 K대의 KUC 선생을 연구실로 찾아뵈었다고 했다. 당돌한 일이었지만 선생은 무시하지 않고 그를 친절하게 맞아 학문적 대화를 나누었다고 했다. 그날의 그 대화는 그에게 소중한 인생의 한 장면으로 남아 지금도 그의 가슴속에서 반짝이고 있는 것 같다. 그 인연으로 그는 70을 바라보는 지금도 선생과의 개인적 관계를 유지하고 있다.

수시로 나눈 그와의 대화는 제대로 철학을 해보기로 결심한 나에게 큰 숨통이었다. 복습과 예습에도 큰 도움이 됐다. 그도 나와의 학문적 대화를 즐기는 듯했다.

처음 잠실에 있던 그의 집에 놀러갔을 때, 그의 방이 너무나 깔끔하게 잘 정돈된 것에 놀라기도 했다. 그의 책상머리엔 정갈한 글씨의 인상적인 메모가 한 장 붙어 있었는데, 거기엔 '정신적 귀족주의'라는 말이 적혀 있었다. 그의 방향 내지 지향점이겠거니 짐작했다. 우리 사회의 묘한 서민주의 찬양에 반감을 느끼고 있던 터라 크게 공감했고 공유했다. 나의 자취방에 놀러올 때 그는 골목 입구에서부터 곧잘 노래를 부르며 오기도 했다. 그의 바이브레이션은 언제나 반가운 방문의 신호였다.

그의 군 생활 중 면회 갔다가 같이 나와 반나절을 즐겼던 어느 단풍 고왔던 가을날의 산정호수 여행, 윤기와 셋이서 울

릉도를 가려다 폭풍주의보로 배가 못 뜨자 발길을 돌려 포항에서 고성까지 버스로 누볐던 동해안 일주, 함잡이, 결혼식 사회, 나의 도쿄 유학 시절 유럽 출장길에 들렀다며 느닷없이 찾아와 함께 도쿄 거리를 거닐고 밥을 먹었던 너무나도 반가웠던 어느 여름날의 도쿄 방문 … 등등, 추억담은 너무나 많아 아예 적을 엄두가 나지 않는다. 무려 50년 가까운 우정이다. 그래도 하나, 특기할 것이 있다. 나는 그를 통해 열암 박종홍을 처음 알게 되었다. 독일철학을 섭렵한 뒤 자신의 독자적인 철학을 수립했던 우리나라 철학 연구 제1세대, 서울대에서 대학원장을 하며 '마지막 선비', '영원한 스승'으로 존경받던 거철이었다. 박정희 정부 청와대에서 교육문화 담당 특별보좌관을 지내며 국민교육헌장을 기초한 일로 지금도 일부 세력에게는 곱지 않은 평가를 받지만 한결같은 '한국 사랑'을 철학으로 삼았던 애국자이기도 했다. 그를 소개받은 후 나도 그를 본격적으로 '연구'했고 그것을 학부 졸업 논문으로 제출했으며, 그 인연으로 대학원 시절, 그 기념사업회가 주는 제1호 열암장학생으로 선정되기도 했다. 그 단초가 되어준 데 대해 나는 지금도 그에게 감사하고 있다.

워낙 서로 오고감이 많아 그는 나의 형들을 친형처럼 대했고, 나도 그의 누나들을 친누나처럼 대했다. 우연히도 그에게는 형이 없었고 나에게는 누나가 없었다. 부모님들도 참 살갑게 대해주셨다. 지금은 그도 나도 부모님들을 다 떠나보냈지만 그의 부친의 별세는 특히 남달랐다. 90에 가까운 연세였다. 잔병치레도 없는 건강한 분이었다. 늘 하듯이 조반을 드시고 온 집 안을 말끔히 청소하시고 아파트 경로당에 가서 친구분과 웃으며 농담도 하며 장기를 두고 계셨다. 둘 차례인데도 너무 오래 시간을 끄시기에 친구분이 "이 사람아, 뭐해. 자네 차례야." 재촉을 했다. 아버님은 눈을 감고 아무 말씀이 없었다. 그렇게 앉은 채로 조용히 숨을 거두셨다. 찬성은 물론 애통해했지만 주변의 모두는 "평생 덕을 베푸시더니 천복도 그런 천복에 없다"고 칭송을 했다.

푸르른 대학 시절은 푸르른 발자국을 남기고 꿈처럼 흘러갔다. 졸업 후 나는 조교 생활을 거쳐 일본으로 유학을 떠났고 제대 후 복학한 그도 조교 생활을 거쳐 교사로 사회에 첫발을 내디뎠다. 그런데 내가 잘 모르던 그 시절, 무슨 일들이 있었는지, 그는 학교를 그만두고 출판 일을 시작했다. 그는 뜻밖에 사업 수완을 발휘해 한때 그의 회사는 수많은 베스트셀러를 내고 연 수십억의 매출을 올리며 언론의 화제가 되기도 했다. 몇 차례 TV에도 얼굴을 내밀었다. 그러나 시대는 변곡점을 돌고 있었다. 사람들은 책을 사지 않고 읽지 않게 되었다. 그의 회사도 결국은 문을 닫았다. 시대적 사건이었다. 그에게는 아마도 극한의 상황이었을 것이다. 그는 여러 가지로 정말 힘들었지만 시간이 흐르면서 다시 일어섰다. 그는 지금도 다른 형태로 열심히 양서들을 찾아 책을 만들어내고 있다. 나도 그를 통해 낸 책이 10권이 넘는다. 그가 없었더라면 세상에 나올 수 없었을 책도 여러 권 있다. 그의 탁월한 안목과 엄청난 노력과 진득한 성실이 그것을 가능케 했음을 나는 알고 있다.

20세기, 21세기 한국의 지성계에 끼친 그의 영향은 이루 말할 수 없이 크다. YOR, KUC, KH, LST 등등 수많은 거물들이 그의 손을 통해 독자를 만나기도 했다. 그는 우리 시대 지성계를 거의 손바닥 들어야보듯 훤히 꿰고 있다. 문화계의 마당발이기도 하다. 그런 그가 나의 절친이라는 것은 내 인생의 큰 행운이자 자랑이 아닐 수 없다.

"변치 않는 우정이란 모든 재산 가운데서도 가장 으뜸이지만, 사람들은 보통 그것의 가치를 제대로 알지 못한다."(라로슈코프)

장면 16 김창주 이야기

　우리는 한평생을 살아가면서 무수히 많은 사람들을 만나고 무수히 많은 사람들과 친구가 되지만 그 관계가 수십 년 지속되는 경우는 의외로 많지 않다. 그런 건 그 자체만으로 가치 있는 인생의 재산이 된다. 누구든 손꼽아보면 그 숫자가 의외로 많지 않음에 스스로도 놀랄 것이다.

　내게는 고맙게도 네 명의 대학 시절 친구가 남아 있다. 무려 50년 지기다. 각자의 삶이 있어 자주는 못 보지만 지금도 가끔씩은 만나 시대, 인생, 건강, 철학 등 별의별 주제로 수다를 떤다. 그 시간은 항상 즐겁다. 그런데 그 만남의 계기를 더러 그중 하나인 김창주가 제공한다. '언제부터 언제까지 서울에 들어가니 한번 보자'고 연락을 해오는 것이다. 그는 중국에 살고 있다. '창주가 온다니…' 하는 것은 충분히 구실이 된다.

당초 그는 나보다 1년 선배였지만 같은 과목을 수강하면서 알게 되었고 공통의 관심사 특히 노장공맹을 비롯한 중국철학에 대해 의견을 나누며 차츰 가까워졌다. 이 친구의 첫 인상에서 가장 강렬했던 것은 '집안'이었다. 여러 번 그의 집에도 놀러간 적이 있었는데 평창동에 있었던 그의 집은 산자락의 바위를 그대로 살린 멋진 저택이었다. 집엔 부친의 것이라는 한적들이 서가에 빼곡했고 멋진 휘호들이 표구되어 벽을 장식하고 있었다. 부친은 일제시대 모든 일본식 제도에 불복하며 항일운동을 하기도 했던 한학의 숨은 대가로, 널리 알려진 모모 씨 등이 다 그 부친의 문하라고 그는 조금은 자랑스러운 투로 말하기도 했다. 인사를 드린 적도 있는데 근엄하신 분이었다. 쌍둥이처럼 쏙 빼닮은 그의 형도 있었는데 최고 학부를 다니던 수재 중의 수재였다. 훗날 그 형은 모 국립대학의 교수님이 되었고 총장도 역임했다. 말하자면 선비집안이라고나 할까, 그런 분위기였다.

특히 놀란 것은 그의 '글씨'였다. 펜글씨도 아주 특별했지만 붓글씨는 정말 장난이 아니었다. 나도 서도 전시회 같은 것은 구경한 적이 있지만 내 눈 앞에서 직접 붓을 휘둘러 작품 같은 글씨는 쓰는 것은 그때 처음 보았다. 존경스러운 명

필이었다.

그리고 무엇보다 돋보인 것은 그의 인품이었다. 그는 특히 '칭찬'이 몸에 밴 사람이었다. 누군가 뭔가를 잘해내면 그는 때로 좀 과하다 싶을 정도로 그 사람을 칭찬하고 치켜세웠다. 과장법이면 뭐 어떤가. 칭찬이란 사람의 능력과 수고에 대해 위로와 격려가 되는 법이다. "칭찬은 고래도 춤추게 한다"는 저 항간의 문구도 결코 허풍이 아니다. 요즘도 그와 만나면 우리 나머지 네 친구는 언제나 당대 최고의 역사적 인물이 되어버린다.

그런 그가 학부 때는 좀 뜻밖에 연극부에 들어가 한동안 연극에 푹 빠져 지냈다. 역시 그의 동기였고 우리 소위 '오현회(五賢會)'의 일원이기도 한 승수의 영향이라고 훗날 그는 털어놓았다. 총명하고 사람 좋은 승수도 훗날 기자 생활을 거쳐 쟁쟁한 모 중앙지의 편집국장이 되어 둘 다 연극과는 무관한 삶을 살게 되었지만, 지금 연극계의 거물 중의 거물이 된 모모 씨가 당시 함께 놀던 대학로의 후배였다니, 그 둘이 계속 그 길을 걸었다면 지금쯤 어쩌면 〈오징어게임〉의 조연 하나는 꿰찼을지도 모를 일이라고 우리는 수다를 떨기도 한다.

역사가 변곡점을 돌던 당시 1970년대 중후반, 우리는 인생의 무게와 역사의 무게를 가슴에 안은 채 많은 고민을 했고 방황을 했다. 그런 와중에서도 그는 거리보다는 도서관을 선택했다. 열심히 공부했다. 성장기 한때 건강 문제로 심한 고생을 한 적이 있었기에 공부조차도 쉬운 일은 아니었지만 그는 할 수 있는 범위에서 최대한 열심히 공부했다. 정국은 요동쳤지만 당시는 아직 공부가 '사다리'가 되어 인생길을 열어줄 수 있는 그런 희망의 시대이기도 했다.

졸업을 한 후 나는 조교 생활을 거쳐 도쿄로 유학을 떠났고 그도 거의 동시에 타이베이로 유학을 떠났다. 당시는 아직 북경과 외교관계가 트이기 전이었다. 죽의 장막은 높고도 단단했다. 훗날 들은 이야기지만 그는 당시 대륙보다 문화적·학문적 수준이 높았던 대만에서 제대로 된 은사를 만나 제대로된 공부를 했던 것 같다. 당시의 사회적 여건을 생각해보면 그도 나도 다 일종의 모험을 한 셈이다. 그는 거기서 그 어렵다는 주역 연구로 박사학위를 취득했다.

그리고 귀국 후, 지방의 한 작은 대학에서 교수 생활을 시작했다. 그런데 그가 헤엄을 치기에는 그 연못이 너무 좁았다. 마음고생도 적지 않았다. 그는 좀 더 넓은 바다로 나가 마음껏 지느러미를 놀려보고 싶었지만 대학에서도 학회에서도 훼방꾼이 많았다. 그는 칼자루를 잡은 '나쁜 사람들'로부터 상처를 많이 받았고 현실적으로도 많이 힘들었다. 그런 소식을 간간이 전해 들었다. 그러던 어느 날 그가 느닷없이 사라지고 한동안 연락이 두절되었다. 궁금했고 염려가 됐다. 그동안 나는 일로 바빴고 일본으로 독일로 미국으로 분주하게 다니며 견문을 넓혔다. 수년 후, 그는 사라진 그때처럼 역시 어느 날 느닷없이 짠하고 다시 나타났다. '창주가 왔으니…' 하고 우리는 다시 모였다. 그는 또 그간의 이야기보따리를 풀어놓았다.

1992년 한중 수교 후 왕래가 자유로워지자 그는 전공 분야인 중국철학을 본토에서 제대로 해보기 위해 북경대학으로 갔고 처음부터 다시 학위과정을 밟아 박사학위를 받았다는 것이다. "너 참 진짜 대단하다. 박사가 두 개, 그것도 세계적인 명문에서, 그게 아무나 할 수 있는 거냐." 이번엔 우리가 그에게 칭찬을 퍼부어댔다. "내가 한 거니 아무나 하는 거지 뭐." 그는 겸손하게 웃었다.

이번엔 다행히 서울에서 교수 자리를 얻었고 그는 그 학교를 위해 열심히 봉사를 했다. 학생이 줄어드는 시대의 과제라 그는 그 대학을 위해 유학생 모집에도 적극적이었다. 그 때문에 중국도 뻔질나게 드나들었다.

2019년 때마침 나도 연구년으로 북경에서 1년을 지내게 됐다. 그는 중국통답게 북경 인근 하북성의 H대학에도 객원으로 적을 두고 있었다. 위챗으로 자주 연락을 취했고 우리의 우정사에 북경을 배경으로 한 새로운 한 페이지가 젖혀졌다. 그가 있어 북경 생활이 외롭지 않았다. 하루는 위챗 영상통화를 받았더니 다짜고짜 옷을 차려입고 나오라고 했다. 학회 참석차 북경에 와 있다는 것이다. 장소는 내가 살던 집 바로 근처의 칭화대학이었다. 자전거로 20여 분, 구내호텔로 단걸음에 달려갔다. 진하게 허그를 했다. 내 분야는 아니었지만 나도 엉겁결에 그 학회에 참석해 발표와 토론을 지켜보았다. 그는 한 세션의 좌장으로 진행을 맡기도 했다. 그의 중국어를 제대로 들어보는 것은 처음이었는데, 와, 완전히 네이티브 수준이었다. 하긴 대만을 포함 중국에서 산 세월이 도합 20년이 넘는다 했다. 그렇다곤 해도 저 정도 수준이 되기까지 얼마나 많은 노력을 했겠는가. 사회자는 그를 한국의 석학으로 소개했고 나는 그런 그가 내 친구라는 게 너무나 자랑스러웠다. 학회가 끝난 후 그와 나는 공원같이 아름다운 칭화대의 교정을 함께 거닐며 그동안의 회포를 풀었다. 모란이 한창 탐스러웠다. 그런 기회가 몇 번인가 더 있어 우리는 그의 모교이자 나의 소속 대학인 북경대 교정과 집 근처 올림픽 삼림공원을 함께 걷기도 했다. 끝도 없이 넓은 그 공원의 초록이 싱그러웠다.

그도 나도 이제 곧 망 70. 정년퇴직을 했다. 그는 서울의 대학을 정년으로 정리했지만 다시 중국으로 건너갔다. 아직도 거기서 할 일이 남았다고 했다. 아직도 본인이 청춘인 줄 아는 모양이다. 부디 그가 건강을 해치지 않고 잘 놀다 귀국해서 새로 겪은 중국 이야기를 많이많이 들려주며 오래오래 같이 놀게 되기를 기대하고 있다.

도쿄,

유학 시절

장면 17 도쿄 시절 친구들 이야기

 1980년부터 86년까지, 그리고 1990년, 2002년, 나는 도쿄에서 살았다. 유학생으로 그리고 연구원으로 지낸 나의 이 '도쿄 시절'은 내 인생에서 좀 특별한 세월이었다. 아직 젊었고 인생을 결정하는 많은 일들이 있었고 그리고 주변에 참으로 많은 사람들이 있었다. 곧 70을 바라보는 지금, 한창 젊었던 그들의 얼굴이 영화 속의 한 장면처럼 아련히 떠오른다.

 유학생으로 처음 일본에 도착했을 때, 내가 소속된 도쿄대학에는 기숙사의 공실이 모자라 나를 포함한 일부는 이웃 현의 국립대학인 치바대학 유학생 기숙사(留学生寮)에서 한동안 더부살이를 하게 되었다. 도착한 첫날, 말도 아직 잘 들리지 않았고 모든 것이 얼떨떨했다. 다행히 그 기숙사에는 두 명의 한국인 선배가 있었다. 장재욱, 최인건. 그들이 바로 내 맞은편 방에 있었다는 사실이 여간 마음 든든한 게 아니었다. 그 양반들이 저녁식사 후 우리 신참들을 술자리에 초대했다. 술집은 이나게(稲毛) 역 앞, 번화한 동네 중심가 한켠에 있었다. 거기서 '아사히' 맥주를 마시며, 환영과 격려와 충고와 조언을 겸한 이런저런 이야기를 들으며, 밤이 깊어갔다. 그들은 따뜻하고 친절했다.

그런데 도착 후 한 달 하고 18일이 지난 5월 18일, 5·18이 터졌다. (이 일에 얽힌 긴 개인적 사연이 있지만 일단 생략한다.) 당시 나는 일본어에 익숙해지기 위해 항상 TV를 켜둔 채로 공부를 하고 있었는데, 뒤쪽에 켜둔 TV에서 긴박하게 들려오던 뉴스 속보에 반사적으로 뒤를 돌아보지 않을 수가 없었다. 한국… 광주… 전두환… 계엄…, 이른바 '외신'으로 현장의 생생한 컬러 영상들이 시시각각 전해졌다. (당시 한국의 TV는 아직 흑백이었다.) 나는 얼어붙었다. 그날 저녁 우리 한국 학생들은 삼삼오오 모여 나라 걱정을 했고 전두환의 신군부를 성토했다. 그런데… 내 앞방의 장재욱 선배가 바로 그 광주 출신이었다. 그는 평정을 잃었고 모두가 그의 가족들을 걱정했다. 남의 일이 아니었다. 그날 저녁 그가 식당에서 쓰디쓴 표정으로 혼잣말처럼 내뱉은 말을 나는 평생 잊을 수가 없다. "밥그릇의 밥이 쌀인지 돌인지 모르겠네. 편히 앉아 밥을 먹고 있다는 게 이렇게 죄스러울 수가 없구마이." 그는 그날 몸은 일본 치바에 있었지만 마음은 광주에서 소위 진압군에게 돌을 던지고 있는 것 같았다. 그날 이후 그 기숙사를 나와 도쿄로 이사할 때까지 수개월간 나는 그 선배의 웃는 얼굴을 보지 못했다. 나도 그의 앞에서 웃을 수가 없었다. 그는 훗날 학업을 마치고 귀국해 호남의 한 유명 대학에 교수로 취직했다. 훌륭한 교수로서 평생을 봉직하고 정년퇴직을 했지만, 그날의 그 상처는 아마 아직도 아물지 않았을 것이 틀림없다.

그런 와중에서도 우리 유학생들은 현지 적응과 입시라고 하는 각자의 현실과 마주해야만 했다. 거기는 광주도 서울도 아닌 도쿄였다.

*

그 시간들을 오롯이 함께했던 10여 명의 유학 동기들은 정말 친하게 지냈는데, 그들의 이야기만으로도 아마 책 몇 권은 너끈히 나올 것이다. 그중에서도 특별히 나와 가까이 지냈던 사람이 법학부의 유형주와 공학부의 홍유중이었다. 둘 다 나보다 약간 선배였지만 유학 동기다 보니 사실상 친구처럼 친하게 지냈다. 유 형은 유학 전부터 좋아하던 아가씨가 있었는데 무슨 이유인지 부친의 반대가 심했다. 그는 방학 때도 서울에 돌아가 부친을 설득했지만 끝내 허락을 얻지 못했다. 그런데… 청춘의 한복판이었다. 그는 과감하게 그녀를 데리고 도쿄에 돌아왔고 아다치구(足立区) 아야세(綾瀬)의 한인 교회에서 조촐하게 결혼식을 올렸다. 우리 유학생들은 그들을 축복해줬고 그들은 우리를 통해 용기를 얻은 듯 알콩달콩 행복한 신혼살림을 시작했다. 워낙 사람을 좋아했던 유 형인지라 우리 동기들은 그 집에 어지간히도 자주 놀러가 폐도 많이 끼쳤지만 그 부인은 언제나 싫은 내색 하나 없었다. 가을에는 그들 부부와 함께 교토-나라-코베로 여행을 다녀오기도 했다. 이윽고 그의 딸이 태어나고 돌잔치를 할 때도 동기들 대부분이 다 모여 축하를 해줬다. 당시 도쿄대에서, 특히 법학부에서 박사학위를 취득하는 것은 거의 하늘의 별따기 같은 분위기였는데, 유 형은 부인의 내조를 받으며 정말 열심히 공부를 했고 결국 일본인 친구들보다 더 먼저 박사학위를 취득했다. 그는 한국으로 돌아오고 싶어 했으나 취직이 쉽지만은 않았다. 다행히 그 사정을 안 지도교수의 천거로 일본에서 자리를 얻어 고민 끝에 거기에 남기로 했다. 말하자면 재일교포가 되어버린 셈이다. 일본 국립대학의 한국인 교수, 드문 사례였다. 그는 늘 부친을 마음에 걸려 했는데, 훗날 다행스럽게도 화해를 했고 그 얼마 후에 부친은 작고하셨다. 그는 저명한 학자였던 부친이 남긴 유산으로 기념사업회를 만들어 장학사업을 펼치기도 했다.

한편 홍 형은 정말 사람 좋은 양반이라 만나기만 해도 푸

근해지는 타입이었는데, 지도교수를 좀 잘못 만나 마음고생을 심하게 했다. 공학부는 대개 실험실 단위로 지도교수가 전권을 갖는 분위기였는데, 인종적 편견이 좀 있는 분이었다. 어느 날 일과 후 사적인 자리에서 이런저런 대화를 나누다가 사이고 타카모리와 이토 히로부미가 화제에 올랐다. 소위 '정한론'의 제창자요 그 실행자였다. 홍 형은 아는 지식을 총동원하며 그들이 얼마나 '나쁜 놈'인가를 역설했다. 멋진 장면이었을 것이다. 그런데… 거기는 일본이었고 거기서 그들은 '영웅'이었다. 그걸 모르는 바는 아니었지만 그 화제에서 홍 형은 절대 양보할 수가 없었다. 다 좋았지만 '그 후'가 문제였다. 그는 그날 이후 지도교수에게 완전히 '찍혔고' 결국 박사과정에 들어가지 못했다. 그는 결국 유학 생활을 포기하고 우리보다 먼저 짐을 싸야만 했다. 그러나 투지가 남다른 양반이었다. 그는 뛰어난 지식을 살려 귀국 후 컴퓨터 관련 회사를 설립해 사장님이 되었다. 홍사장님은 지금도 술만 취하면 나에게 전화를 걸어와 유학 시절과 똑같은 목소리로 수다를 떨어댄다. 그러면 우리는 1980년의 그 유학 시절로 타임 슬립을 한다.

당시 우리 대학의 유학생 33명은 나를 포함 거의 대부분이 귀국 후 교수의 삶을 살았다. 지금 시대와 비교해보면 엄청난 행운아들이 아닐 수 없었다. 비교문학의 이영수, 노문학의 손영건, 미학의 민우식, 역사학의 최수덕, 경제학의 이우강, 그리고 사회학의 김응준, 인도철학의 강동근, 생물학의 박완수, 조경학의 김정태 … 특별히 친했던 그들 각자에게도 그 10년 세월, 소설 같은 사연들이 거의 책 한 권 분량은 될 것이다. 청춘이었고 더욱이 외국이었으니까. 그중 몇은 거기서 인연을 만나 서로 사랑해 부부가 되었고, 또 몇은 부부가 될 뻔했으나 이루어지지 못했고, 또 몇은 부부가 되었으나 한쪽이 먼저 세상을 떠나기도 했다.

*

학교에서는 공식적으로 각 유학생에게 붙여주는 튜터 (Tutor) 제도가 있었다. 같은 과 같은 전공의 사에키라는 친구가 튜터로서 언어, 생활, 학사 등에 실제로 적지 않은 도움을 주었다. 하지만 학교 앞 카페에서 정기적으로 만났던 그 친구와의 제한된 대화만으로 충분할 수는 없었다. 주변에 있던 사람들과 닥치는 대로 지껄여댔던 것이 좋은 훈련이 되기도 했을 것이다. 철학과의 동기들은 물론이고, 기숙사에 있던 미국 친구, 프랑스 친구, 탄자니아 친구, 폴란드, 중국, 대만 등 오대양 육대주의 친구들과 일본어로 지껄여댔다. 조금은 묘한 풍경이지만, 1980년대, 일본이 'Japan as No.1'을 외치던 시절이었다. 일본어와 문법 구조가 비슷한 한국어 사용자인 나로서는 상대적으로 그들보다 정확한 말투를 사용할 수가 있었고 다행히 몇 가지 어려운 발음의 문제도 쉽게 극복을 했다. 대만 출신의 친구 쭝슈원과는 (그의 제안으로) 거의 매일같이 일본어 학습을 위한 엽서를 주고받기도 했다. 그는 후에 나오는 다른 W대학으로 진학했고 졸업 후 귀국해 타이베이에서 저명 문화해설사가 되었다. 40수 년이 흐른 지금, 유튜브의 영상에서 그는 맹활약을 하며 가끔 손주 자랑을 늘어놓기도 한다.

*

일본 생활의 적응은 나의 경우 비교적 순조로웠다. 주말엔 동네 주변을 산보하는 것이 큰 즐거움이었고 가끔씩은 기차를 타고 도쿄와 반대 방향 보소(房総) 반도 쪽으로 교외 나들이를 하기도 했다. 원산의 명사십리 같은 '쿠주쿠리하마' 해변, 거기서 보는 태평양은 멋진 장관이었다. 그럴 땐 아테네 출신의 그리스 친구 빠빨렉산드루 스띨리아노스가 좋은 길벗이 되어주었다. 함께 온주쿠 바닷가에서 스케치를 하기도 했다. 제법 정성 들여 그린 그림 한 장은 나중에 그 친구와 함께 아테네로 갔다. 그는 같은 기숙사의 한국 여학생 유인나를 연모했다. 고백을 했던 모양인데 그녀에게는 이미 사귀는 한국 남학생이 있었다. 결국 실연을 한 스띨리아노스는 제법 심하게 가슴앓이를 했다. 모두가 다 청춘이었다. 유학생 기숙사였던 만큼 연애도 아주 '인터내셔널'이었다. 그 역시 귀국 후 아테네에서 저명한 교수가 되었고 유인나 역시 귀국 후 교수가 되었으며 사귀던 남자친구와 결혼해 부부 교수로서 행복한 일생을 보내고 있다. 내 친구의 친구였던 그 남편도 큰 업적을 남기고 이제는 정년퇴직을 했다.

또 한 명의 유학생 동료가 있었다. 독일에서 온 페터 뢰어였다. 그와는 니시다 키타로의 《선의 연구》를 함께 읽기도 했고 스위스에서 찌멀리 교수가 강연차 왔을 때는 함께 카마쿠라를 한 바퀴 돌기도 했다. 즐거운 나들이였다. 젊음의 거리 시부야의 뒷골목을 훤히 꿰고 있던 그는 당시 유행하던 술 '츄하이'와 유채 무침 안주를 좋아했는데, 귀국 후 뮌헨에서 교수가 되어 일본학 관련 연구로 명성을 날렸다. 그에게는 한 가지 배운 바가 있다. 독일식 실용적 합리주의다. 처음 일본에 갔을 때, 심란한 일이 있어 해변에 조성 중인 신시가지를 한밤중에 산책하다가 아직 건물은 없이 도로만 나 있던 그 거리에서 자동차 한 대가 빨간 신호를 지키며 정차해 있던 장면을 목격하고 나름 감동해 그 친구에게 그런 이야기를 한 적이 있었는데, 그는 의외로 칭찬은커녕 "그건 바보짓"이라고 혹평을 했다. 언젠가는 같은 기숙사에 살 때, 같이 식사를 하러 나가 길을 건넜는데 그는 빨간 신호를 무시하고 무단횡단을 했다. 나는 좀 의외라 웃으며 그를 질책했다. "독일은 일본보다 질서를 더 잘 지킨다고 들었는데…" 했더니 그는 역시 웃으며 손가락으로 길을 가리켰다. "봐봐. 이쪽도 저쪽도 지금 차가 한 대도 없잖아. 아무 위험도 없고 아무 폐도

되지 않잖아." 나는 그 순간 '아하, 이런 게 독일식 합리주의인가 보다.' 하고 납득했다. 정답은 아닐지 모르지만 흥미로웠다.

　기숙사엔 프랑스 친구도 한 명 있었다. 그녀 마리 뒤부아는 성격도 좋고 발이 넓어 모두와 친하게 잘 지냈다. 나도 식당에서 수다를 떨며 금방 친해졌다. 당시 기숙사엔 개인 전화가 없었고 관리실의 공용 전화만 사용 가능했는데, 외부에서 전화가 오면 관내 전체 방송으로 알려주고 해당자가 받으러 가는 시스템이었다. 그녀는 워낙 전화가 많이 걸려와 관내에서는 탄자니아의 비타 콤바와 함께 그녀의 이름을 모르는 사람이 없을 정도로 유명인사가 되었다. 하루는 학교에 갔다가 돌아오는데 역에 도착하니 비가 억수같이 쏟아지고 있었다. 우산을 챙기지 못했는데 도저히 기숙사까지 걸어서 갈 상황이 아니었다. 한국인 친구들에게 전화를 걸었으나 아무도 받지 않았다. 그때 불현듯 모두의 친구였던 그녀의 이름이 떠올랐다. 다시 전화를 걸어 그녀를 호출했다. "프랑스의 마리 뒤부아 상 전합니다." 언제나처럼 안내방송이 온 관내에 울렸을 것이다. 그녀는 바로 전화를 받았다. "나 한국의 이○○인데 미안하지만 역까지 우산 좀 갖고 와줄래?" 그녀는 "내가 왜 너한테 우산을…" 하고 툴툴댔지만, "비 오잖아. 우산도 없고. 나중에 맛있는 거 사줄게."라는 빈말 한마디를 믿은 듯 안 믿은 듯 결국 그녀는 우산을 갖고 역까지 나와주었다. 돌아가는 길에도 그녀는 "너 이 신세 어떻게 갚을래?" 하며 계속 툴툴거렸지만 별로 싫지는 않은 표정이었다. 그녀에게는 나도 아는 남자친구가 있었던 터라 '썸' 그런 것은 전혀 아니었다. 다만 요즘 말로 소위 '남사친'으로서 좀 더 가까워지는 계기가 되었다. 그 며칠 후 어느 날 그녀가 느닷없이 "한국어 좀 가르쳐줄래?" 하고 내게 제안했다. "대신에 프랑스어 가르쳐줄게." 솔깃한 제안이었다. "오케이." 그렇게 일대일 교습이 시작되었다. 나로서는 그렇지 않아도 배우고 싶었던 프랑스어를 제대로 배울 절호의 기회였다. 그러나 나는 프랑스어와 끝내 인연이 없었던지 이 개인교습은 10회를 넘기지 못하고 중단되었다. 그녀는 갑자기 결혼 준비로 바빠졌고 나는 기숙사를 떠나 도쿄로 이사를 가게 되었다. 같은 기숙사에 있을 때와는 이야기가 다르다. 그걸 위해 따로 만나는 것은 사실상 불가능했다. 그녀와는 그걸로 끝이었고 학교가 달라 그 뒤 소식은 지금도 알지 못한다. 그 성격이니 아마 어디서든 틀림없이 잘 살고 있을 것이다.

*

학교에서는 튜터인 사에키를 비롯해서 몇몇 일본 친구와 윤독회를 갖기도 했다. 그들은 하나같이 다 우수했다. 학교의 명성이 괜한 게 아님을 그들을 통해 실감했다. 영어-불어-독어 책을 펼쳐놓고 그들은 그대로 일본어로 줄줄 읽어 내려갔다. 나에게는 그것이 이중의 부담이었지만 '한국인'으로서의 오기가 그것을 견뎌내게 했다. '조센징의 본때를 보여주겠다' 는 자세로 나는 밤새워 발표 준비를 하곤 했다. 수업에서 발표를 무난하게 소화했을 때, 비록 공치사였겠지만 그들은 '스고이(대단하다)'라는 찬사를 남발했다. 그런 것도 당시의 내게는 분발을 위한 좋은 연료가 되어줬다. 입시를 앞두고는 지난 몇 해 간의 시험문제를 입수해서 예상문제를 만들어 답을 정리해보기도 했는데, 사에키, 쿠보, 누쿠이, 키즈카 등의 친구들이 많은 도움을 주었다.

사에키는 복스러운 인상처럼 성격도 수더분했는데 친절했고 공부도 착실한 편이었다. 졸업 후 그는 도쿄의 아이비리그격인 R대학의 교수가 되었고 가다머 연구에서 특히 두각을 나타냈다. 훗날 그와 나는 우연히 같은 시기에 독일에서 객원교수로 머물렀는데, 하이델베르크에 있던 나는 튀빙겐에 있던 그를 찾아가 회포를 풀기도 했다. 그의 안내로 호엔튀빙겐 성 등 튀빙겐의 명소들은 물론 헤겔-셸링-횔덜린이 함께 우정을 나누었던 신학대학 기숙사도 가보았고 정신병원을 나온 횔덜린이 생애 후반 37년간 칩거했던 넥카 강변의 '횔덜린 투름'도 둘러보았다. 나의 나라도 그의 나라도 아닌 독일이라는 제3국이라 그 며칠은 색다른 느낌의 추억이 되었다.

쿠보도 잊을 수 없는 친구다. 그도 나처럼 타 대학 학부 출신인 데다 집도 우연히 근처였던 관계로 나와 특별히 가까이

지냈는데 졸업 후 홋카이도 오타루로 취직이 되는 바람에 왕래가 좀 멀어지고 말았다. 그러나 훗날 내가 학교 동료들과 단체여행으로 오타루를 찾았을 때, 감격적인 재회가 있었다. 그와 함께 '사카이마치 거리(堺町通り)'의 유리공예와 오르골 가게를 구경하고 맛있는 디저트를 먹고 그 유명한 야경을 구경한 것은 또 다른 추억으로 내 기억에 깊이 새겨졌다.

누쿠이는 본인이 백제의 후예임을 자랑스럽게 생각하는 친구였고 부친이 저명 국문학자인 명문가 자제였다. 모두가 다 우수했지만 그는 특히 더 우수해 현상학 분야에서 두각을 나타냈다. 그도 졸업 후 도쿄 S대에서 교수직을 얻었는데, 저술도 엄청 많이 했다. 그런데 그는 훗날 독일 부퍼탈 유학 중 우연히 피나 바우쉬의 현대무용을 보러 갔다가 그 매력에 빠져 무용 평론가로 활동을 하기도 했다. 그 역시 철학과 무용 두 분야에서 모두 저명인사가 되어 있다. 2000년 4월 그녀가 서울 공연을 했을 때는 그도 서울까지 날아와 나를 불러냈고 함께 그 공연을 보기도 했다. 대단한 공연이었고 역시 특별한 추억으로 남게 되었다.

키즈카는 동기 중 유일한 오사카 출신이었는데 말투뿐만 아니라 그 기질도 확실히 칸토진(関東人)과는 다른 칸사이진(関西人)이었다. 직설적이고 스스럼이 없었다. 어느 겨울날 신주쿠에 있던 그의 집에 모여 시끌벅적 떠들며 스키야키를 해 먹은 기억이 있다. 졸업 후 그는 도쿄의 K대학 교수가 되었는데 고맙게도 나를 초대해 특별 강연회를 열어주기도 했다. '일본의 가치들'이라는 주제였다. 그날의 진지했던 분위기와 그 학생들의 반짝이던 눈빛도 나에게는 소중한 추억으로 남아 있다. 그리고 훗날 내가 독일 프라이부르크에 갔을 때 현지에서 활동하던 하이데거 연구자 오시마 요시코 씨와 친하게 지냈는데 알고 보니 그녀가 키즈카의 막내 이모였다. 세상 참 좁다는 생각과 함께 묘한 인연을 느끼기도 했었다.

*

한편, 선배들 몇몇도 떠오른다.

1년 선배였던 카도카와는 수업 때 가장 눈에 띄는 우수한 발표를 해 항상 주목을 끌었다. 모두의 예상대로 그는 졸업 후 모교의 교수로 남게 되었고, 왕성하게 저술도 발표했으나 뜻밖의 병으로 쓰러져 일찍 세상을 뜨고 말았다. 지도교수의 고희 축하연 때 그는 아픈 몸을 이끌고 참석해주었는데, 그때의 재회가 그와는 마지막이 되고 말았다. 석사과정 때 어느 주말 지도교수님과 셋이서 치바현 보소반도의 요로계곡으로 교외 트래킹을 갔던 장면들이 지금도 눈에 선하다. 그가 모교의 교수가 된 후, 그의 초청으로 나도 한때 모교의 연구원으로 머물기도 했다. 그때만 해도 그는 아직 건강했고 청춘의 한복판이었다.

유학 2년차, 바짝 긴장했던 입학시험이 모두 끝난 뒤, 조교였던 가토 선배와 키우치 등 몇몇 친구들이 따뜻한 말로 덕담을 건네줬고 긴장을 풀라며 학교 근처 유시마(湯島) 신사로 안내해 한창 절정이었던 매화도 구경시켜주었다. 따끈한 감주도 한 잔 사다 주었다. 효험이 있는 신사라며 그들 식으로 합격 기원도 해줬다. 그들의 그런 사소한 배려가 그 '웬수' 같은 일본에 대해 점점 정이 들게 만들어나갔다. 가토 선배는 헤겔 전공이었는데, 훗날 치바대학(내가 반년 간 그 기숙사의 신세를 졌던 바로 그 대학)의 교수가 되어 그 분야에서 역시 명성을 날렸다.

그가 전임이 되어 떠나고 그 후임으로 네즈 선배가 조교로 부임했다. 이 양반은 프랑스철학 쪽이 전공으로 나와 학문적인 방향은 좀 달랐지만 인간성이 훌륭해 특별히 가까이 지냈다. '인품'이라는 것을 몸으로 보여준 선배였다. 그는 말 한마디 표정 하나도 남달랐다. 남을 편하게 해주는 양반이었다. 훗날 그가 교수가 되어 규슈대학에 근무하고 있을 때, 나는 또 다른 선배인 아라야 상의 주선으로 그 대학에서 두 차례 집중 강의를 하게 되었는데, 그때 반갑게 다시 만나 옛정을 확인했다. 강의가 종료한 뒤에는 아라야 상과 함께 (그리고 또 다른 선배인 키우치와 함께) 규슈 일주 여행도 다녀왔다. 겨울 강의가 끝난 후에는 후쿠오카 만(灣)의 노코노시마(能古島)에 있는 그의 집을 방문하기도 했는데 그때 정말 희한하게도 함박눈이 내렸다. 그 '남국의 눈'을 맞으며 헤어질 때

나는 선상에서 그를 위해 57577 와카를 한 수 읊기도 했다. "잊지 말라고 / 함박눈 흩날리는 / 노코노시마 / 벗이 여기 있으니 / 마음은 두고 가네(忘るなと 大雪吹雪く 能古島友居 残りて心は去れず)" 그는 정년퇴임 후 부인의 친정인 토야마로 갔다. 그는 농담처럼 "퇴직하면 쌀농사나 지어볼까 한다"고 했는데 정말로 그러고 있는지 모르겠다. 착하고 예뻤던 그 부인은 성인이 된 후 식민지 조선의 참상을 처음 알고서, "우리 일본이 그렇게 나쁜 짓을 했었나…" 하고 엄청난 충격을 받았다고 했다. 역사의 과오를 가르치지 않는 일본 교육의 실상을 그분을 통해 알게 되었다. 그분은 그 후 사죄의 뜻으로 재일 한국인 인권운동에 가담해 활동하고 있다고도 했다. 인품이 돋보이던 그 선배의 부인다운 면모였다. '선한 일본인'의 실재를 나는 그분들에게서 확인했다.

아라야 선배도 잊을 수 없다. 후쿠시마 출신의 그는 약간 동북 사투리가 남아 있었다. 나에게는 늘 호의적으로 대해주었다. 늘 웃는 얼굴에 술을 엄청 좋아했다. 마라톤이 취미였다. 칸트 전공이었는데 실력은 기본이었다. 메를로 퐁티에도 정통했다. 한번은 내가 큰딸 유아원 문제로 어려움을 겪고 있을 때 그 사정을 듣고 직접 나서 유력자를 소개해주는 등 도움을 준 적도 있다. 교수가 된 후 그가 근무하는 규슈대학으로 나를 불러 두 차례나 집중 강의를 맡겨주었는데, 강의 후의 규슈 일주 여행을 포함해 아주아주 특별한 추억이 되었다.

그는 내가 근무하는 대학에 와 특별강연을 하기도 했다. 나도 그가 나에게 해주었던 것처럼 해인사, 한산도, 해운대 등 경남 일대의 여행을 함께 했다.

하나둘이 아니다. '일본', 아주아주 특수한 외국이기는 하지만 친절하고 따뜻하고 우수했던 이들 덕분에 나에게는 그 나날들이 아주아주 특별한 내 인생의 일부가 되었다. 1980년대, 나의 도쿄 시절, 좋은 사람들과 우정을 나눈 아름다운 청춘이 거기 있었다.

장면 18 히로세 이야기

인생에서 '친구'라는 것이 소중한 자산의 하나라는 것은 대개가 다 인정한다. 나도 나의 '인생론' 강의에서 그것을 주제의 하나로 다루기도 한다.

정년이 지나 인생을 뒤돌아보면 초등 시절, 중고등 시절, 대학 시절, 직장 시절 … 각 시기별로 여러 친구들의 얼굴이 떠오른다. 아련하고 고마운 존재들이다. 그들이 있어 그때그때 내 인생이 얼마나 즐겁고 유익했던가.

나에게는 연구원 생활을 포함해 10년 가까운 '도쿄 유학 시절'이 있었다. 그 시절도 수많은 친구들이 있었는데, 그중에 딱 한 명 가장 대표적인 친구를 꼽아보라면 역시 그 친구다.

히로세 이츠키(広瀬樹). 1980년 4월, 얼떨떨하게 시작한 도쿄대 대학원 생활의 10명 내외 동기들 중 하나로 그도 처음 인사를 나누었다. '일본인' 하면 왠지 '왜소'의 이미지가 강하지만 그는 180cm가 넘는 장신이었고 용모도 아주 준수했다. 지도교수별로 팀이 이루어지는 우리 모교 도쿄대의 분위기 탓에 지도교수가 달랐던 그는 한동안 나와 일정 거리를 유지하고 있었다. 그러나 학위과정의 유일한 외국인이었던 나를 대하는 표정이나 말은 기본적으로 상냥했고 호의적이었다. 특별한 형식이나 제약 없이 자유롭게 자신의 관심사를 발표하게 했던 야마구치 교수의 세미나를 통해 그의 관심이 칸트 철학이었음은 익히 알게 되었다. 그런데 수사(석사)과정 끝 무렵 그는 동기들 중 유일하게 학위논문을 제출하지 않았다.

그즈음 어느 날, 타나베 교수의 세미나가 끝나고 여느 때처럼 우르르 학내 '비어가든'에 몰려가 한잔하면서 시끌벅적 담론이 무르익을 때 그와 교수 사이에 무슨 격론이 벌어졌다. 물론 술자리의 부담 없는 대화다. 모르는 게 없어 '괴물'로 통하던 교수와 애당초 논쟁이 될 턱이 없었지만 그는 제법 자신의 논지를 세우며 의견을 개진했다. 그걸 단숨에 제압해 버린 교수가 그 특유의 비아냥 같은 웃음을 띠고 한마디를 내뱉었다. "하지만 자네, 학자는 말이야 아무리 의견이 많아도 쓰지 않으면 소용이 없어!" 그는 씁쓰레한 웃음을 지으면서 뭐라고 웅얼거렸던 것 같은데 그 분위기는 다른 대화에 금방 묻혀버렸다. "쓰지 않으면…"이라는 타나베 교수의 말은 논문 제출을 독려하는 말이었는데, 그걸 계기로 나는 그가 처한 '개인적 사정'을 좀 듣게 되었다. 당시 그는 자상했던 모친을 병으로 잃고 가슴앓이를 심하게 하고 있어 차분하게 논문에 집중할 게재가 아니었다. 그것은 '실존'의 문제였다. 부친과도 좀 불편한 부분이 있어 그는 본가를 나와 학교 근처 작고한 외조모가 남겨준 집에 혼자 살고 있었다. 나는 그런 그의 곁에서 자주 말동무가 되어줌으로써 그 허전한 마음의 한 칸을 채워주고는 했다.

나는 당시 치바의 기숙사를 나와 도쿄로 이사를 한 후 이런저런 사정으로 몇 차례 집을 옮겼고 한때 그의 집 근처(무코가오카)에 살게 되었는데, 당시 그는 사귀던 여학생과 함께 우리 집에 놀러온 적도 있었다. 그렇게 그와는 가까이 지냈다. 살다 보면 알지만 진정한 친구란 '찾아오고 찾아가는' 관계가 되었을 때, 비로소 '우정'이라는 것이 자라게 된다.

거기서 한 걸음 더 발전하면 '특별한 친구'가 된다. 그가 나와 '특별한 친구'가 된 것은 박사과정 때였다. 나는 기한이 다 된 학교 외국인 숙사(Shiroganedai International Lodge)를 나와 사정상 도심(미타)의 한 아파트에 살고 있었는데, 집세가 엄청나게 비쌌다. 어쩌다 사석에서 그에게 그걸 투덜거렸더니 그가 뜻밖에 "너무 비싸다. 그건 경제적인 부담도 되고 아까운 노릇이니 괜찮다면 지금 비어 있는 우리 집 별채에 들어와 살지 않을래?"라고 제안을 했다. 그가 말한 별채는 입구가 달라 독립된 생활이 가능한 구조였다. 그렇게 해서 나는 그와 한집살이를 하게 되었다. 시세의 8분의 1 가격인 단돈 1만 엔을 집세로 냈다. 그때까지도 그는 '실존적 상황'을 완전히 벗어나지 못했지만 나름 연애도 하며 청춘의 한복판을 통과하고 있었다. 한집에 살다 보니 만남과 대화도 잦아지고 우정도 깊어갔다.

그렇게 한동안이 지나고 박사과정 때, 아내가 직장이 정해져 먼저 귀국을 하게 되었다. 다시 혼자 남은 나는 역시 혼자 지내던 그와 더욱 자주 얼굴을 마주했다. 속 깊은 많은 이야기를 주고받았다. 가치관이 비슷해 인간적인 공감대가 적지 않았다. 그 동네(분쿄구 센다기)는 100년 넘은 소위 '시니세(老舗)'들이 많았는데 그는 그런 가게들을 빠삭하게 꿰고 있어 덕분에 두부요리, 튀김요리, 장어요리, 메밀국수, 초밥, 라멘 등등 일본의 음식문화를 제대로 알 수 있게 되기도 했다. 함께 술잔을 나누기도 하고 함께 동네를 산보하기도 하고 함께 철학도 토론하며 그와 나는 점점 '더욱 특별한 친구'가 되어갔다.

이윽고 나에게도 귀국의 날이 다가왔다. 기한이 찬 장학금은 끊어졌고 아직 한국에서의 취직은 불투명했다. 귀국을 앞둔 술자리에서 그런 불안을 내비치자 그는 좀 머뭇거리며 조심스럽게, "혹시 원한다면 내가 돈을 빌려줄 수 있다. 부담 없이 쓰고 나중에 사정이 될 때 갚으면 된다."는 말을 꺼냈다. 나는 좀 놀랐다. 친구 사이에 그냥 가볍게 한 말인데 그는 그것을 가볍지 않게 들은 것이다. 나는 그 제안을 고맙게 받았다. 그는 외조모의 유산이었던 거금을 전액 인출해 "서울에서 집 얻는 데 보태라"며 내게 건네줬다. 그런데 말이 그렇지 그게 어디 쉬운 일인가. 거금이다. 그것도 상환 조건은 아무것도 없었다. 무이자에 무기한이다. 더군다나 나는 외국인이다. 그것도 이제 귀국하는 사람이다. 상환의 보장도 없다. 그는 차용증도 필요 없다고 했다. 이 일로 그는 내 인생에서 '가장 특별한 친구'가 되고 말았다.

나는 귀국해 약간의 지체가 있었지만 고맙게도 취직을 했고 최대한 빠른 시간에 그 액수를 마련해 도쿄로 가 그에게 그 돈을 상환했다. 이자는 홍삼 등 풍성한 선물로 대신했다. "어차피 난 급한 일도 없고, 안 갚아도 상관없었는데…" 그는 쑥스러운 표정으로 되레 미안해하며 그 돈을 받아줬다.

방황은 의외로 길었고 그는 끝내 학위논문을 제출하지 못했다. 당연히 대학교수로는 남지 못했지만 다른 형태로 그는 '선생님'이 되었다. 나는 나대로 인생의 본론부를 열심히 걸어나갔고 그에게도 당연히 '그 이후'가 있었다. 함께 지내던 그 낡은 집도 건축가였던 그 형 아키라의 설계로 말끔한 현대식으로 재건축했고, 그 새집에서 그는 신혼살림을 시작했다. 외국인 데다 사정이 있어 그의 결혼식에는 참석하지 못했지만 수년 후 연구년으로 다시 도쿄에 갔을 때 그의 집을 방문했더니 그는 나를 끌어안으며 눈시울을 붉혔다. 나도 콧등이 시큰해졌다. 수더분한 그의 아내도 따뜻하게 나를 환영해 줬다. 셋이서 함께 술잔을 나누며 그 부인은 "이 사람 이런 모습 처음 봐요. 이런 친구가 있었다니…. 이 사람이 새로 보이네요." 하며 환하게 웃었다.

이야깃거리를 찾자면 주로 이런 것으로, 그가 나에게 내민 도움의 손길이었지만, 친구관계란 그런 것만으로 성립되지는 않는다. 그보다 더욱 중요한 것은 수업과 대화 등을 통해 알게 된 서로의 인격과 학문에 대한, 아니 사람 그 자체에 대한 호감과 인정과 존중이었다. 칸트가 저 《실천이성비판》에서 말했듯이 우리는 서로를 항상 '목적'으로 생각했지 '수단'으로 사용하지 않았다. 만남 그 자체가 반갑고 즐거웠다. 우정이란, 친구란 그런 것이다. 서로의 존재 자체가 가치인 것이다. 그래서 무의식적으로 마음과 발길이 서로에게로 향하는 것이다. 그는 나를 조건 없이 좋아해준 친구였다.

그와 나의 '그 이후'는 아직도 계속되고 있다. 그도 나도 이젠 은퇴를 하고 '연금 생활자'가 되었다. 아이들도 다 자라 그는 '손주들' 소식을 이따금 페이스북으로 전해온다. 그가 잠잠할 때는 그 부인이 이런저런 소식을 활발하게 올린다. 사정상 오래 도쿄를 가지 못했다. 한동안 고생하던 그의 '통풍'은 요즘 어떤지 잘 모르겠다. 함께 열심히 다니던 그 동네 식당들은 아직도 계속 맛있는지 모르겠다. 히로세, 그도, 그리고 그 동네 '센다기'도 참 그립다. 그는 내 인생의 큰 선물이었다.

위태롭게 삐걱거리는 한일관계가 그와 나의 우정에 영향을 끼치는 일이 부디 없기를, 가끔씩 나는 뉴스를 보며 염려하기도 한다.

\# 장면 19 장선옥 선생 이야기

　본인의 신앙 여부와 상관없이 우리 한국인들에게 불교는 여러 가지로 친숙하다. 지식인들에게는 특히 그렇다. 그런데 정작 그 내용에 대해서는 누구나 다 잘 알고 있는 것은 아니다. 불교란 무엇일까? 팔만대장경이라는 말이 상징하는 방대함과 묘법연화경이라는 경전이 상징하는 오묘함과는 달리 그 요체는 의외로 간명하다. 초전법륜경과 반야심경에서 확인되는 불교의 핵심은 '도(度: 건너기)'라는 글자 하나에 압축되어 있다. "아제아제 바라아제"도 내용은 바로 그것이다. '도'란 '고에서 멸로'라는 방향성을 갖는 것이다. '괴로움에서 고요함으로', 그게 불교의 원점이다. 그 고의 원인이 '집'이고 그 멸의 방법이 '도(道: 8정도)'이니 '도(度)'라는 한 글자 속에 고집

멸도 네 글자가 함께 있는 셈이다. 그게 이른바 4성제이다. 그게 부처가 득도 후 맨 처음 설한 초전법륜의 핵심 내용이다.

그런데 불교에 조금이라도 관심이 있는 사람 치고 이걸 모르는 이가 어디 있겠는가. 3법인, 4성제, 8정도, 12연기, 아마 귀에 딱지가 앉도록 들었을 것이다. 어쩌면 그게 문제다. 너무 익숙하다 보니 정작 그 내용이 말에서 멀어지는 것이다. 실천은 더욱 멀어진다.

헛된 것에 대한, 특히 나라는 것에 대한 갈애와 집착, 그로 인한 고통과 번뇌, 그것을 내려놓기, 특히 마음 비우기, 그것을 위한 정견-정사-정어-정업-정명-정려-정념-정정, 불자는 끊임없이 이것을 다시 보고 되새기지 않으면 안 된다.

그런데 말이 그렇지 이게 쉬운 일이겠는가. 도일체고액을 하려면 조견오온개공을 해야 한다. 저 관자재보살처럼. 우선 그것부터 쉽지가 않다. 모든 괴로움을 건너기 위해 오온(색수상행식)이 다 헛됨을 비추어본다? 누가 그것을 쉽게 할 수 있는가. 오온의 정체는 사실 욕망의 덩어리다. 온 세상이 온통 그것으로 돌아가는데 누가 그 욕망을 쉽게 내려놓을 수 있는가. 사람들은 누가 내 자리를 뺏어가도 평생의 원수로 여기고 내 돈 몇 만 원을 내는데도 부들부들 떤다. 죽기 전에 '나'와 부귀공명이 헛됨(空)을 아는 것은 오직 '드문 자들'에게만 가능할 것이다.

그 드문 자들 중의 한 사람을 나는 개인적으로 알고 있다.

어쩌면 불교계에서는 유명할지도 모르겠다. 나는 그녀를 일본 유학 시절에 만났다. 나보다 연상이었지만 학교에는 후배로 들어왔다. 그녀의 인상은 좀 강렬했다. 서글서글한 용모와 성격이 편안한 느낌을 줬다. 누나 같은 느낌? 그녀나 나나 참 열심히 공부했다. 배경이랄까 무대는 도쿄대학, 학문적 경쟁이 치열한 곳이었다. 각종 평가에서 이른바 스카이(SKY) 대학보다 상위에 랭크되는 그 명문대학에서 세계적인 석학의 지도를 받으며 그녀는 마침내 박사학위를 취득했고 귀국해서 대학교수로 자리 잡았다. 나는 운이 모자라 지방에 내려왔지만, 그녀는 당당하게 '인서울'했다. 평생의 경제적 안정과 명예를 확보한 것이다. 연구도 열심히 해 업적도 착실히 쌓아갔다. 각자의 자리에서 서로의 삶이 바빠 귀국 후 연락을 주고받지는 못했지만 나는 그녀의 세속적 행복을 의심하지 않았다.

그러다가 우연히 언론을 통해 그녀의 소식을 접했다. 서울의 대학교수직을 내던지고 도반과 함께 남해의 외딴섬 오곡도로 내려가 명상수련원을 열었다는 것이다. 거길 다녀간 사람이 천 명도 더 되는 모양이다. 그 기사는 한동안 내 머리를 얼얼하게 만들었다. 그리고 고개가 숙여졌다. 누가 그런 일을 쉽게 할 수 있겠는가. 나라면? 나도 아마 그렇게는 못할 것이다. 갈애와 집착을 버리는 일이다. 안정적이고 명예로운 지위와 수입을 초개처럼 버린다는 것이다. 그건 그 헛됨을 깨달았다는 증거다. 그것과는 다른, 더 큰 가치를 지향한다는 증거다. 그녀는 사과를 알기 위해 그 설명을 듣기보다 직접 그것을 먹어보기로 한 것이다. 그리고 그것을 설명하기보다 그것을 먹여주기로 한 것이다. 유학 시절엔 잘 몰랐는데 기사에 의하면 그녀의 삶에도 '고'가 적지 않았다. 어려서는 울보였고 몸은 유약했다. 대학 시절 화학에서 불교로 대전환을 하기도 했고, 대인기피증으로 자살을 시도한 적도 있었다. 일본에서는 한겨울 난방도 없는 차디찬 돌바닥 선방에서 문도 창도 다 열어놓은 채 간화선을 했다. 죽비를 맞으며 분한 생각도 들었지만 그녀는 마침내 경지에 도달했다. 마음의 해방. 자유로워졌다. 많은 책을 저술했지만 그녀의 불교는 지식이나 이론이 아니었다. 그 자신의 '문제'에서 출발한 것이었다. 그래서 그녀의 알기-내려놓기-비우기-떠나기는 기본적으로 부처의 그것과 닮아 있다. 그녀는 그저 남해의 한 외딴섬으로 간 것이 아니라 2천 수백 년의 세월을 거슬러 부처의 앞으로, 저 녹야원으로, 꼰단냐의 옆자리로 떠나간 것이다. 그녀는 지금도 '새처럼 자유롭게 사자처럼 거침없이' 되기를 지향하고 있다.

그런 것이 불교의 본모습이다. '앎'과 '함'과 '됨'이 하나인 것이다. 그녀는 아마 연하의 유학 선배인 나를 기억도 못하겠지만, 나는 그녀를 아름다운 추억의 한 장면으로 기억한다. 그녀가 부디 정각을 이루어 성불하시기를 빌며 합장한다. 한 송이 연꽃처럼 우리 시대에 피어난 대단한 존재, 그녀의 이름은 장선옥이다.

장면 20 도쿄 시절 은사들 이야기

나는 어쩌다 일본 정부 문부성 장학생으로 선발되어 1980년부터 86년까지 일본의 도쿄대학에서 대학원을 다녔다. 익히 듣던 명문이었고 육중한 분위기의 캠퍼스도 아름다웠다. 거기서 나는 박사과정을 마칠 때까지 경제적인 걱정 없이 마음껏 공부했다. 교수진도 정말 훌륭했다. 내가 속했던 철학과 (서양철학과)에는 당시 네 명의 전임교수가 계셨다. (철학 계열의 중국철학, 인도철학, 윤리학, 종교학-종교사학, 미학-예술학, 심리학과는 각각 별개 단위였다.) 야마구치, 타나베, 히로타, 오카베, 한 분 한 분 정말 배울 것이 많았다.

지도교관이었던 타나베 교수는 동료들 사이에서 '카이부쯔군(怪物君)'[당시 인기 만화의 주인공]이란 별명으로 통하고 있었다. 전공 분야인 하이데거 철학은 물론이고 후설 현상학, 칸트, 셸링, 헤겔, 니체, 프레게에 이르기까지 독일철학 전반에 걸쳐 거의 모르는 게 없는, '초인적'인 이해와 지식을 지니고 있었기 때문이었다. 나중에 안 사실이지만, 이분은 독일에서도 그 실력을 당당히 인정받고 있는 세계적인 연구자였다. 뿐만 아니라 이분은 20세기 철학의 이른바 '분열상', 즉 독-불의 관념적 철학과 영-미의 분석적 철학, 양대 사조 사이의 반목을 '상호 몰이해'에서 비롯된 결코 바람직스럽지 못한 현상으로 규정하고, 그 극복을 위한 시도로서 영미철학 연구서도 집필하였는데, 그 역시 본격적인 수준의 것으로 평가받고 있었다. 영-불-독을 다 아우르는 그런 건 아무나 할 수 있는 일이 아니었다. 세미나는 박사과정을 마칠 때까지 7년 동안 성실하게 참가하였지만, 한결같이 철저하고 진지한 것이었다. 특히나 일본인 특유의 그 '팀워크'는 주목할 만했다. 독일식 도제 제도와 유사하게, 특정 교수의 문하생들끼리 그룹이 형성되어 있었다. 우리는 재미 삼아 그것을 야구 구단에 빗대 '타나베 군단(田邊軍団)'으로 불렀고 언어문제의 문턱을 넘고 나서는 나도 어느새 그 일원으로 분류되고 있었다. (일본 정계의 이른바 '파벌'도 실은 그와 비슷한 것이다.)

　세미나에서 한 가지 특이했던 점은, 학생들이 분담, 발표, 토론을 함으로써 그것을 주도적으로 운영해가는 것이었다. 교수는 사회자의 역할을 훌륭히 수행했다. 그러나 막히는 곳에서는 어디서든 거침없이 문제를 뚫고 해결해줌으로써 그 막강한 실력을 과시해 보이기도 했다. 하기야 책으로 무려 1,300여 페이지에 달하는 학위논문을 20대에 작성해서 박사가 되었고, 그 논문의 질이 수십 년이 지난 지금도 인정받는 것이고 보면, '괴물'이라는 표현이 하등 이상할 것도 없었다. 그렇다고 숨 막히는 아카데미즘만이 전부는 아니었다. 세미나가 끝나면 우리는 거의 매번 구내 '아까몽(赤門)' 옆 한켠에 있는 '비어가든'에 우르르 몰려가 맥주를 마시기도 했다. 그 가든의 거목 아래서는 온갖 이야기들이 화제에 올랐고 그럴 땐 야구나 영화-드라마도 예외가 아니었다. 교수의 독일 이야기는 특히나 솔깃했다. 학기말엔 예외 없이 종강 파티도 열렸다. (일본에서는 이것을 '콤파'라고 불렀다.) 이때면 역 근처 술집에서 고주망태가 되도록 퍼마시기도 했다. 타나베 교수도 대단한 주당 중의 한 명이었다. 술자리에서도 우리는 다양하게 학문적 토론을 즐겼는데 교수는 데리다의 '그라마톨로지'를 원용하면서 '에크리튀르' 즉 문자언어의 중요성을 강조하고는 했다. "말보다 글, 학자는 써야 한다"는 게 그분의 지론이었다. 그 말씀은 어느 샌가 내 가슴에도 깊이 아로새겨져 결국 나로 하여금 훗날 30여 권의 책을 쓰게 만들었다.

설날(오쇼가츠)에는 해마다 어김없이 교수님의 집에 모여 하루를 보냈다. 사모님은 정성스럽게 마련한 '오세치 료리'

(설음식)들을 맛보여주셨고, 교수님이 좋아하는 모차르트도 함께 들었고, '바바누키(Joker Game)'라는 트럼프 놀이를 하기도 했다. 또 언젠가는 건강 이야기를 하다가 '트래킹이 최고'라는 말이 나와, 날을 잡아 함께 기차를 타고 교외로 소풍을 가기도 했다. 다리가 뻐근하도록 산길을 걷고, '요로계곡(養老溪谷)'이라는 곳에서 잠시 쉬며 맛있는 잉어회를 얻어먹은 일은 아직도 기억에 생생하다.

그렇다고 타나베 교수만이 전부는 아니었다. 정년퇴직 후 T여자대학으로 옮겨 총장을 지내기도 했던 야마구치 교수는 당시 '철학연습' 세미나에서 각자의 자율적인 논문을 형식 없이 발표하게 함으로써 스스로 철학하는 훈련을 시켜주었다. 선배-동기-후배들의 학문적 관심을 다양하게 들을 수 있는 참으로 흥미롭고 신선한 수업이었다. 나는 이 수업의 발표를 기초로 수사(석사)논문을 작성했고 나중에 그것을 책으로도 출간했다(《본연의 현상학》). 최고 연장자라 교수진의 맏형 격이었던 이분은 다른 후배 교수들을 모두 '○○군'으로 불렀는데, 이따금씩 자신의 문하생들과 함께 교내 '산시로이케(三四郎池)' 옆 언덕 위의 분위기 있는 산상회관에서 음악회를 개최하기도 하는 재주꾼이기도 했다. 본인은 바이올린 담당이었다. 훗날 병석에 누웠다는 소식을 듣고 일부러 도쿄 아카사카의 자택을 찾아뵙기도 했는데 '고맙다'며 손을 꼭 잡고 눈시울을 붉혔다. 총장 시절 학내 갈등으로 마음고생이

심했다고 했다. 그 얼마 후에 그분은 영면했다. 향년 75세, 이른 별세였다.

또 1989년 퇴임 직후 지병으로 세상을 떠난 영미철학의 히로타 교수는 철저하고도 치밀한 분석적 사고로 학자의 또 하나의 전형을 보여주었다. 나는 그분에게서 포퍼와 콰인의 철학을 배웠다. 어느 해 여름 장마철, 연구실(학과 사무실)로 통하는 2층의 긴 복도에서 교수와 마주치며 인사를 하고 지나갔다. 수업시간이 급했지만 뭔가 이상해 뒤돌아보니 교수는 젖은 우산을 쓴 채 무언가를 골똘히 생각하며 걷고 있었다. 2층 복도에서 우산을 쓴 채 생각에 잠겨 걸어가는 노교수! 그것은 참으로 보기 드문 감동적인 장면이었다. 그런데 이분도 정년퇴임 직후 너무나 일찍 타계하고 말았다.

그리고 칸트와 그 주변의 헤르더, 하만을 섭렵하고 와쓰지(和辻哲郎), 쿠키(九鬼周造) 등 일본철학, 그리고 리쾨르 등 프랑스철학에도 정통한 오카베 교수는 학문적 독창성과 인간적 온후함을 몸으로 보여준 분이었다. 항상 조용하고 겸손하면서도 끊임없이 노력하고 독창적 사유로 자신의 철학을 써내는 모습은 학생들에게 좋은 귀감이 되기에 충분했다. 그런 한편 가끔씩은 학생들과 함께 운동장에서 야구 배트를 휘둘러 홈런을 날리기도 했다. 이분은 정년퇴임 후 O대학으로 자리를 옮겨 활동을 계속하였지만 뇌질환으로 상태가 급격히 악화했다. 훗날(2002년) 내가 연구원으로 모교를 다시 찾았을 때 연락을 드렸더니 병중이었음에도 자택인 요코하마에서 도쿄 오차노미즈까지 병구를 이끌고 나와 점심을 사주셨다. 귀국해 교수가 된 옛 제자를 무척 흐뭇해하는 표정이었다. 이분도 2009년 63세의 젊은 나이로 세상을 등졌다.

또 한편 교양학부 소속의 이노무라 교수는 고전 그리스철학 분야의 거장이었는데, 그의 수업에서는 철저한 고전학 트레이닝을 시켜주었다. 그의 그리스어 실력은 장난이 아니었다. 언어뿐만 아니라 철학적 내용에 대해서도 깊은 이해를 갖고 있었다. 내 전공인 하이데거 연구에 필수적인 파르메니데스 철학은 이노무라 교수를 통해서 그 정수를 맛볼 수가 있었다. 수업 중에 발표한 〈자연에 관하여(peri physeos)〉 해석뿐만 아니라 학기말에 제출한 리포트에 대해서도 그분은 "아주 훌륭했다"고 칭찬해줬고 그 말 한마디가 내겐 큰 격려가 되었다.

세월은 무상하다. 기라성 같았던 그분들도 지금은 모두 다 세상을 떠나고 함께 공부했던 선배 나카야마, 친구 카도카와, 치토세, 후배 카키바라, 후루미 등이 그 자리를 이어받았는데, 나카야마 선배도 이미 한참 전에 정년퇴직을 했고, 카도카와는 병으로 세상을 떠났고, 후배 카키바라 군도 퇴직 후 T여자대학으로 자리를 옮겼다. 그렇게 세월은 흐르고 사람도 변한다. 교정도 많이 변했다.

학문의 세계에서 인생을 사는 사람들은 누구나 각자의 학창 시절을 갖고 있다. 한때는 다 풋내기 학생이었던 것이다. 교수로서 인생의 34년을 산 나도 역시 마찬가지다. 그러나 그 시절 누구나 다 훌륭한 선생을 만나는 것은 아니다. 그런데 나는 만났다. 스승이라고 할 수 있는 분을 여러 명 만나 학문적으로 인간적으로 많은 것을 배웠으니 크나큰 행운이 아닐 수 없었다. 세월의 흐름 속에서 이젠 모두 다 고인이 되셨지만, 나는 아직도 생생하게 그분들의 얼굴을 기억하고 있다. 모두 다 젊고 패기 넘치는 학자의 얼굴들이다.

장면 21 타나베 교수님 이야기

　사람이 이 세상에 사람으로 태어난다는 것은 망망대해에서 눈먼 거북이가 우연히 구멍 뚫린 통나무를 만나는 것보다 더 희한한 인연이라고 했다. 나는 이 말을 대학 1학년 때, 청송 고형곤 선생이 쓰신 《선(禪)의 세계》에서 처음 접했다. 너무 너무 멋있는 말이라고 나는 거기에 밑줄 두 개를 그어놓았다. 그런데 그런 희한한 인연으로 태어난 사람과 사람이 오다가 다 길거리에서 서로 옷깃이라도 한 번 스쳐가려면 무려 다섯 겁 이전부터의 인연이 있어야 한다는 말도 어디선가 들었다. 한 겁이라는 것은 사방 천리나 되는 큰 반석을 천 년에 한 번 씩 천으로 닦아 그게 다 닳아 없어지는 것보다도 더 긴 시간 이라고 하니, 사람이 사람을 만나 어떤 관계가 된다는 것은 정말이지 엄청난 인연이 아닐 수 없다.

그러나 인생을 결정하는 그런 인연이라는 것도 처음에는 대개 우연의 옷을 걸치고 찾아온다. 내가 그분을 만나게 된 것도 정말 우연이었다.

나는 대학을 마치고 1년간 조교 생활을 했는데, 우연히 서류 정리를 하다가 '일본 정부 장학생 선발시험'이라는 공문을 보게 되었다. 거기에 보니 응시 자격에 '… 대학교원(조교 이상) …'이라고 되어 있었다. '응? 조교 이상이라고? 그럼 나도 자격이 있네.' 하고서 시험 삼아 그 시험에 응시했는데, 그것이 뜻밖에도 덜컥 붙어버렸다. 나는 독일철학이 전공이라 망설임도 없지 않았으나 의논 드린 교수님의 권유도 있어서 결국 도쿄로 갔고 일본과의 기나긴 인연이 시작되었다. 처음 서류상에 기재된 지도교수는 와카마쓰 와타루라는 분이었다. 그런데, 막상 도착해 보니 그것이 타나베 켄지라는 분으로 바뀌어 있었다. 나중에 들은 이야기지만, 거기에는 내가 모르는 뒷사정이 있었다. 나는 당초에 하이데거 철학과 관련된 연구계획을 제출했고, 그와 별도로 아는 교수님의 소개를 통해 와카마쓰라는 분의 지도를 받기로 했다. 그런데 이분이 나의 연구계획을 읽어보시고는 자신의 분야와 맞지 않는다고 생각했는지 거기에 더 적합한 분을 찾아 나를 부탁한 것이었다. 그가 바로 타나베 교수였다.

그분과 나의 인연(사제관계)은 그렇게 시작되었다. 이분의 첫인상은 솔직히 썩 좋은 것은 아니었다. 친절했지만 뭔가 좀 퉁명스럽다고 할까, 시니컬하다고 할까, 아무튼 좀 조심스러워지는 그런 인물이었다. 그러나 조금씩 시간이 흐르며 그것도 조금씩 불식되었다. 어쩌면 그것은 치열한 수업 후에 이어진 술자리 덕분이었는지도 모르겠다. 술자리에 가면 이분의 말투는 거의 비아냥에 가까울 정도로 변하기도 했지만, 그게 뭔가 스스럼없는 독특한 친근감 속에서 이루어지는 그런 것이었다. 그 친근감 속에는 그분 특유의 따뜻함과 애정이 숨어 있었다. 그래서 그런지 학생들은 그를 매우 따랐고, 당시 유행하던 야구식 용어로 스스로를 기꺼이 '타나베 군단'이라고 부르기도 했다.

무엇보다도 중요한 것은 이분이 거의 초인적이라고도 할 만큼의 '실력'을 갖추고 있다는 점이었다. 하이데거 연구가 주 전공이지만, 그의 업적을 보면 철학사의 거의 전 분야를 꿰고 있었고 독-불-영 3개 분야에 걸친 번역서도 많았다. 수업 중에 학생들이 뭔가에 막히게 되면 이분은 항상 핵심을 짚으며 그것을 뚫어주었다. 그래서인지 그에게는 '괴물'이라는 별명도 따라다녔다. 물론 그것은 각별한 애정과 존경의 표현이었다.

그것을 안 다음에는 그 특유의 빈정거림도 거부감이 없었다. 오히려 개성 있는 매력으로 받아들여졌다. 한번은 인사차 댁을 방문한 자리에서 이런저런 대화를 하다가 교외 트래킹이 화제가 되었는데, 그게 곧바로 실행에 옮겨져 우리 몇몇은 그분과 함께 치바현 보소반도의 요로계곡이라는 데서 하루를 걸으며 선선한 가을바람을 즐기기도 했다. 그때 처음 먹어본 잉어회는 지금도 혀끝에 그 감각이 남아 있다.

해도 지나고 도쿄 생활의 모든 것이 어느 정도 익숙해졌다. 나는 학부 때부터 호불호가 심해 공부에 약간의 편식 경향이 없지 않았는데, 이분은 세미나 수업시간에 이것을 날카롭게 간파하고 사석에서 그 점을 지적하며 폭넓게 기초를 다져야 한다는 주의를 주셨다. "마아, 도쿄는 넓고 자네는 젊으니까 재미있는 것들도 많겠지만, 학자가 되겠다고 마음을 먹은 거니까, 우선은 기초가 튼튼해야…" 나는 속으로 진땀을 흘리며 그 말씀을 '경고'로 받아들였고, 그것은 그 후로 내 공부의 한 지침이 되기도 했다. 그렇게 하면서 그분은 착실히 나의 '선생님'이 되어갔고, 나는 그분에게서 일본적 '학자'의 한 전형을 배우며 '제자'가 되어갔다. 10년 가까운 세월, 참으로 많은 가르침이 있었다.

그분의 이야기를 하면서 '그때 그 일'을 빠뜨릴 수 없다. 박사학위논문을 심사할 때다. 그 당시 일본의 분위기로는 '문학박사'를 취득한다는 것이 결코 쉽지 않았다. 그것은 한 학자가 평생을 투자한 업적에 대해 엄청난 명예와 함께 어렵게 주어지는 것이었기에 교수들 중에도 박사학위 소지자는 그다지 많지 않았다. 그러니 30대의 한 젊은 녀석이 그것도 외국인이 '감히' 학위논문을 제출한다는 것은 전례가 없는 일이었다. 그런데도 이분은 학위가 필요한 한국의 사정을 들으시더니 한번 써보라며 그것을 승낙하셨다. 나는 온 정성을 쏟으며 그것을 썼고 제출을 했고 그리고 그것을 심사받았다.

구두 심사는 거의 2시간 가까이 질의응답으로 진행되었다. 심사라기보다 거의 심문이나 취조 같은 분위기였다. 심사위원들의 질문은 매서웠고 나는 답변을 위해 나의 모든 지식들을 총동원해야만 했다. 그것이 끝나고 심사회의가 진행되는 동안, 나는 초조하게 대기실에서 가슴을 졸였다. 이윽고 회의실 문이 열리며 위원들이 나왔다. 그분은 웃음 띤 얼굴로 악수를 청하며 "수고했다"고, "특히 마무리 부분은 깔끔하게 정리가 잘 되어 있고 논지도 확실해 재미있었다"고, 그리고 한마디 덧붙여 "자네 덕분에 오늘 좋은 공부 많이 했다"고 인사를 건넸다. 그런 말은 내가 전혀 예상치 못했던 인사였고 그 말의 깊은 인상은 가슴속에 확고히 새겨져 평생 잊을 수 없는 순간을 선사해줬다. 논문은 그렇게 통과되었다. 그것이 10월, 가을이었다. 교정에는 은행잎이 노랗게 아름다웠다.

우리 도쿄대에는 당시 졸업식이 없었다. 1960년대의 대학분쟁을 거치며 식장으로 이용되던 야스다 강당이 불타 마땅한 장소가 없기 때문이라는 말을 들은 것 같다. 그런데 한 해도 저물어가던 연말 어느 날, 그분에게서 집으로 전화가 왔다. 12월 31일 마지막 날(오오미소카) 그때 시간이 되느냐고 물으셨다. 선생님의 호출인 셈이니 없는 시간이라도 만들어야 했다. 말씀에 따라 그날 나는 학교로 갔다. 새해를 하루 앞둔 섣달그믐인지라 학교는 인적도 없이 고요했다. 문학부 2층에 있는 학과 연구실에만 불이 켜져 있었다. 그분은 거기서 기다리고 계셨다. 호출의 이유가 궁금했는데 그분은 바로 웃음 띤 얼굴로 그 궁금증을 풀어주었다. "이미 결정은 되어 있었지만, 학위기를 받아들어야 실감이 날 게 아닌가. 대학 본부에 재촉을 해서 그것을 받아왔으니, 이걸 가지고서 내일 기분 좋게 새해를 맞으라고…" 하는 것이었다. '세상에. 이 별난 양반이 이렇게까지…' 나는 콧등이 시큰해졌다. 그것으로 우리 둘만의 학위수여식이 그 연구실에서 거행되었다. "학위기, 성명 이○○, 국적 대한민국, 상기자는 … 하였으므로 문학박사의 학위를 수여함 …" 인적이 끊어진 섣달그믐날의 캠퍼스에서 거행된 단 둘만의 졸업식이었다. 오직 2층 한 칸에만 불이 켜진 문학부 건물, 그 안에서 이루어진 교수와 학생 둘만의 졸업식. 밖에서 본 그 모습은 영화나 드라마의 한 장면으로 손색이 없었을 것이다. 교정, 건물, 줌인, 방 안, 두 사람의 표정, 그리고 그 역순으로 페이드아웃.

그것을 받아 집으로 오면서 나는 '기쁨'이라는 말을 백 퍼센트 고스란히 실감했다. 12월의 한기가 조금도 춥지 않았다. 그 학위기를 담은 자전거 바구니에는 그분이 선물하신 본인의 최근 저서 한 권이 함께 있었고 거기엔 '이○○ 박사 혜존'이라는 그분의 따끈따끈한 친필 사인도 적혀 있었다.

귀국을 하고 세월이 가고 나는 나대로의 인생살이로 제법 바빴다. 1년에 한 번씩 연하장을 주고받으며 소식은 전했다. 첫 만남 때 40대 후반이었던 그분도 어언 정년퇴임을 하고, 고희를 맞았다. 그 고희연 때 나는 주최한 친구들로부터 초대를 받아 제법 그럴싸한 축하인사를 하기도 했다. 성대했던 그 축하연이 기억에서 희미해질 무렵 도쿄의 한 친구로부터 전혀 뜻하지 않은 메일이 왔다. 그것을 읽고 나는 경악했다. '타나베 켄지 선생님 지병으로 서거. ○월 ○일 추모회'라는 소식이었다. 장수국 일본이라서 나는 이분이 최소한 90은 넘길 거라고 기대했었다. 그런데 이건 빨라도 너무 빨랐다.

추모회는 숙연한 가운데 거행되었고 나를 비롯한 여러 제자들이 더할 수 없는 찬사로 그분을 기렸다. 나는 그때 그리움을 담은 시 한 편을 낭독했는데 사모님으로 요청으로 그 시는 나중에 선생님의 위패 앞에 바쳐졌다.

나중에 전해 들은 이야기지만, 그분은 돌아가시기 직전, 하이데거의 제2 주저이자 최고의 난저로 알려진 방대한 저서 《철학에의 기여(*Beiträge zur Philosophie*)》 번역을 탈고했다고 한다. 사후에 남겨진 노트북 PC에서 발견된 것이었다. 그분은 그렇게 마지막 순간까지도 학자였다.

이제 그분은 떠나고 없다. 다시 도쿄를 가더라도 그 빈정 거리는 듯한 특이한 애정의 표현을 들을 수도 없다. 하지만 그분은 방대한 전집과 함께 기라성 같은 훌륭한 제자들을 남 겨놓았다. 학교 앞 홍고(本郷) 일대의 주점에 남긴 제자들과 의 이런저런 유쾌한 에피소드와 함께. 길게 드리워진 그림자 로서.

장면 22 **타나베 사모님 이야기**

　2018년 5월, 나는 약간 설레고 있었다. 오랜만이었다. 일본 치바현 이치카와시. 아끼는 후배 모리나가 교수와 함께 은사인 타나베 교수님의 자택을 방문했다. 강연차 센다이의 도호쿠대학을 갔다가 다음 예정지인 교토의 교토대학으로 가던 도중에 교수님 댁에 잠시 들르기로 한 것이다. 교수님은 이미 그 수년 전에 작고하셨다. 사모님을 뵈러 가는 길이다.

　타나베 교수님과는 청춘 시절 10년 가까운 세월의 추억담이 있고 그 일부를 글로 쓴 적도 있지만, 사모님에 대한 추억도 없는 것이 아니다. 휘릭 휘릭 휘릭, 캘린더를 거꾸로 젖혀 거의 40년 전인 1980년으로 돌아간다. 그해 4월 벚꽃 피던 계절에 처음 뵌 사모님은 바로 그 벚꽃 같은 인상의 전형적인 쇼와시대 일본 여성이었다. 깍듯하고 단정하고 친절했다. 그리고 아직 젊으셨다. 뵐 때마다 항상 키모노 차림으로 남편의 제자들을 맞아 환대했고 말투에서도 몸에 밴 교양이 느껴졌다. 들은 바로는 젊었을 적 남편을 따라간 독일에서도 그런 교양으로 사람들을 대했고 그들에게 특별히 좋은 인상을 남긴 듯했다. 아마도 일본의 국위 선양을 톡톡히 했을 것이다.

그로부터 38년, 사모님은 늙으셨지만 고운 자태는 그대로셨다. "평소에는 간편한 차림으로 지내는데, 오늘은 두 양반이 온다고 특별히 키모노를 꺼내 입었어요." 웃으며 말씀하셨다. 고맙고 황송했다. 그 환대가 인상에 남을 수밖에 없었다. 준비하신 맛있는 음식도 38년 전 그대로였다. 우리 제자들은 명절 때마다 방문해 그 음식을 대접받았었다. 학창 시절 청춘의 추억들이 고스란히 되살아났다. 그동안의 안부를 나눈 뒤 잠시 자리를 떴던 사모님은 누렇게 색이 바랜 노트 뭉치를 들고 오셨는데 1980년 내가 처음 댁을 방문했던 날의 일기였다. 무려 38년 전이다. 거기 앳된 유학 새내기인 나의 인상이 적혀 있었다. 감동이었다. 결혼 후 아내와 어린 딸을 데리고 방문했던 날의 기록도 거기 있었다. 일본인의 놀라운 기록문화를 사모님을 통해 다시 한 번 여실히 확인했다. 이런저런 옛이야기가 오고 간 다음 사모님은 느닷없이 "남편의 서재에 가본 적 없었죠? 가보시겠어요?" 하며 나를 2층 서재로 안내했다. "남편 생전의 상태 그대로에요."라고 설명하셨다. 시간여행을 하는 듯 묘한 느낌이었다. 그 서가엔 두 분의 신혼 초의 사진도 놓여 있었다. 해맑게 웃고 있는 젊은 교수님의 모습이 인상적이었다. 그리고 영화배우 빰치게 고운 젊은 사모님의 모습도.

뜻하지 않은 병환으로 교수님이 일찍 세상을 떠나신 후 자녀가 없는 사모님은 교수님의 인생 제2부를 혼자서 이어가는 느낌이었다. 제자들의 도움을 받아가면서 사모님은 '집 한 채 값'이라는 비용을 들여 교수님의 《저작집》[전집]을 발간하였고, 교섭 끝에 시립도서관에 교수님 특별 기념실도 마련하였다. 말이 그렇지 세상 떠난 남편을 위해 그렇게 하기란 쉬운 일이 아니고 흔한 일도 아니다. 몸집은 작은 분이지만 진한 애정을 넘어 '인간의 크기'가 느껴졌다.

사모님의 안내로 집에서 10여 분 거리에 있는 사찰 부속 묘지에 가 교수님의 비석 앞에 향을 올렸다. 사모님은 매일 오전, 특별한 일이 없는 한, 간편한 차림으로 자전거를 타고 이 묘소에 와 비석을 닦는다고 하였다. 그게 일과라 했다. 일본에서는 드물지 않은 풍경일는지 모르겠지만, 이런 모습에 잔잔한 감동이 없을 수 없다.

40수 년 전, 동기 오에 겐자부로와 글솜씨를 다투던 한 철학도 타나베 켄지 군과 한 앳된 소녀 호시노 쿠니코 양의 분홍빛 첫 만남이 있었을 것이다. 그들은 학교 뒤 우에노 공원의 벚꽃길을 함께 걸었을 것이고 결혼 후 기나긴 인생길을 역시 함께 나란히 걸었을 것이다. 자녀가 없는 쓸쓸함이 없지는 않았겠지만, 학자로서 일가를 이룬, 그리고 유럽에까지 이름을 알린 남편을 뒷바라지하며, 명절 때면 일군의 제자들을 대접하면서, 사모님은 자랑스럽고 행복했을 것이다.

그분들의 삶의 굴곡에 대해서는 별로 들은 바가 없다. 사람의 일일진대 전혀 없기야 했겠냐마는 혼자 남은 사모님의 인생 2막을 보면 그분들의 인생이 참으로 존경스러운 것임을 인정하지 않을 도리가 없다. 우리 제자들의 가슴속에는 대단한 학자였던 교수님뿐만 아니라 사모님이라는 또 하나의 별이 함께 빛나고 있음을 언젠가 다시 만나게 되면 꼭 알려드리고 싶어진다. 교수님이 만일 그런 말을 들으신다면 "헤~에 그랬어?" 하고 그 특유의 표정으로 능글능글 웃으실지도 모르겠다. 그들은 아름다운 부부였다.

나는 그날 서재에 있던 그 사진 액자를 사진으로 찍어 왔다. 그 사진 속의 사진에서 환하게 웃고 있는 20대 청춘 남녀. 그분들의 그 웃음은 마법처럼 시간을 그 순간에 정지시켜 놓고 있었다. 사모님은 어쩌면 바로 그 시간 속에서 지금을 살고 계신지도 모르겠다.

창원,
교수 시절

장면 23 정은성 박사 이야기

나만 그런 건 아닐 것이다. 거의 매일 최소한 10건 이상의 문자를 받아본다. 요즘은 쓸데없는 스팸 문자도 많다. '삐리릭' 알림 소리에 습관적으로 열어보다가 응? 하고 갑자기 손이 멎었다. '부고' 표시가 앞에 붙어 있었다. 그 이름에 나는 경악했다. S대 정은성 박사 본인 별세. 손만이 아니라 전신이 얼어붙었다. 발신번호가 본인의 것이었다. 아마도 그가 남긴 전화 주소록에 내 이름이 있었던 모양이다. 가족이 그걸로 연락을 한 것이리라 짐작되었다. 잠시 후 메일로도 연락이 왔다. 학회에서 보낸 것이었다.

정 박사는 학회에서 만난 후배 교수다. 60을 갓 넘겼으니 빨라도 너무 빠르다. 믿어지지 않았다. 빈소가 멀었지만 안

가볼 수 없었다. 문상을 다녀왔다. 나이가 드니 이런 건 이제 너무나 흔한 일상사지만, 젊은 후배 교수가 먼저 갔으니 만감이 교차했다. 학회에서 특별히 가까웠고 특별히 아끼던 친구였다.

부인과 아들딸은 처음 봤다. "착하고 예쁘고 …" 그가 늘 해주던 이야기와 그 인상이 크게 다르지 않았다. 본인을 포함해 이 가족 네 사람의 인상을 공통적으로 관통하는 것은 '선량함'이었다. 그의 영정을 보는 순간 내 나이에 어울리지 않게 눈물이 맺혔다. 그 눈물에 그와의 이런저런 추억들이 어른거리며 비쳐왔다.

그를 처음 만난 것은 1990년대 초 학회를 처음 결성했을 때였다. 그의 첫인상도 '선량함'이었다. 학위를 취득하기 전이었지만 그의 실력은 이미 어떤 괄목할 수준에 도달해 있었다. 그와의 대화는 언제나 유익하고 즐거웠다. 학문에 인품이 보태져 있었기 때문이다. 최고의 명문대학에 몸담고 있었지만 그는 '잘난 척'이 없었고 겸손했다. 나는 그 점을 특별히 높이 평가했다. 남동생이 없기에 나는 그를 동생처럼 여기며 아꼈다.

그런데 참 취직이 쉽지 않았다. 만년 강사였던 그는 출강의 한편으로 열심히 좋은 책도 여러 권 냈지만 그게 돈이 되는 시대는 아니었다. 그는 여러 번 가장으로서의 부담과 묵묵

178

히 뒷바라지해주는 부인에 대한 미안함을 토로하곤 했다. 아마도 그 부담 때문이었을 것이다. 그는 늦은 나이에 독일 프라이부르크대학으로 유학을 떠났다. 여러 상황이나 사정을 봤을 때 쉽지 않은 결단이었을 것이다. 학문도 학문이지만 그게 '취직'에 도움이 될 거라는 간절한 기대도 없지 않았을 것이다. 나는 독일로 떠나는 그의 전도를 축복해줬다.

그 3년 후던가? 나에게도 연구년이 주어져서 그가 머물던 바로 그 프라이부르크대학에 객원교수로 가게 되었다. 거기는 우리 전공의 메카였다. 반갑게 재회했다. 방을 구하는 일부터 정착할 때까지의 온갖 귀찮은 일들을 그의 도움으로 해결할 수 있었다. 그런 게 얼마나 귀찮고 번거로운 일인지는 비슷한 경우를 당해본 사람만이 안다. 나도 그걸 아는 터라 그의 도움은 특별히 고맙고 미안했다. 수업이 없을 때 우리는 학교 앞 주점에서 자주 만났다. 독일의 대학 앞이 대개 그렇지만 맥주 한잔을 시켜놓고 몇 시간이고 이야기를 나눈다. 철학도 안주거리였지만 인생살이의 속 깊은 이야기도 많이 나누었다. 그는 아내와 아들딸에 대한 사랑이 남다른 사람이었다. 그런데도 취직을 못해 고생을 시키고 있으니 그 미안함과 부담이 이만저만이 아니었다. 언젠가 거나하게 취한 그가 그 특유의 미소를 띠며 "나중에 죽어서 혹시라도 신을 만나게 되면 제대로 한번 따져봐야겠어요. 도대체 내가 뭘 잘못했다고 내게 이런 고생을 시키는지, 하하…" "맞다, 맞아." 나도 격하게 공감했다. 신도 아마 그 정도의 불경은 애교로 봐주시리라 믿는다. "하늘이 장차 대임을 맡기고자 할 때는 먼저 그 심지를 괴롭히고…" 어쩌고 하며 맹자는 말했지만, 그게 누구에게나 해당하는 일은 아니다. 그는 성공적으로 유학을 마치고 학위를 딴 후 귀국했지만 끝내 대임은커녕 그 현실적인 보상도 받지 못한 채 사랑하는 가족을 남겨두고 떠나버렸다.

장례식장을 나오면서 차가운 바람이 불었다. 늦가을인데도 바람은 이미 겨울이었다. 그와 함께 하이데거의 산장이 있는 토트나우베르크를 방문해 무릎까지 푹푹 빠지던 눈 쌓인 산길을 걸어 올라가던 게 생각났다. 그리고 한없이 선해 보이는 눈빛으로 나를 배웅하던 그 '제수씨'의 모습이 귀갓길 내내 마음에 무거웠다. 그나마 잘 자란 아들딸이 번듯한 회사에 취직을 했고 결혼을 앞두고 있다니 약간은 위안이 되었다. 그 아이들이 홀로 남은 엄마에게 효도하면서 아빠가 해주지 못한 행복을 줄 수 있게 되기를 나는 빌고 또 빌었다.

이제는 다시 볼 수 없는 그의 선량한 미소가 정말 그립다.

장면 24 류시화 시인 이야기

　인생의 연륜이 늘어나면서 알게 된 것들도 참 많아졌다. 그런데 묘하고도 묘한 것이 그 알게 된 것들 중에는 '알 수 없는 일들'에 대한 '알 수 없음'의 인정 같은 것도 포함돼 있다. 이를테면 세상의 존재 혹은 우주의 질서, 자연의 조화 혹은 남녀의 결합, 세월의 흐름 혹은 인생의 무상, 그리고 생로병사나 희로애락 같은 이치들이다. 그게 그렇다는 것, 그게 어떠어떠하다는 것은 점점 더 뚜렷이 알게 되는데, 그게 도대체 왜 그런지는 점점 더 알 수가 없다. 그럴 때는 그저 다소곳이 옷깃을 여밀 수밖에 없다. 그런 것 중의 대표적인 하나가 저 '인연'이란 게 아닐까 싶다.

　이 세상에서 사람과 사람이 만나고 알게 되고 얽히고, 특별한 관계가 되는 인연이란 건 정말 수수께끼다. 나는 기회 있을 때마다 사람과 사람의 인연이란 게 얼마나 소중한 것인지를 강조하면서 그것을 아름답게 가꾸어가야 한다고 호소하는데, 그러면서 꼭 소개하는 문구가 두 가지 있다. 둘 다 불교의 한 토막이다.

하나는, '우리가 인간으로 이 세상에 태어난다는 것은 망망대해에서 눈먼 거북이가 헤엄쳐 다니다가 우연히 구멍 뚫린 통나무를 만나는 것보다 더 희한한 일이다'(이른바 맹구우목)라는 것이고, 또 하나는, '사람이 오다가다 길거리에서 옷깃이라도 한 번 스치려면 다섯 겹 이전부터의 인연이 있어야 한다'는 것이다. 한 겹이라는 것은 사방 천리 되는 바위를 천 년에 한 번씩 천으로 닦아 그게 다 닳아 없어지는 것보다 더 긴 시간이라고 하니 그 만남의 인연이 얼마나 엄청난 것인지를 강조하기에 더 이상의 수사는 없을 것 같다.

그런 인연으로 태어나 그런 인연으로 사람과 사람이 만나게 된다. 그렇다면 이 만남의 인연을 어떻게 함부로 소홀히 할 수가 있겠는가. 황당한 과장인 줄이야 누가 모르랴만, 세상의 이야기들을 들어보면 그게 그냥 단순한 과장이 아니라는 것을 실감하게 하는 사례도 적지가 않다.

한때 보스턴에 살고 있을 때, 우연히 현지의 한 지역신문에서 '월든 호수(Walden Pond)'를 소개하는 기사를 읽게 되었다. 그 기사를 쓴 기자가 우연히도 내가 아는 분의 부인이었던 관계로 나는 그것을 관심 있게 읽었고 그 덕분에 그 호수의 존재를 알게 되었다. 알고 보니 그곳은 자연주의자 헨리 소로(Henry David Thoreau)가 2년 2개월 동안 오두막을 짓고 홀로 살았던 일로 이미 이름이 나 있는 곳이었다. 주말에 일부러 시간을 내어 그곳을 찾아가봤다. 그림처럼 아름답고 호젓한 곳이었다. 그곳은 단박에 나를 매료했다.

그 기사에는 국내의 저명 시인 류시화 씨의 글이 소개돼 있었는데, 이게 또 예사롭지가 않았다. 간단히 간추리자면 대략 이렇다. 그는 월든 호수를 꼭 보고 싶어서 뉴욕에서 보스턴행 기차를 탔는데 초행길이라 옆자리의 사람에게 물어봤더니 친절하게 가는 법을 가르쳐줬다. 그가 가르쳐준 대로 역 앞에서 호수 인근 콩코드 시로 가는 버스를 탔는데… 30분 거리라던 그곳에 3시간도 더 걸려 도착을 했다. 눈보라가 심했다 한다. 알고 보니 그곳은 우연히도 이름이 같은 다른 주의 큰 도시였다. 할 수 없이 다시 버스를 타고 보스턴으로 돌아와 택시를 탔다. 늦은 시간이었지만 이번에는 제대로 도착을 했다. 감동적인 설경이 눈앞에 있었다. 그 어스름 속을 그는 혼자 산책을 했는데, 도중에 어떤 남자를 만나 서로가 놀랐고 그래서 자연스레 이야기를 나누게 됐다. 그 남자는 소로에게 감명 받아 그처럼 호숫가에 집을 짓고 자연주의적 삶을 산다고 했다. 둘은 이내 죽이 맞아서 그는 며칠간 그 남자의 집에서 신세를 졌고 둘도 없는 벗이 되었고 그 우정은 최근에 그가 노환으로 세상을 떠날 때까지 이어졌다. 그러면서 그는 그 우연한 실수로 그가 먼 길을 돌아가지 않았더라면 그를 결코 만나지 못했을 거라며 그 우회는 결코 먼 길이 아니라 그를 만나러 가기 위한 최단의 지름길이었고 또한 필연이었다고 그 글을 마무리했다. 감동적인 이야기가 아닐 수 없다.

그 글의 원문을 소개한다.

15년 전쯤의 겨울날, 뉴욕에 머물고 있던 나는 자연주의자 소로가 숲속의 생활을 실천한 월든 호수를 보러 가기 위해 보스턴행 기차를 탔다. 지도가 있었지만 초행길이라 앞좌석의 미국인에게 월든 호수가 있는 콩코드 지역으로 가는 방법을 물었다. 그는 호수에 대해선 잘 모르지만 보스턴 기차역 바로 옆 시외버스 터미널에 콩코드 가는 버스가 있다고 친절하게 알려주었다. 그의 설명대로 금방 버스 타는 곳을 발견할 수 있었고, 얼마 기다리지 않고 콩코드행 버스에 올라탔다. 그날 따라 폭설이 퍼부어 눈 많기로 유명한 동북부 지역의 겨울을 실감나게 했다. 그런데 30분 거리라고 알고 있었던 콩코드는 눈보라 속을 세 시간이나 달려도 나타나지 않았다. 눈길이라서 버스가 느리게 가고 있다는 것을 감안해도 이상했다. 마침내 콩코드 표지판과 함께 버스는 종점에 서고, 차에서 내린

내 눈앞에 펼쳐진 것은 끝없이 펼쳐진 설원뿐이었다. 결국 터미널 사무실로 가서 월든 호수로 가는 길을 물었고, 여러 사람들이 몰려와 토론을 나눈 결과, 나는 보스턴에 인접한 매사추세츠주의 콩코드로 가야 했는데 훨씬 멀리 떨어진 북쪽 뉴햄프셔주의 주도인 콩코드로 잘못 왔음이 밝혀졌다. 그들은 마음씨 좋게도 차비를 받지 않고 보스턴으로 돌아가는 버스에 나를 태워 주었다. 다시 세 시간 넘게 눈폭풍 속을 달려 보스턴에 도착했을 때는 이미 날이 조금씩 저물고 있었다. 월든 호숫가에서 마땅한 숙소를 구할 수 있을지도 모르는 일이어서 망설여졌지만, 다음날로 미루면 기회를 놓칠 것 같아서 서둘러 택시를 타고 호수로 향했다. 이번에는 정말로 30분도 안 걸려 정확한 목적지에 도착했다. 눈앞에 나타난 호수는 상상했던 것보다 컸고, 엷은 저녁빛에 잠긴 얼어붙은 수면이 신비롭게 나를 맞이했다. 하버드대학을 졸업한 소로가 물질문명을 거부하고 순전히 자신의 노동에만 의지하면서 통나무집을 짓고 살았던 곳, 19세기의 경전이라 일컬어지는 《월든》을 집필한 곳에 마침내 서게 되자 벅찬 감동이 밀려왔다. 그러는 사이 택시는 눈보라 속으로 사라져 버리고, 나는 더 어두워지기 전에 호수를 한 바퀴 돌기 위해 걸음을 옮겼다. 겨울 저녁이라 인적이 끊겨 있었다. 그런데 산책로 중간쯤에서 나는 한 백인 남자와 마주쳤다. 그는 갑자기 나타난 동양인을 보고 놀란 표정을 지었고, 우리는 자연스럽게 서로를 소개하게 되었다. 그는 소로의 책을 읽고 50년 전에 콩코드로 이사 와서 최소한의 물질에 의존하며 자연주의 사상을 실천하며 살고 있는 놀라운 사람이었다. 우리는 날이 완전히 어두워질 때까지 그렇게 호숫가에 서서 얘기를 주고받았고, 그날 밤 그의 집에서 단순한 채식 위주의 식사를 대접받았다. 그리고 그와 함께 밤을 지새우며 현대 문명과 소로의 사상에 대해 많은 대화를 나누었다. 며칠 동안 그의 집에 머물며 우리는 아침저녁으로 월든 호수를 산책했으며, 나이 차이를 뛰어넘어 서로를 깊이 이해하는 친구가 되었다. 5년 전 그가 세상을 떠날 때까지…. 만일 그날 내가 엉뚱한 콩코드로 가는 실수를 저지르지 않고 곧바로 월든 호수로 갔다면, 나는 그를 만나지 못했을 것이다. 내 마음에 늘 살아 있는 한 아름다운 영혼과 마주치지 못했을 것이다. 겉으로 보면 그날 나는 먼 길을 빙 돌아서 그가 서 있는 월든 호수로 갔지만, 실제로는 그것이 그에게로 가는 지름길이자 유일한 길이었다. 나는 그 먼 길을 돌아 '곧바로' 그와 만날 수 있는 장소로 간 것이었다. 그것이 삶이라는 여행의 신비이다. 페르시아의 시인 루미는 말했다. "나는 많은 길을 돌아서 그대에게로 갔지만, 그것이 그대에게로 가는 직선 거리였다."

"나는 많은 길을 돌아서 그대에게로 갔지만, 그것이 그대에게로 가는 직선 거리였다."는 그의 마지막 문장은 나에게 깊은 감명으로 와 닿았다. 생각해보면 인간세상에, 그리고 우리 인생에 그런 경우가 어디 한둘인가. 조금 늦는다고, 조금 돌아간다고 조급해할 일은 아닌 것 같다. 사람이든 일이든, 만날 인연은 어차피 어디선가 기다리고 있다. 지긋이 그 만남을 위해 준비하며 기다릴 일이다.

모든 일에는 다 '때'가 있다. 진정한 인연은 그 '때'가 왔을 때 비로소 그 반가운 손을 내민다. (그리고 아무리 애태워도 아닌 인연은 어차피 이어지지 않는다.) 그게 왜 그렇게 되는지는 도무지 모르겠지만.

*

나와 그의 만남도 어쩌면 그 비슷한 부류일는지 모르겠다. 나는 그를 뉴밀레니엄이 시작되던 2000년에 처음 알게 되었다. 학교에서 인문과학연구소장이라는 보직을 맡아 일할 때였다. 정기 행사의 하나로 명사 초청 강연회라는 걸 하게 되어 있었는데, 나도 대학 시절 양주동 선생의 강연을 듣고 평생의 좋은 추억으로 남았기에 이왕이면 학생들에게도 그런 추억을 만들어주고 싶었고 또 이왕이면 학생들이 만나고 싶어 하는 인사를 모시면 좋겠다고 생각하여 학생들을 대상으로 설문조사를 해보았다. 그랬더니 압도적인 1위로 '류시화 시인'이 뽑혔다. 그에게는 미안하지만 그때 나는 그를 잘 모르고 있었다. "유명한 사람인가?" 하고 주변에 물어보았더니, "엄청 유명하고 인기 있는 사람"이라고 했다. 어렵게 연락처를 알아내 전화를 걸었다. 처음에 그는 좀 내키지 않는 듯, 거절하려는 기색이 역력했다. "저는 선글라스도 끼고 장발이고 히피 같은 사람이라 점잖은 대학 강단에는 어울리지 않을 것 같은데…" 어쩌고 하는 것이 거절의 핑계처럼 들렸기에 나는 대뜸 "전~혀 상관없습니다. 히피 대환영입니다." 하고 그의 말문을 막아버렸다. 그리고 "학생들의 의견을 조사한 결과 학생들이 가장 만나고 싶어 하는 분이 바로 선생님이었습니다. 선생님을 모시지 못하면 제가 탄핵을 당할 판입니다." 하고 협박을 겸한 읍소를 했다. 조르다시피 매달려 결국 그의 승낙을 받아냈고 나는 의기양양했다. 약속한 날 학교 정문으로 마중을 나갔더니, 아니나 다를까, 그는 선글라스에 장발을 늘어뜨린 히피 차림으로 나타났다. 짙은 피부에 훤칠한 키가 인상적이었다. 그는 의외로 젊은(?) 나를 보고 좀 놀랐다고 했다. 당시 나는 40대 중반이었다. 전화의 음성이 노교수처럼 들렸고 노인네가 하도 간절하게(?) 부탁하기에 그만 마음이 약해져 '내가 뭐라고…' 하는 심정으로 승낙했는데 이렇게 젊은 양반인 줄 알았더라면 그냥 편하게 거절할 걸 그랬다고 농담처럼 말하며 웃었다. 나도 "노티 나서 덕 봤네요." 하며 웃었다. 즐거운 첫 대면이었다.

강연회는 대성황이었다. 400석 정도의 강당에 500여 명이 운집해 그의 인기를 확실하게 증명했다. 보통 글을 잘 쓰는 사람은 말을 잘 못하고 말을 잘하는 사람은 글을 잘 못 쓰는 경향이 없지 않은데, 그는 예외였다. 그의 글솜씨는 이미 소문이 나 있는데 무슨 조화인지 그는 말도 잘했다. 강연을 시작하고 채 5분도 지나지 않았는데 그는 그 500명의 청중을 완전히 장악해버렸다. "저는/ 어려서부터/ 언어에 대해/ 특별한 관심을/ 가지고 있었습니다." 하고 말문을 열었는데, 단어를 하나씩 끊어 2-3초의 간격을 두고 말하는 기교를 발휘하여 청중의 주의를 단숨에 낚아챘다. 청중은 그의 말에 숨죽이며 귀를 기울였다. 이렇게 되면 이제 그의 페이스대로 끌려갈 수밖에 없다. 그는 말을 이었다. "그런데 어느 날 / 누나들이 / 뜨개질을 하면서 / 나누는 이야기가 / 들려왔는데 / 누나가 말하기를 / '아, 또 코 빼먹었다' / 하는 것이었습니다. 응? / 누나가 코를 / 빼먹었다고? / 나는 / 기겁을 하고 / 누나의 코를 / 쳐다봤습니다. / 그런데 코는 / 멀~쩡했습니다." 청중은 폭소를 터트렸다. 내내 그런 식이었다. 그날의 이야기는 주로 인도 여행담이었는데 정말 재미있었다. 강연이 엄청난 박수갈채로 끝난 후 나는 그를 우연히도 그의 책제목과 같은 '하늘 호수로 떠난 여행'이라는 레스토랑으로 모셔 저녁식사를 대접하고 역까지 배웅했다. 나에게도 좋은 경험이었다. 그 강연회를 계기로 그는 나에게도 '특별한 인물'로 자리 잡았다. 《지금 알고 있는 걸 그때도 알았더라면》,《사랑하라, 한 번도 상처받지 않은 것처럼》 등 그의 책들도 열심히 사서 읽었다. 훌륭했다. 그 후 두어 차례 서울 인사동 거리에서 우연히 그와 마주쳐 반갑게 인사를 나누기도 했다. '좀 아는 사이'가 된 것이다.

그러다가 저 〈보스턴 코리아〉의 기사에서 그를 다시 만난 것이다. 더욱이 또 다른 '아는 사람'이 쓴 기사다. 내가 아는 사람이 내가 아는 사람에 대해서 쓴 기사…, 읽지 않을 도리가 없는 것이다. 이 기사와 이 이야기는 이제 나의 강의에 단골 메뉴로 등장한다. 학생들은 매번 감동한다. 나는 자랑스럽게 '좀 아는 사람'인 류시화 시인을 선전한다. 받아들이는 학생들의 느낌도 다를 것이다. '우리 학교에 왔던 분'이고 '우리 교수님과 아는 분'이다. 그의 이 이야기는 아마 많은 학생들의 가슴속에서 파문을 그리며 새겨져 오래 기억에 남을 것이다. 그리고 그 교훈과 함께 거듭 반추될 것이다. 그리고 적지 않은 학생들이 그의 애독자가 되기도 할 것이다. 그것도 인연인 것이다. 그날의 그 청중이었던 학생들 입장에서는, 류시화 시인은 와야 할 딱 적절한 시점에 창원에 왔던 셈이다. 그 발걸음은 그날의 청중 500명뿐만 아니라 그 후에 내 수업을 듣게 된 수많은 학생들과의 만남을 위해 미리 예비된 것이었다. 그것도 다 '인연' 바로 그것이었다. 인연은 이토록 귀하고 아름답다. 나는 지금도 나의 초청을 거절하지 않은 류시화 시인에게 감사하고 있다.

장면 25 탈북민 신혜주 이야기

　우연히 어떤 사람을 만나게 되는 것은 어쩌면 우리네 인생의 큰 재미 중 하나일지도 모르겠다. 내가 그녀 신혜주 씨를 만난 것도 그런 우연이었다. 장소는 늘 가던 직장 구내식당. 무슨 행사가 있었는지 그날따라 사람이 많아 제법 붐비고 있었다. 빈 테이블이 없어 할 수 없이 양해를 구하고는 다른 사람들과 합석을 하게 되었다. 식사를 하며 어색함을 해소하기 위해 동석자들과 가벼운 대화를 나누었다. 그들은 자기네 일행끼리 계속 수다를 떨었다. 그런데 그중 한 분의 말씨가 특이했다. 평소에도 언어에 특별한 관심이 있던 나는 곧바로 그게 이북 사투리임을 알아차렸다. 말을 걸어보니 아니나 다를까 말로만 듣던 소위 '탈북민'이었다. 3만 3천 명이 넘는다지만 실제로 보는 것은 처음이다. 탈북민의 국내 정착을 '미리 온 작은 통일'이라 여기며 반기던 나였기에 좀 과할 정도로 그녀에게 "잘 오셨네요. 환영합니다."라는 인사와 격려의 말을 건네줬다. 그녀도 감사와 호의를 표시했다. 량강도 혜산 출신이라고 했다. 30대 중후반으로 보이는 꽤 미인이었다. 남남북녀라는 말이 떠올랐다. 모 연구소의 초청으로 강연차 내교했다고 했다. 뭔가 되게 신기했다. 내 바로 앞에 량강도 사람이 앉아 있다니! 그 사람과 함께 밥을 먹고 있다니! 어떤 감동조차 없지 않았다. 마침 시간도 비어 있기에 식사 후 일부러 그 강연회를 찾아갔다. 모 TV 프로그램에서 듣던 소위 탈북 스토리를 그녀로부터 직접 들었다. 육성이라, 그리고 함께 밥을 먹은 사람이라, TV와는 또 다른 실감이 있었다. 간추리자면 대략 이런 이야기였다.

모두의 삶이 어려운 북조선 혜산. 그녀는 그래도 아버지가 전직 군관이었고 억척같은 엄마가 장마당에서 장사를 잘한 덕분에 상대적으로 좀 윤택한 생활을 하고 있었다. 학창 시절의 나름 아름다운 추억도 많다고 했다. 그런데 어느 날 '아랫동네 알판' 등에 대한 집중단속에 걸려 엄마는 로동교화소로 보내지고 집안에 위기가 닥쳐왔다. 아직 앳된 처녀였지만 장녀였던 그녀는 몸져누운 아버지 대신 집안의 생계를 책임져야 했다. 조중 국경지대의 이점(?)을 살려 그녀는 밀수에 뛰어들었다. 그게 그렇게 돈이 되는 줄은 실제로 해보고서 비로소 실감을 했다고 그녀는 웃으며 말했다. 집안도 어느 정도 안정을 되찾았고 그 돈으로 엄마도 빼내올 수가 있었다. 보위부에도 뇌물이 통하는 '구멍'은 있다고 그녀는 마치 비밀 누설을 하는 듯한 묘한 표정으로 말했다.

그러나 봄날은 오래가지 못했다. 장마당에서 팔리던 그녀의 밀수품을 꽃제비가 훔쳐 달아났는데 그 녀석이 잡혀 치도곤을 당하면서 발각이 되어 이번에는 그녀가 로동교화소로 보내졌다. 지옥이 따로 없었다고 그녀는 말하면서도 치를 떨었다. 아주 자세한 이야기는 듣지 못했지만 그녀는 배고픔을 견디지 못해 '어차피 굶어죽을 바에는…' 하는 생각으로 기회를 노려 탈출을 감행했다고 말했다. "조금 전에 여기 구내 식당에서 점심을 먹었습니다만, 이밥에 고깃국, 이런 진수성찬은 거기선 꿈도 못 꿔요." 하고 살짝 웃기도 했다. 객석의 나도 그 '조금 전'이 떠올라 살짝 웃었다. 그녀는 천신만고 끝에 집으로 돌아왔다. 그런데 그 사이에 아버지는 잡혀간 딸 걱정에 울고 지새다 울화로 병세가 악화되어 돌아가셨고 엄마와 동생들은 사라졌다. 청천벽력이었다. 그런데 숨겨준 친척이 소식을 전해줬다. 엄마가 밀수할 때 알던 브로커를 통해 중국으로 넘어갔다는 것이다. 연락처도 알려줬다. 그녀는 몸을 채 추스르지도 못한 채 밀수할 때의 정보를 최대한 되살려 압록강을 넘었다. 죽을 각오로 일부러 비오는 밤을 골랐다고 했다. 그러나 "중국이라고 어디 쉽겠어요?" 공안에게 잡히면 '북송'이라는 걸 알고 있었기에 짐승처럼 산속에 숨어 지내며 조금씩 이동했는데, 사람이 죽으라는 법은 없는지, 한 시골 마을에서 밥을 훔쳐 먹으러 민가에 숨어들었다가 주인들에게 들켰는데 다행히 천사 같은 어른들이라 밥도 얻어먹고 여러 날 딸처럼 지내며 일도 돕고 체력을 회복한 후 엄마가 있다는 심양으로 떠났다고 했다. 옷과 먹을 것과 돈도 챙겨줬다고 했다. "그분들은 제2의 부모님이었어요. 평생 그 은혜를 잊을 수가 없어요. 신고했으면 북송되어 처형될 수도 있었는데…" 그녀는 그 말을 하며 잠시 울컥했다. 밀수할 때 배운 중국어가 이동하는 동안 큰 도움이 되었다고 했다.

그런데 천신만고 끝에 심양에 도착했건만 엄마는 거기 없었다. 대신 소식이 있었다. 남조선에 가 있을 테니 무슨 수를 써서라고 뒤따라오라는 것이었다. "청천벽력이었죠. 그렇지만 망설임은 없었어요. 엄마가 있는 데라면 지옥이라도 가고 싶었으니까요." 그 말을 할 때 그녀의 표정은 단호해 보였다.

TV에서 본 적은 있지만 온통 믿을 수 없는 이야기들이었다. 자세한 것은 줄이지만 목숨이 오락가락하는 위기를 여러 차례 넘기면서 그녀는 북경과 심천과 캄보디아를 거쳐 마침내 인천에 도착했고 하나원에서 엄마와 동생들이 무사히 귀국해 정착했다는 소식을 들었고, 서울에서 그리운 그들을 다시 만났다고 했다. "그 감격은 평생 잊을 수가 없어요. 부둥켜안고 온 식구가 얼마나 울었는지 몰라요. 여러분은 그런 거짐작도 못하시겠죠?" 그녀는 웃으며 말했다. 짐작은 한다. 그러나 막연한 짐작일 뿐이다. 그런 극한 상황을 직접 겪어보지 않은 사람이 어찌 그 고충을 제대로 알겠는가. 가슴속 깊은 곳에서 뜨거운 뭔가가 느껴졌다.

인천공항에 도착한 이후 눈에 보이는 모든 것이 믿을 수가 없었다고 그녀는 말했다. "여기 한국 분들은 정말 잘 모르는 것 같아요. 지금 한국이 얼마나 잘사는지, 얼마나 대단한지. 중국도 대단했는데 제 눈에는 한국이 중국보다 더 대단한 것 같았어요. 그래서 제가 이렇게 안보 강연을 다니고 있는 거란 말입니다."

거짓말 같은 이야기들이었다. 그런데 그 모든 게 다 실화였고 그 증거가 실제로 내 눈앞에서 숨을 쉬며 함께 밥을 먹고 있었던 것이다.

그녀의 이야기는 많은 생각을 하게 만들었다. 이념과 체제라는 것, 자유와 통제라는 것, 국가와 가족이라는 것 …. 그리고 그 모든 것이 다 인생이기도 했다. 강의 시간에 내 입으로 말하던 '실존'이라는 것이 바로 그녀의 말 속에 실제로 살아 있었다. 많은 것을 배웠다.

모 TV의 탈북자 토크쇼를 볼 때마다 나는 이제 그녀를 떠올린다. 그리고 그녀가 한국이라는 이 치열한 경쟁사회에서 부디 실망하지 말고 엄마와 동생들과 함께 오래오래 행복한 삶을 영위해주기를 기원한다.

그녀는 어쩌면 대한민국 여권을 자랑스럽게 내보이며 북경과 심천과 캄보디아를 여행하고 저 만주 시골 마을의 그 제2의 부모님을 찾아뵙고 서울에서 챙겨간 선물 보따리를 한 아름 그들에게 안겨드렸는지도 모르겠다.

죽기 전에 '주말 평양 관광, 능라도 숙박' 같은 투어 상품에 참가할 수 있는 날이 오기를 나는 간절한 심정으로 기다리고 있다.

장면 26 이준호 교수 이야기

이준호, 굳이 카테고리를 따지자면 그는 내 직장 동료다. 나보다 약간 늦게 입사한 후배 교수다. 연배도 약간 아래다. 내가 여태껏 70년 가까운 인생을 살아오면서 '후생가외(後生可畏)'라는 말을 실감한 극소수 후배 중 한 사람이다. 소속 단대가 달라 수년간 나는 그의 존재를 잘 알지 못했다. 그런데 사람의 인연이란 참 우연히 시작되는 법. 그와 나의 관계는 전화 한 통으로 시작되었다.

벌써 10수 년 전이다. 우리 학교가 소위 '국책공대'로 제법 잘나갈 때였다. 그 무렵 지방에서는 정부의 은근한 압박으로 '대학통합'이라는 것이 활발히 논의되었다. 그때 이미 인구 감소와 중앙 집중으로 인해 조만간 지방대학의 위기가 도래

할 것이 예견되었기에 나도 그 방향에 아주 적극적이었다. 부산대 등 이미 선례도 있었다. 그런데 참 생각처럼 쉽지 않았다. 지역사회의 이해도 낮은 데다 학내에서는 반대파들이 조직적으로 목소리를 높였고 추진하던 총장도 흔들렸다. 담당 처장이 꿋꿋이 버티며 고군분투하고 있었지만, 마치 도도한 강물을 노 하나로 힘겹게 저으며 거슬러가는 형국이었다.

처장이 너무 힘들어하고 있다는 소식을 친구인 김민기 교수로부터 전해 들었다. 위로와 격려를 전해주고 싶었다. "전화 한 통 해주시죠. 아마 좋아할 겁니다." 그의 그 말에 용기를 얻어 전화를 걸었다. 힘 있는 목소리가 전화를 받았다. 그가 바로 이준호였다. 따뜻한 말 몇 마디를 건네자 그는 정말 큰 힘이 된다며 고마워했다. MOU까지 체결했던 통합 논의는 결국 안타깝게도 무산되었지만, 그게 계기가 되어 그와 나는 부쩍 가까워졌다. 실망한 그는 직을 던지고 나왔지만 우리는 그 이후로도 꿈을 포기 못한 채 여러 형태로 재도전을 했다. 번번이 실패로 돌아갔다. 총장도 교수들도 직원들도 사소한 '나의 이익'을 절대 대의를 위해 내놓으려 하지 않았다. 개혁이라는 게 얼마나 어려운 일인지를 뼈저리게 실감한 세월이었다. 그 과정에서 그와 나는 자연스럽게 '동지'가 되어갔다. 형제 같은 동지였다.

만만치 않은 나의 기준으로 봤을 때도, 그는 정말이지 A+를 주고 싶은 친구였다. 용모도 수려하고 교수로서도 보직자로서도 인간적으로도 돋보였다. 그를 보고 '후생가외'라는 말이 괜히 떠오른 게 아니다. 그는 훌륭한 교수로서의 모든 조건을 다 갖추고 있었다. 학문에 대한 애정이 깊어 연구도 누구 못지않게 열심히 해 끊임없이 논문을 발표했고 교육에 대한 애정도 깊어 강의도 열심히 해 몇 번인가 우수강의상을 받기도 했다. 사안에 대처하는 그의 판단들은 감탄스러울 정도로 핵심을 잘 짚었다. 게다가 그는 기본적으로 선량한 사람이었다. 심지어 흥겨운 술자리에 가서도 절대 '선'을 넘는 일이 없었다.

10년 넘는 세월을 함께하면서 그와 나의 관계는 일종의 가족 같은 사이로 발전했다. 나는 그의 거의 모든 것을 지근거리에서 지켜보았다. 많은 대화를 나누면서 그의 지나온 세월들도 제법 알게 되었다.

그는 거제도에서 태어나 어린 시절을 보냈다. 그의 부친은 그곳 초등학교의 존경받는 교장선생님이었다. 그도 부친을 존경하고 사랑했다. 그는 그 사택에서 자라며 무지개 같은 꿈을 키웠다.

그가 부산에서 고등학교를 다닐 때였다. 부친의 생신이 다가오자 그는 의미 있는 선물을 해드리고 싶어서 아르바이트를 했다. 깜깜한 새벽에 일어나 신문 배달을 하는 등 몇 달간 별별 짓을 다 하면서 제법 거금을 모아 기어가 달린 고급 자전거를 한 대 샀다. 매일 집에서 학교까지 복작대는 버스로 출근하시는 부친이 딱했기 때문이다. 마침내 자전거를 산 그는 너무나 기분이 좋았다. 그 기쁨으로 그는 부산에서 거제까지 반나절도 넘는 거리를 직접 그 자전거로 신나게 달렸다. 산도 넘고 강도 건넜다. 통영에서 다리를 지나 바다도 건넜다. 그리고 자랑스럽게 전해 드렸다. 그 선물을 받은 부친의 심정은 어땠을까. 아마도 울컥했음에 틀림없다. 그런 효자, 그때나 지금이나 참 흔하지 않다.

대구에서 대학을 마치면서 누구나처럼 장래를 걱정했다. 그의 재주를 아끼던 지도교수가 유학을 권했지만 당시에 유학이라는 건 언감생심, 재벌 자제들이나 가는 건 줄 알았다. 그런데 사정을 아는 지도교수가 "미국과 달리 유럽은 학비가 없는데…"라는 사실을 알려주었다. 그는 용기를 얻고 벼락치기로 죽자 살자 프랑스어를 공부해 시험을 통과했고 프랑스 유학길에 올랐다. 그러나 학비는 무료라 해도 생활비는 어쩔 것인가. 그는 거기서도 아르바이트를 했다. 관광 가이드, 접시닦이를 비롯해 별의별 일들을 다 했다. 홍세화 선생처럼 '빠리의 택시 운전사' 그런 것도 했는지 모르겠다. 말이 그렇지 외국에서의 아르바이트, 이게 쉬운 일이 아니다. 나도 유학 시절 도쿄에서 그걸 해봤기 때문에 사정을 잘 안다. 그런 이야기를 들으며 '동병상련', 그와 나는 또 하나 인간적인 공감대를 넓혔다.

학위 후 귀국해 강사 생활로 한동안 고생하다가 마침내 우리 대학에 취직이 되었을 때, 그는 얼마나 좋았던지 온 시내를 샅샅이 누비고 돌아다니며 그 하루를 즐겼다고 했다. 그 말을 들으며 마치 진리를 깨달은 부처님이 한동안 그 '법열'을 즐겼다는 말이 언뜻 겹쳐지기도 했다. 취직 후 생활은 안정되었고 그는 열심히 연구하고 강의했다. '모범적'이라는 것이 딱 그를 위한 단어였다.

결혼 후 그는 부인과 의논해 학과의 어려운 학생들에게 10년이 넘도록 특별 장학금을 지급하기도 했다. 그것도 항상 조용조용, 특별히 떠벌리는 일이 없었다. 그와 부인에게는 가톨릭 정신이 살아 있었다. 천생연분, 참으로 '닮은 꼴' 부부였다. 그런 부인, 천복이 아니고서는 만나기 쉽지 않다.

통합 일이 무산된 후 그는 실망감을 달래기 위해 교외에 통나무집을 지어 한동안 칩거했다. 그런데 참 놀랍게도 그는 그 통나무집을 직접 자기 손으로 짓다시피 했다. 공사는 물론 맡겼지만 구조 설계며 자재 구입이며 심지어 정원 꾸미기까지 결국 혼자 힘으로 다 해냈다. 인터넷을 샅샅이 뒤지며 그는 거의 전문가 수준의 지식을 확보했다. 그 집에서 그는 색소폰에 도전하기도 했다. 처음에 소리도 제대로 못 내고 삑삑거리던 것이 수개월 후 나훈아의 곡을 멋지게 불 정도로 완전히 궤도에 올랐다. 아마추어인 내 귀에는 거의 전문가 수준의 연주로 들린다. 그렇게 무엇이든 그는 최선을 추구했다.

그도 이제는 어언 60줄에 들어섰다. 정년도 그다지 멀지 않다. 그는 마지막 봉사로 총장에 출마해 당선되었다. 장관급 직위라 크나큰 영광이다. 그런데 학교가 처한 현실은 참 호락호락하지 않다. '벚꽃 피는 순서대로 대학이 문을 닫을 것'이라는 말이 공공연히 들려온다. 10년 전의 우려가 이제는 현실이 되어 있다. '학교가 학생을 선발하는 시대가 아니라 학생이 학교를 선택하는 시대'가 된 것이다. 저출산으로 대학에 지원하는 학생 수는 급격히 줄어들고 있다. 그는 지금 혼신의 힘을 다해 이 위기의 파고를 넘고 있는 중이다. 천 억이 넘는 여러 사업들을 유치하고, 각종 정부 평가도 무난히 통과하고, 캠퍼스의 곳곳이 아름다운 공원으로 재탄생하고, 학생들을 위한 스터디 카페도 속속 들어섰다. 나는 진반농반으로 그를 '호모 에스테티쿠스(homo aestheticus: 미학적 인간)'라고 치켜세웠다. 나도 한동안 그의 최측근으로 그의 곁을 지켰다. 그의 행정을 보면 마치 서퍼가 멋진 묘기를 부리며 파도를 타고 있는 듯한 느낌이 들기도 한다.

나는 그를 굳게 믿는다. 비록 적들은 많고 호시탐탐 그에게 사나운 발톱을 세우지만 그는 아마도 최선을 다해 노력할 것이고 자기 식으로 해피엔드를 찾아낼 것이다. 그리고 많은 사람들이 그 결과를 나누어 가지며 그의 존재가 자신의 행운이었음을 인정하게 되리라 짐작한다. '후생가외', 그런 게 이렇게 실제로 있다.

장면 27 현영일 교수님 이야기

그때는 나도 아직 30대의 젊은이였다. 교수로 부임하고 한 5, 6년 지났을 때, 연구년으로 독일 하이델베르크대학에 1년을 머물렀다. 일본엔 10년 가까이 살았지만 독일은 처음이었다. 다녀온 직후, 느낀 바 있어 〈세계 앞에서 미래 앞에서〉라는 글을 쓴 적이 있다. 우리 사회의 부끄러운 문제들을 지적하면서 진정한 선진사회로 나아가야 하지 않겠느냐는 취지였다. 당시 친하게 지내던 대학신문사 주간 이상윤 교수의 요청에 의한 것이었다. 아직 젊었던 사진과 함께 박스로 처리되어 제법 그럴싸하게 학보에 게재되었다. 그런데 그 며칠 후 복도를 지나가다가 깜짝 놀랐다. 내 바로 옆방 교수님 연구실 출입문에 그 기사가 대문짝만한 크기로 확대 복사되어 붙어 있는 게 아닌가! 좀 민망하기도 했지만 너무너무 고마워 일과 후에 그 교수님 방을 똑똑 노크했다. 백발홍안의 그분은 만면에 미소를 띠며 반갑게 나를 맞이해줬다. "너무너무 공감이 돼서 그냥 있을 수가 없었다"는 말씀이었다. "이런 글은 대학신문이 아니라 중앙지에 실어야 하는데…" 과분한 칭찬에 좀 몸 둘 바를 몰랐다.

그런데 이분 현영일 교수님은 우리 직장에서 '돈키호테'로 소문난 분이었다. 내가 보기에도 확실히 좀 '괴짜' 끼가 있긴 했다. 그러나 그 '괴짜 짓'의 내용을 들여다보면 이분이야말로 극히 정상이었다. 오랜 세월 겪으면서 느끼는 일이지만, 누군가를 괴짜라고 흉보는 이들 중에 오히려 비정상인 사람들도 제법 있다.

이분은 대구의 명문 Y대학을 나와 젊은 시절 카투사에 근무했고 그게 인연이 되어 미국으로 건너가 공부를 마쳤다. 그후 미국 대학의 교수가 되었고 테뉴어(tenure: 종신재직권)까지 받았다. 그런데 그토록 좋은 그 조건을 집어던지고 고국의 한 지방대학으로 옮겨온 것이다. 단순한 향수가 아니었다. 그분은 남다른 애국심의 소유자였다.

그분에게는 꿈이 있었다. 한국을 당신이 경험했던 미국 수준으로 끌어올리고 싶어 했다. 특히 경향의 격차, 중앙 집중, 그리고 대학의 부실을 몹시도 안타까워했다. 그래서 일부러 지방대학을 택하였고, 이 '좀 가능성 있어 보이는' 대학을 미국의 MIT처럼 만들어보고자 했다. 국내의 현실을 생각하면 황당하기 그지없는 꿈이었다. 그런데 그분은 이 꿈을 실현시켜보겠다며 고군분투했고 학내 총장 선거에도 출마하였다. 연고도 없는 터라 결과는 물론 참패였다. (만일 그 결과가 좋았더라면 어쩌면 제2의 카이스트, 제2의 서남표가 되었을지도 모를 일이다.) 그 무모한 도전의 과정에서 그분은 영광스럽게도(?) 돈키호테라는 별명을 얻게 된 것이다. 그럼에도 그분은 꿋꿋이 자기 자리에서 최선을 다하며 정년을 맞았고, 정년 후 자녀들이 있는 미국으로 되돌아갔다.

그분은 내게 '돈키호테'를 다시 생각하게 만든 계기가 되었다. 세르반테스(Miguel de Cervantes Saavedra)의 《돈키호테(*Don Quijote de la Mancha*)》에 나오는 그 돈 키호테가 과연 우리가 보통 생각하는 그런 '돈키호테'였을까? 괴짜, 미친 사람이었을까? 그게 아니라는 건 이제 웬만큼 글을 읽은 사람에겐 상식이 되어 있다. 표면상의 엉뚱한 행동들이 이른바 '비정상'의 절대적 평가기준이 될 수 없다는 걸 이 작품의 《돈키호테》는, 그리고 작가 세르반테스는 너무나 잘 보여준다. 사실 많은 말도 필요 없다. 작품 속에서 돈 키호테가 하는 이런 말만 들어봐도 우리는 그가 비범한 인물일지언정 비정상은 아니라는 걸 곧바로 알 수 있다.

"누가 미친 거요? 장차 이룩할 수 있는 세상을 상상하는

내가 미친 거요, 아니면 세상을 있는 그대로만 보는 사람이
미친 거요?"

세르반테스는 이렇게 두 개의 태도를 나누고 있다. '장차
이룩할 수 있는 세상을 상상하는 것', 그게 어찌 미친 짓이란
말인가. 있는 그대로의 세상, 그것에 안주하지 않고 더 나은
세상을 꿈꾸는 게 어찌 괴짜 짓이란 말인가. 그게 저 세르반
테스가 《돈키호테》를 통해 말하고 싶었던 핵심 메시지였다.
그런 점에서 세르반테스는 저 니체의, 그리고 돈 키호테는 저
차라투스트라의, 혹은 초인의 선구일 수도 있다. 그들은 '현
상'을 넘어서고자 하는 것이다. 더욱이 돈 키호테는 그 구체
적인 지침도 말하고 있다. 그건 더욱 감동적이다.

그것은 진정한 기사의 임무이자 의무
아니! 의무가 아니라, 특권이노라.
불가능한 꿈을 꾸는 것
무적의 적수를 이기며,
견딜 수 없는 고통을 견디고,
고귀한 이상을 위해 죽는 것
잘못을 고칠 줄 알며,
순수함과 선의로 사랑하는 것
불가능한 꿈속에서 사랑에 빠지고,

믿음을 갖고, 별에 닿는 것

　나는 이 괴짜가 한 이 말의 행간에서 무수한 위인들의 얼굴이 언뜻언뜻 비치는 것을 감지한다. 예수가 그랬고 부처가 그랬고 공자가 그랬고 소크라테스가 그랬다. 아니 뭐 그 정도까지는 아니더라도 우리가 아는 저 뉴턴이나 아인슈타인도 그랬고 빌 게이츠도 스티브 잡스도 그랬다. 그런 이들이 하나둘이 아니다. 누가 그들을 미쳤다 할 수 있는가. 누가 그들을 비정상이라 할 수 있는가. 지극히 정상, 정상 중의 정상, 진정한 정상이 바로 그런 것이다. 세르반테스의, 그리고 돈 키호테의 눈으로 보면 오히려 지금 이 세상이 온통 다 비정상이다. 불가능한 꿈은 아예 꾸지도 않고, 무적의 적수에게는 바로 꼬리를 내리고, 견딜 수 없는 고통은 지레 피하고, 고귀한 이상 따위는 가져본 적이 없고, 잘못을 고치기는커녕 잘못을 잘못인 줄도 전혀 모르고, 순수함-선의-사랑 그런 건 애당초 사전에 없고, 믿음은 의심에게 팔아넘긴 지 오래고, 별에 닿으려야 하늘엔 미세먼지가 가득해서 그리고 환락의 조명 빛에 가려서 별 구경 자체를 할 수가 없다. 이런 게 우리의 '있는 그대로의 세상'이다. 이런 문제들이 바로 이 세상의 풍차들이다. 그런데 이런 것들의 위력이 요즘 너무 세다. 거대 풍차다. 엄청난 거인이다. 그래서 지금이야말로 우리에게는 돈 키호테가 필요한 것이다. 타고 갈 로시난테도 길동무 산초도 그리고 가슴 설레게 하는 둘시네아도 필요하다. 어디 없을까? 우리의 돈 키호테는. "자, 돌격하자, 저 거인을 무찌르자. 만국의 돈 키호테들이여, 단결하라!" 그런 돈 키호테의 외침이 기다려진다. 단, 자본의 앞잡이, 돈밖에 모르는 가짜 '돈'키호테들은 사양이다. 그들은 오히려 무찔러야 할 풍차 자체다.

꿈을 잃어가는, 아니 이미 다 잃어버린 듯한 이 시대 청년들을 보고 있노라면, 미국으로 되돌아간 그 돈 키호테 현영일 교수님이 가끔씩 그리워질 때가 있다.

장면 28 윤정하 이야기

직장 생활을 하는 사람은 언젠가 그곳을 떠나야 하고 소위 '정년퇴직'으로 그것을 마감하는 것은 '천복'이라고 요즘은 많은 이가 덕담을 건네기도 한다. 이런저런 사유로 중간에 떠난 사람, 특히 도중에 별세한 이들을 생각하면 '천복'이 맞긴 맞다고 떠나는 이는 맞장구를 치기도 한다. 그래서 "축하합니다", "감사합니다" 하는 인사가 자연스럽게 오고 간다.

나도 그렇게 천복을 받아 무사히 정년퇴직을 했다. 퇴임을 전후해 여러 형태로 초대도 받고 행사도 있었지만 나는 그런 자리가 불편해 되도록이면 사양을 했다. "끝난 사람은 조용히 사라지는 게 미덕…"이라는 말이 입에 붙었다. 그런데 퇴임 직전, 뜻하지 않은 방문이 있었다. 졸업생 윤정하였다. 예기치 않은 그 방문은 정말 반갑고 고마웠다.

그녀는 내 제자다. 평범한 보통 학생이 아니다. 나이 40이 넘은 소위 '아줌마 학생'이다. 철학과라는 학과의 특성 때문인지 우리 학과에는 이런 '아줌마 학생', '아저씨 학생'들이 제법 있었다. 어떨 땐 나보다 더 나이가 많은 아저씨 학생도 있었다. 이런 학생들은 소위 일반 학생보다 더 가르치는 보람이 있다. 학구열에 불타는 경우가 많기 때문이다. 그들에게는 못 배운 한 같은 것이 가슴에 맺혀 있어서 교수가 해주는 말 한마디 한마디를 깊이 새겨서 듣곤 한다. 지방대학에 있다 보면 '득천하영재이교육지(得天下英材而敎育之: 천하의 영재를 얻어 가르치는 것)' 같은 맹자식 군자삼락은 즐기지 못하지만, 그 의미를 따지자면 아줌마 학생이나 아저씨 학생을 가르치는 것이 더 보람될 수도 있다. 아무튼 윤정하 학생도 학부 시절 정말 열심히 공부했다. 적어도 내 과목은 모조리 A+를 받아간 것으로 기억한다.

나는 10여 년 전 커리큘럼 개편 때 학부 교양 강의로 '인생론'이라는 것을 개설해 직접 그 수업을 담당해왔다. 매 학기 제법 인기를 유지해오고 있는데 그녀도 이 과목을 수강했다. 이 과목에서 내가 반드시 내는 과제가 하나 있다. '부모님 전기'를 쓰는 것이다. 학생들은 과제라면 일단 무조건 싫어하지만 학기말에 과제를 받아 평가하다 보면 그 말미에 "교수님, 이 과제를 내주셔서 정말 고마웠습니다."라는 인사

말을 적어놓은 학생들이 꽤 있다. 이 과제를 하면서 난생처음으로 아버지 어머니와 마주 앉아 대화를 나누었고 그 살아오신 이야기를 듣고 알게 되었다는 것이다. 쓰면서 많이 울었다는 친구도 더러 있다. 요즘은 이혼도 많고 사고도 많은지라 특별한 사정이 있는 경우는 '부모님 전기' 대신에 '자서전'을 써도 좋다는 단서를 단다. 윤정하 학생도 그 과제를 제출했다. 그걸 읽으면서 나는 좀 얼어붙었다. 전기와 자서전을 겸한 그건 그대로 한 편의 인생론 그 자체였다. 그 두툼했던 리포트의 내용을 여기에 그대로 옮길 수는 없다. 아예 요약이 불가능하지만 굳이 요약하자면 대략 이런 거다.

그녀는 경남의 한 조그만 어촌에 태어났다. 장녀였다. 오빠가 하나 있었다. 시대를 역행하듯 동생들이 둘이나 줄줄이 태어났다. 남동생 하나, 여동생 하나. 집은 정신없이 복작거렸지만 어린 시절은 나름 행복했다. 그런데 중학생 때 어머니가 갑자기 병으로 쓰러졌다. 입원을 했다. 그날부터 그녀는 누나로서 언니로서 엄마 대행의 역할을 떠맡아야 했다. 그렇게 되고 보니 평소엔 엄마의 존재가 얼마나 큰 것인지 전혀 모르고 그 행복을 누렸음을 한순간에 깨달았다고 했다. 가사는 모조리 그녀의 몫이었다. 그녀는 집안을 위해 그리고 생존을 위해 독하게 이를 악물 수밖에 없었다. 병원비를 위해 막대한 돈이 필요했다. 아버지는 무리를 했다. 폭풍주의보에도 배를 띄웠다. 어느 날 폭풍이 지나간 후, 배는 만선이었지만 아버지는 시신으로 돌아왔다. 인생이 얼마나 가혹하고 운명이 얼마나 잔인할 수 있는지를 그녀는 그날 뼈저리게 배웠노라고 했다. 그 소식을 듣고 기절한 어머니도 얼마 후 아버지를 뒤따라갔다. 졸지에 천애고아. 세상에 이런 일이 실제로 있는 건가. 믿을 수가 없었다. 그날부터 고등학생인 오빠는 아버지 대행이 되었다. 오빠와 둘이서 죽을힘을 다해 두 동생을 키워가며 집안을 지탱했다. 그녀는 여상에 진학했지만 오빠는 대학을 포기하고 생업 전선에 뛰어들었다. 그나마 세상이 인간 세상인 것은 친척과 마을 지인들 중에 도움의 손길을 내민 사람들이 없지 않았다는 사실이다. 그 마음이 고마워 그녀는 삶을 포기할 수 없었다고 했다. 고등학교 졸업 후 취직을 했고 꿋꿋한 또순이로 세파를 헤쳐 나갔다. 신기한 것은 죽을힘을 다해 사니 살아지더라는 것이다. (그래서 그녀에게는 후설의 '삶의 세계(Lebenswelt)'와 메를로 퐁티의 '살아지는 세계(le monde veçu)'를 굳이 장황하게 설명할 필요가 없었다.) 그는 오빠와 함께 두 동생들을 고등학교까지 다 공부시켰다. 그다음은 각자의 몫이었다.

이윽고 그녀도 혼기가 찼다. 오빠는 그녀의 결혼을 재촉했다. 연애할 여유도 없었던 터라 중매로 선을 봤다. 다행히 상대는 그녀를 마음에 들어 했고 결혼은 일사천리로 진행되었다. 남편은 착하고 성실했다. 오빠는 친정 일은 자신에게 맡기고 부디 시집에서 행복하라고 등을 떠밀었다. 그때 그녀는 또 한 번 독하게 이를 악물었다. '그래, 행복해지자. 나에게 이토록 가혹했던 운명에게 복수하기 위해서라도 꼭 행복해지자.' 굳게 다짐했다. (그래서 그녀에게는 니체의 '아모르 파티 (amor fati: 운명애)'를 따로 장황하게 설명할 필요가 없었다.) 착한 남편의 사랑을 듬뿍 받으면서 꿈같은 세월이 흘러갔다. 예쁜 딸도 태어났다. 그런데 운명은 그렇게 호락호락 행복을 허용하지 않았다. 시부는 일찍 떠나시고 없었지만 홀로 남편을 키운 시모를 모셨는데, 이분에게 치매가 찾아온 것이다. 그녀는 또다시 이를 악물어야 했다. 넉넉지 않은 살림. 시모의 병수발은 고스란히 그녀의 몫이었다. 그녀는 어린 딸을 업고서도 군말 없이 그 병수발을 들었다. 착한 남편의 사랑에 대한 보답이라 생각하니 크게 고통스럽지 않았다고 했다. 그러기를 몇 년, 시모는 비교적 편안하게 눈을 감았다. 남편은 많이 울었지만 아이러니하게도 집안엔 다시 평온이 찾아왔다. 그런 가운데서 갑자기 공부에 대한 열망이 솟구쳐 올랐다. 대학을 가겠다고 했더니 남편은 처음에 좀 어이없어했지만 이윽고 미소를 띠면서 고개를 끄덕여주었다고 했다. "그래, 당신은 대학교 갈 만하다. 집 걱정 말고 당신 하고 싶은 대로 다 해봐라." 합격 통지를 받은 날 둘이서 부둥켜안고 엉청 울었다.

가끔씩은 '이모' 소리도 들으며 어린 친구들과 어울리지만 지금 학교생활이 그렇게 재미있고 행복할 수 없다고 그녀는 그 과제를 마무리 지었다. 나는 다른 과목에서도 그녀를 주목하지 않을 수가 없었다. 머리가 엄청 좋았다. 아마 제대로 된 환경이었다면 그녀는 국가를 위해서도 크게 쓰였을 그런 재원이었다.

가정 형편을 잘은 모르지만 그녀는 대학원에도 진학을 했고 석사를 무난히 마쳤다. 그 이후 역시 나의 권유대로 인문최고과정에도 등록해 고급 인문학을 수강했다. 국내 유수의 저명인사들 강의를 그녀는 제대로 즐기는 듯했다. 그녀의 만족스런 표정에 권유한 나도 보람을 느꼈다.

그 수년 후 인문최고과정의 특별 기행으로 우리는 시베리아의 이르쿠츠크와 바이칼 호수를 방문하는 프로그램에 참가했다. 그녀도 남편과 함께 참가했다. 그 2주간 나는 그녀가 남편과 알콩달콩 지내는 모습을 흐뭇한 심정으로 지켜보았다. 그녀는 마침내 운명에게 승리한 듯 보였다.

바로 그녀가 정년퇴임 소식을 듣고 나를 찾아온 것이다. 예쁜 화분과 건강식품 등 선물을 한 아름 안고 왔다. 제법 긴 시간 이런저런 화제로 수다를 떨었다. 최근에는 좀 더 큰 아파트로 이사도 했고 그리고 연극을 좋아해 아예 극단을 하나 인수했다고도 했다. 경제적으로도 여유를 찾은 듯했다. 헤어질 때 그녀는 차문 열기를 주저하면서 쉽게 차에 오르지를 못했다. 손수건을 꺼내더니 흐르는 눈물을 훔쳤다. 나도 속에서 뜨거운 무언가가 울컥했다. 너무나 고마운 눈물. 그녀의 그 눈물로 나는 지난 30수 년 간의 내 교직생활의 수고에 대해 충분히 보상을 받는 느낌이었다. '나를 기억해준 제자가 있었다.' 그 확실한 증거였다. 이제 다시는 그녀가 이를 악무는 일이 없기를. 멀어져가는 차의 뒷모습을 한동안 보며 나는 여전히 스승의 마음으로 제자인 그녀의 행복한 앞날을 축원했다. 뒤에서 본 나의 백발도 아마 제법 그럴싸했을 것이다.

하이델베르크,
객원교수 시절

장면 29 라이너 빌 교수님 이야기

저 아득한 고등학교 시절, 내가 가장 좋아했던 과목 중의 하나가 독일어였다. 괴짜 선생님에게 꿀밤을 맞아가면서 der, des, dem, den … 등 기초를 어느 정도 다지고 난 후 우리는 다짜고짜로 *Die Geschichte von alt Heidelberg*(옛 하이델베르크의 이야기)라는 독일 소설을 조금씩 읽어나갔다. 어떤 연유인지 《황태자의 첫사랑》이라고 번역된 하늘색 표지의 그 독한 대역본은 조금씩 의미가 읽히는 소위 공부의 재미와는 별도로 하나의 아름다운 세계를 우리 청춘들에게 열어주었다.

칼스부르크 공국의 왕자 카를 하인리히, 대학도시 하이델베르크로의 유학, 유쾌한 친구들, 주점 여급이었던 아름다운 아가씨 캐티와의 만남, 즐거운 뱃놀이, 청춘의 행복, 그러나 갑작스런 부왕의 병세로 인한 황급한 귀향, 부왕의 별세에 따른 왕위의 계승, 이웃 공주와의 정략적 약혼, 그러던 어느 날 뜻하지 않게 찾아온 하이델베르크 시절의 뱃사공 켈러만, 주체할 수 없는 그리움에 몰래 궁을 빠져나가는 젊은 카를 왕, 짧고 아쉬운 캐티와의 재회, 눈물의 작별 …. "그것은 일요일 아침이었다."로 끝나는 그 소설은 젊은 감성을 단숨에 사로잡았고, 하이델베르크라는 곳을 아련한 동경의 세계로 만들어줬다.

인생이란 참 알 수가 없어서, 살다 보니 나 자신이 바로 그 하이델베르크에서 1년을 지내게 됐다. 흔히들 꿈은 현실이 됐을 때 깨지고 만다고도 하지만, 하이델베르크의 꿈은 살면서도 여전히 은빛이었다. 정말이지 그곳은 아름다웠다. "어떤 특별한 아름다움은 전쟁의 포화조차도 차마 그것을 건드리지 못한다."고 했던가. 그 아름다움과 저 소설 덕분에 제2차 세계대전 때도 그곳은 폭격을 당하지 않았다는 말이 실감이 났다. 크지도 작지도 않은 아담한 시가지. (구시가지 입구 비스마르크 플라츠에서 그 끄트머리 칼스 토어까지 걸어서 20분이면 충분한 규모다.) 무엇 하나도 버릴 게 없는 아름다운 건물들이며 예쁜 골목들이 있고, 뒤로는 역시 높지도 낮지도 않은 산들이 시내를 감싸고, 앞으로는 또한 딱 알맞은 폭의 넥카강이 흘렀다. 산에는 그곳의 상징이 된 낡은 고성이, 강에는 역시 상징이 된 돌다리(Alte Brücke)가 있었다. 그 돌다리를 건너면 맞은편엔 또 다른 산이 있어서 꼬부랑 '뱀길(Schlangenweg)'을 올라가보면 강 건너 시가지가 한눈에 들어오는 산책로가 있었다. 그 길을 그곳 사람들은 '철학자의 길'이라 불렀다. 아득한 중세의 쿠자누스를 비롯해 헤겔, 야스퍼스, 베버, 가다머 등 어마어마한 거물 철학자들이 그곳을 거쳐가면서 아마도 그 길을 걸었으리라.

시내에는 곳곳에 철학자들의 흔적이 남아 있었다. 대학 학생 식당 맞은편 근처에 실존철학의 대가 야스퍼스의 집이 그때 그대로 남아 있었다. 지금은 자율 카페가 된 그 집에서 우리는 커피를 타서 마셨고 사모님이 쓰시던 그 주방에서 설거지를 했다. 커피 한 잔에 단돈 50페니히(250원 정도)였다. 그 몇 집만 건너면 거기엔 또 헤겔이 살던 집도 있었다. 도쿄에서 친하게 지냈던 일본 선배 나카야마는 헤겔 철학이 전공이었는데 그곳에 객원교수로 와 우연히 집을 구하고 보니 바로 거기가 헤겔의 집이었다고, 세상에 이런 기연이 또 있느냐며 기뻐했다. 그 덕에 그 집에도 들어가봤다. 의외로 평범한 '보눙(Wohnung: 일종의 연립주택)'이었지만, 왠지 방마다 헤겔의 체취가 배어 있는 것 같았고 내가 헤겔의 손님이 된 듯한 느낌이었다.

나를 거기로 불러준 분은 라이너 빌(Rainer Wiehl) 교수님이었다. 이분은 그 박학다식함도 물론이지만, 아주 점잖은 인격자라서 만나면 자연스레 존경심이 우러나왔다. 나는 학생들과 더불어 이분의 강의를 청강했고 몇 차례 식사에도 초대받았다. 첫 초대 때 두어 시간 식사하면서 긴 이야기를 나누었는데, 문화의 다양성이라는 것이 화제가 됐다. 그때 이분은 영화와 음악을 비롯한 세계문화의 미국적 획일화를 염려하는 나의 의견에 적극 동조하며 말했다. "걱정스럽죠. 하지만 희망은 있다고 봅니다. 아시아가 있지 않습니까. 다음 세기는 어쩌면 아시아의 것이 될 수도 있죠. 중국, 일본, 싱가포르, 그리고 한국 … 특히 한국문화, 정말 대단하다고 나는 봐요." 한국을 언급한 것은 이분의 인품상 어쩌면 손님인 나를 위한 배려였는지도 모른다. 단 그 말을 듣는 내 마음은 그렇게 편치만은 않았다. 과연 우리가 그렇게 될 수 있을지…. 특히 우리 한국이 저들과 나란히 설 수 있을지…. 나는 우리 한국의 누군가가 이분의 이 기대를 저버리지 않도록 열심히 노력해서 뭔가를 이루어주었으면 좋겠다고 간절히 바랐다.

*

하이델베르크 생활을 마치고 귀국한 지도 벌써 30년 가까이 되어가지만 나는 지금도 수업시간에 자주 이분의 이야기를 학생들에게 들려준다. 특히 그 첫 대면 때 이야기다. 그때

나는 독일이 생판 처음이었던 터라 교수님과 편지로 연락을
주고받았고 거처도 미리 정하지 못한 채 무작정 상경하는 기
분으로 독일로 날아갔다. 좀 막막했지만 아직 젊었을 때라 그
런 모험조차도 재미라 생각했다. 현지에 도착해서 일단 호텔
에 짐을 푼 후 비서를 찾아가서 수업시간표를 하나 얻었다.
다짜고짜 강의실에 가서 도착 인사를 드릴 심산이었다.

   강의 당일, 건물 입구에 'Zum lebendigen Geist(살아 있는
정신을 위하여)'라는 인상적인 글귀가 새겨진 강의동을 들어
가 해당 강의실을 찾는 것은 어렵지 않았다. 문 앞에서 기다
리고 있었더니 시간이 가까워지면서 나이 지긋한 신사 한 분
이 다가왔다. '아, 이분이구나.' 하고 다가가 인사를 드렸다.
그런데 웬걸, 그분이 당황하여 손을 가로저으며 "미안합니다.
저 교수님 아닙니다." 하는 게 아닌가. 나도 당황했다. 그런
데 그분은 분명히 그 강의실로 들어갔다. 다시 확인해봤지만
분명히 그 강의실이 맞았다. 약간의 패닉 상태에서 조금 더
기다렸다. 잠시 후 다른 신사 한 분이 다가왔다. '아, 이분인
가 보다.' 하고 다시 인사를 드렸다. 그런데 이분도 아까와
마찬가지로 교수님이 아니라 했고, 그리고 강의실로 입장했
다. 다른 젊은 학생들도 대부분 입실을 완료했다. 이제 강의
시작 시간이었다. 나는 패닉 상태인 채 도리 없이 그냥 강의
실로 들어갔다. 아까 그 두 신사들도 거기 학생들 틈에 앉아
있었다. (나중에 안 일이지만 그들은 은퇴한 일반 시민이었

다. 독일 대학의 수업에는 이런 시민들이 제법 여러 명 눈에 띈다. 수강은 자유다. 이들은 방과 후 학생들과 어울려 맥줏집에서 함께 토론을 즐기기도 한다. 독일의 아름다운 대학문화의 한 장면이다.) 그런데 입실해 보니 그 강의실은 안쪽 반대편에 교수 전용 출입문이 따로 있었다. '아하', 곧바로 이해되었다. 시간이 되자 그 문으로 교수님이 들어오셨다. 아주 인상이 좋은 노신사였다. 인자해 보였다. 나는 어느 정도 진정을 하고 수업을 들었다. 나도 교수였지만 당시 아직 30대라 학생처럼 수업을 듣는 게 전혀 어색하지 않았다.

그런데 그 수업의 첫 장면부터가 내가 하던 한국의 수업과는 좀 달랐다. 그 교수님의 입에서 나온 첫마디가 뜻밖에도 "신사 숙녀 여러분(Meine Damen und Herrn)!"이라는 것이었다. 노신사 두 분이 앉아 있긴 했지만 대부분 20대 초반의 앳된 학생들이었는데, 그렇게 호칭하는 것이다. '문화적 충격'을 느꼈다. 멋있었다. 그런 장면은 그 수업이 끝날 때까지 1년 내내 변함이 없었다. 더욱 놀란 것은 그 말이 그냥 하는 인사가 아니라 교수님이 학생들을 대하는 태도를 충실하게 반영하고 있다는 사실이었다. 교수님은 어린 학생들을 신사 숙녀로 정중하게 대했다. 한국에서 드물지 않게 목격하는 '함부로'나 '거들먹'은 전혀 없었다. 교수님을 대하는 학생들의 태도도 마찬가지였다. 상호 존중이 확실하게 살아 있었다. (나중에 나는 프라이부르크대학 프리드리히 빌헬름 폰 헤르만 교수님의 강의와 에어랑겐대학 만프레드 리델 교수님의 강의도 들어봤는데, 그런 상호 존중과 진지한 분위기는 기본적으로 동일했다.) 그것만으로도 나는 확실히 독일에 간 보람을 느꼈다. 수업이 끝난 후 나는 교수님께 다가가 정식으로 인사를 드렸고 교수님은 크게 반색하며 반겨주었다. 그길로 연구실로 함께 이동했고 친절한 생활 안내를 받았고 또 "멀리 오셨으니까…" 하고 그날 저녁 초대까지 받았다. 하이델베르크 시내의 분위기 있는 레스토랑 '쭈어 골데네 조네(Zur goldene Sonne)'에서 후한 손님 대접을 받으며 3시간 가까이 긴 대화를 나누면서 그분과 나는 국적과 세대를 초월한 우정을 쌓기 시작했다. 그 테이블에는 촛불과 와인과 요리만이 아니라 행복과 감동이 함께 은은히 빛나고 있었다.

1년간 결석 없이 그분의 강의를 들었다. 실력은 기본이었다. 정말 우수했다. '교수'라는 자리에 대한 책임을 제대로 지고 있다는 느낌이었다. (나중에 알았지만 독일 교수들의 철저한 강의 준비는 유명했다. 매 시간의 강의는 거의 교수의 발표회 같은 것이어서 준비 없이는 수업 자체가 원천적으로 불가능했다.) 특히 겨울이 되자 위도가 높은 하이델베르크는 밤이 길어져 그 1교시 수업은 깜깜한 새벽녘에 나와야만 출석할 수가 있었다. 엄청 춥고 어두웠지만 그 등굣길에는 묘한 만족감이 감돌았다.

한번은 우리 집으로 교수님을 초대해 지인과 함께 어설픈

솜씨로 불고기, 잡채, 전 등 한국 음식을 대접해 드리기도 했다. 그분과의 대화는 정말 유익하고 즐거웠다. 또 방학 때는 한국의 가족들이 와서 같이 지냈는데, 그 이야기를 했더니 교수님이 우리 부부를 저녁식사에 초대했다. "집으로 모셔야 마땅하겠지만, 혼자 사는 처지라…" 하며 양해를 구하셨다. (사모님은 수년 전 병환으로 별세하셨다고 했다.) 장소는 대학 근처의 고풍스런 레스토랑 '하크토이펠(Hackteufel)'이었다. 자우어크라우트를 곁들인 브라트부르스트와 리슬링 와인이 아주 일품이었다. 나는 독일어를 모르는 아내를 위해 식사 내내 통역을 하느라 좀 쩔쩔맸지만 교수님이 그 대화를 즐겁게 유도해주셨다.

당초 이분을 내게 소개해준 것은 학회 동료로 이분의 제자였던 I대학의 김석진 교수인데, 바빠서 학회에 자주 출석을 못한 그 양반보다도 나는 그가 소개한 이 빌 교수님과 오히려 더 특별한 사이가 되고 말았다. 김 교수에게 나는 진심으로 깊이깊이 감사하고 있다.

아름다운 추억을 한 아름 안고 귀국한 후 바쁘고 고달픈 생활에 쫓겨 연락도 제대로 하지 못한 채 세월은 흘러갔다. 얼마 전 문득 그분의 소식이 그리워 인터넷으로 검색을 해보았더니 위키피디아에 소개된 그분의 페이지에 사망연도가 기입돼 있었다. 나는 한동안 굳어버렸고 죄송한 마음으로 고개를 떨구었다. 계산을 해보니 향년 81세였다. 그분이 직접 모셨던 거철 가다머가 102세를 누린 터라 막연히 그분도 장수하실 거라 생각했는데…, 너무 이른 별세였다. 그분과 함께했던 장면들이 아름다운 하이델베르크를 배경으로 파노라마처럼 스쳐갔다. 길지 않은 1년간 그분은 내게 막스 셸러의 철학이기도 했던 인격-인품이라는 것을, 그리고 하이데거의 철학이기도 했던 존재사유라는 것을 강의뿐만 아니라 자신의 온몸으로 가르쳐주신 큰 스승이 되어 있었다.

장면 30 이승후 박사 이야기

1993년 겨울 학기부터 1994년 여름 학기까지 1년간 나는 하이델베르크에서 연구년을 보냈다. 거기서 나는 이승후, 그를 만났다. 학교 식당에서 우연히 만난 그는 신학을 전공하는 목사님이었다. 나는 그에게 정말 많은 신세를 졌고 그가 없는 '나의 하이델베르크'는 사실상 불가능했다. 그는 나보다 약간 연배가 위였지만 우리는 좋은 친구가 되었다. 그 인연은 이렇게 시작되었다.

당시 나는 독일이 처음이었고 현지에 아는 사람이 아무도 없었다. 지금 생각해보면 참 무모했지만 현지에 숙소도 정하지 않은 채 무작정 비행기를 탔다. 아직은 30대 청년이었으니까 일종의 도전정신 같은 것도 없지 않았다. 도착한 프랑크

푸르트에서 하이델베르크까지는 기차편으로 무난히 연결이 되었다. 역에서 호텔을 예약하고 주소를 따라 별 문제없이 잘 찾아갔다. 구시가지 옛 다리 바로 근처 뒷골목의 그 아담한 호텔 '바이서 보크(Weisser Bock)'에 짐을 풀고 나니 피로가 몰려왔다. 하지만 비싼 호텔에서 계속 지낼 수는 없는 일. 시급히 거처를 구해야 했다. 좀 막막했다. 나름 머리를 굴려 끼니도 해결할 겸 일단 학교 식당(Mensa)을 찾아갔다. 유명한 대학인 만큼 한국 학생이 있을 테니 그들에게 정보를 좀 얻어보자는 심산이었다. 학교 식당은 지도를 보고 쉽게 찾아갔다.

베드로교회 바로 앞, 거의 궁전급으로 멋진 도서관 건물의 1층이 식당이었다. 그런데 가는 날이 장날이라고 공교롭게도 그날은 주말이라 식당은 '게슐로센(geschlossen: 닫힘)' 팻말이 걸려 있었다. 난감했다. 닫힌 문 앞에서 난감해하는 내 모습을 보고 사정을 눈치 챘는지 지나던 한 독일 학생이 친절하게도 "여기는 오늘 영업하지 않으니 식사를 하려면 강변에 있는 마어슈탈(Marstall)로 가보세요." 하고 알려주었다. "당케 쉔" 인사를 하고 거기로 갔더니 다행히 영업 중이었다. 식판을 들고 넓은 홀을 둘러보니 사람이 많지 않았다. 그런데 멀찌감치 검은 머리의 동양인이 하나 눈에 띄었다. 염치불구하고 찾아가 "혹시 한국분이세요?" 하고 말을 걸었다. "네, 그런데요." 하고 그는 '뭔가?' 하는 표정으로 대답했다. 유학생 치고는 좀 나이가 들어 보였다. 양해를 구하고 함께 식사를 하며 나는 다짜고짜 사정 이야기를 풀어놓고 도움을 청했다. 그는 재빨리 사정을 파악했다. "마침 잘됐네요." 하더니 자기 친구가 방학 동안 '운터미텐(Untermieten)' 즉 기숙사의 자기 방을 임시로 세놓겠다고 부탁받은 게 있는데 그걸 쓰겠느냐는 것이다. 세상에 우연도 이런 우연이 있을까. 마치 나를 기다린 듯한 이야기였다.

식사 후 곧바로 그 기숙사에 가보았다. 호젓한 고성 입구의 분위기 있는 신학부 기숙사였고 방도 가격도 마음에 들어 계약은 바로 성사되었다. 하이델베르크 체류를 위한 근본적인 문제 하나가 전광석화처럼 해결된 것이었다. 너무너무 고마웠다. 곧바로 짐을 옮기고 체크아웃하여 호텔비도 절약했다. 한숨 돌린 후 그는 마침 주말이니 시간도 있다며 나를 위해 하이델베르크 시내를 안내해줬다. 오래된 유학생이라 고성은 물론, 야스퍼스 하우스, 맛있는 빵집, 저렴한 마켓 등 관광지가 아닌 곳까지 속속들이 잘 알고 있었다. 다니는 동안 많은 이야기를 나누었고 말이 잘 통했다. 하이델베르크로 오기 전, 후설의 연고지인 괴팅겐에서도 공부한 적이 있다고 했다. (나중이지만 그를 찾아 괴팅겐에서 온 김한임 박사도 그를 통해 알게 되었다.) 시차도 있어 졸리고 피곤했지만 즐거워서 그런지 힘들지가 않았다. 넥카강의 명물인 그 돌다리에 기대서 어두워져가는 그리고 창마다 불이 켜지는 하이델베르크를 바라보며 우리는 종횡무진으로 학문적 대화도 나누었다. 그는 신학과 철학뿐만 아니라 현대 물리학까지 빠삭하게 꿰뚫고 있었으며 나의 전공 분야인 하이데거에 대해서도 관심이 많았고 조예가 깊었다. 참으로 맹구우목과도 같은 흔치 않은 만남이었다.

그는 뜻밖에 자기 집에서 저녁을 먹자며 초대했다. 아직 독신이라 편하게 생각하라고 해서 염치불구 기꺼이 따라갔다. 넥카강 상류쪽 슐리어바흐(Schlierbach) 언덕배기에 있는 멋진 주택의 한켠이었다. 그가 요리한 스파게티는 촛불까지 켜놓은 분위기 탓인지 환상적으로 맛있었다. 가뜩이나 아름다운 하이델베르크의 생활이 이렇게 시작되었으니 그 나날들이 또한 아름답지 않을 수가 없었다. 그렇게 그와 나는 단 하루 만에 수십 년 사귄 친구 같은 사이가 되고 말았다. 그 우정은 1년 내내 지속되었고 만남이 거듭되면서 더욱더 깊어졌다. 방학이 끝난 가을부터는 넥카강 상류의 찌겔하우젠(Ziegelhausen)에 제대로 된 주택의 멋진 방을 구해 이사했는데 그것도 그가 알아봐준 것이었다. 일찍이 브람스가 거주했던, 그리고 현대철학의 거장 가다머가 살았던 동네이기도 했다. 주인 필롭 씨 내외도 밝은 성격에 참 친절했다. 그들 덕분에 2월 축제 때는 축제 의상에 실크해트를 쓴 채 동네 이웃들과도 어울리며 제대로 즐겨보기도 했다.

'그 이후'의 이야기들도 쓰자면 그것도 책 한 권이다. 그는

나를 위해서 그렇게 방도 구해주었고, 그곳의 많은 친구들도
연결시켜주었고, 또 이곳저곳 함께 여행도 다녔다. 멀리 뉘른
베르크-에어랑겐까지 가서 독일 하이데거학회 회장이었던 만
프레드 리델 교수의 강의를 들은 것도 그가 있었기에 가능한
일이었다. 그가 없었더라면 나는 아마도 그림처럼 예쁜 프랑
스 마을 꼴마를, 그리고 미헬슈타트나 밀텐베르크나 슈베비
쉬할이나 슈파이어를 모르고 돌아왔을 것이고, 베를린은 물
론 파리도 스트라스부르도 못 가봤을 것이고, 나에게 잊을 수
없는 시 한 편을 남겨준 오펜부르크 역시 몰랐을 것이다. 어
느 주말, 그의 소개로 인근의 오펜부르크를 다녀왔는데, 그의
조언을 참고로 묘지를 산책했다. 독일의 묘지들은 그 자체로
공원이었고 특히나 그 묘비와 묘비명들은 그대로 곧 미술품
이자 문학이었다. 그때 나는 너무나 인상적인 한 묘비명을 보
았고 그것을 마음에 담아 시로 남겼다.

오펜부르크의 어떤 묘비명

오펜부르크의 묘지공원을 산보하다가
문득 눈에 들어온 따뜻한 묘비명

한평생 마리아 베크만을 사랑했었던
철학박사 프리츠 베크만 씨는

1882년 3월 10일 생
1969년 11월 5일 몰
그녀와 함께 여기 고이 잠들어 있다

본 적도 없는 한 사내의 핑크빛 영혼이
내 시간의 짧은 한 자락을 즐겁게 했다

　나는 그때 본 적도 없는 그 프리츠 베크만 씨와 그 부인의 다정한 모습을 상상하면서 행복한 마음으로 하이델베르크로 돌아왔다. 사정상 함께 가지 못했던 서울의 아내가 더욱 그리워지는 날이었다.

　부친도 역시 목사님이었던 그 친구는 교회 성가대 활동 덕분인지 노래도 훌륭했고 피아노도 아주 잘 쳤다. 하루는 그와 《황태자의 첫사랑》의 모델이 되었다는 시내 주점 '쭘 로텐 옥센(Zum roten Ochsen: 붉은 황소집)'에서 맥주를 한잔했는데, 마침 그 구석에 피아노가 눈에 띄자 그는 나를 위해서라며 즉석에서 내가 좋아하는 쇼팽을 연주해줬다. 내친김에 비틀즈의 '예스터데이'도 피아노로 연주했다. 가게 안에선 흥겨운 박수가 터져 나왔다. 내가 전부터 좋아하면서도 제대로 알지 못했던 한 곡명이 '파가니니의 주제에 의한 라흐마니노프의 광시곡'이라는 것을 알려준 것도 바로 그 친구 이승후였다.

노총각이었던 그는 나의 유별난 아내 사랑을 약간은 놀리면서도 부러워했는데, 내가 귀국한 이후 바람결에 그가 독일에서 제 짝을 만나 뒤늦은 결혼을 했다는 소식이 들려왔다. 기쁜 소식이었다. 그의 결혼식도 보지 못했고 그의 아내의 얼굴도 알 수 없지만, 나는 그가 이따금씩 그의 아내를 위해 피아노를 치며, 여행을 다니며, 그때 언젠가 나에게 해주었던 것처럼 이번에는 그의 아내를 위해 맛있는 스파게티도 요리해주며, 그러고는 언젠가 많은 세월이 지나간 후, 오펜부르크의 저 프리츠 베크만 씨 같은 묘비명을 남기게 되기를 기도한다.

이제는 그도 나도 그곳을 떠났지만, 우리가 없어도, 오늘도 하이델베르크는 여전히 아름다울 것이다. 산 위의 고성은 점잖게 세계 각지에서 온 관광객들을 맞을 것이고, 넥카강은 우아한 백조들에게 그의 물살을 맡길 것이고, 철학자들은 지금도 강 건너 산으로 올라가 산책을 하고, 어디선가는 꿈 많은 한 청년이 어여쁜 한 아가씨를 만날 것이다. 그 옛날 왕자 카를 하인리히가 캐티를 만난 것처럼.

그때의 그 시간들을 기념하면서, 그때 거기서 쓴 시 한 수를 다시 읊어본다.

하이델베르크의 여름저녁

해도 차마 아쉬워 저물지 않고
서산마루를 잡고 머뭇거릴 제

어디선가 교회의 맑은 종소리
골목길 마다마다 은은도 해라

강변에는 두엇 젊은 연인들
손잡고 호젓하게 산책하는데

흐르는 강 위에는 백조 몇 마리
우아한 몸짓으로 물을 가른다

저기 저 시계탑이 대학이던가
노교수의 강의소리 흘러나온 듯

꿈결처럼 싱그럽게 바람 불어와
보리수 잎사귀들 스치고 가네

한참을 멍하니 시간을 잊고
'넥카'강에 떠가는 유람선 보면

나는 어느덧 괴테가 되어
아리따운 마리안네를 그리고 있네

이끼진 돌계단 세며 내려가
주점에서 맥주 한잔 더 해도 좋고

돌다리 건너가 '슐랑엔 베크'
올라가 철학자의 길 걸어도 좋지

어쩌다 반가운 얼굴 만나게 되면
그래, 세상일일랑 다 접어 두고

한번쯤 문학이나 철학 같은 것
위인들도 무색하게 떠들어 보게

떠들다 뱃속이 허전해지면
캐티와 황태자를 기념하면서

'붉은 황소집' 찾아가 앉아
점잖게 '프로일라인' 부르면 되지

어쩌면 친구가 피아노로 가
나를 위해 몇 곡쯤 칠 수도 있고

흥이 나면 금발의 유쾌한 벗들
다 함께 소리 높여 노래도 하리

살다가 세상일 번거롭거든
이것저것 전후좌우 살필 것 없이

큰맘 먹고 비행기 집어타고서
한 두어 달 여기 와 지내보시게

근심일랑 강물에 흘려보내고
어설픈 시인 흉내 내도 좋으리

먼 훗날 가는 길에 뒤돌아보면
아련한 청춘의 기념으로 떠오를 걸세

해도 차마 아쉬워 저물지 않고
서산마루를 잡고 머뭇거릴 제

멀리서 온 나그네 하나 城庭에 서서
어설피 하이델베르크를 노래에 담네

*

그는 그 후 보훔으로 자리를 옮겨 박사학위를 취득한 후 귀국하였고 지금 부산에서 담임목사님으로 사역하면서 많은 교인들의 존경을 받고 있다. 그리고 가끔씩은 내가 관여하는 전문학회에 게스트로 얼굴을 내밀기도 한다. 그럴 때 나는 그의 그 두툼한 손을 꼭 잡고 오래 놓아주지 않는다.

하이델베르크의 그 예쁜 거리들은 어쩌면 지금 오래 소식 없는 그와 나의 발걸음을 궁금해하고 있을지도 모르겠다.

프라이부르크,

객원교수 시절

장면 31 폰 헤르만 교수님 이야기

1997년은 내 인생에서 아주 특별한 한 해였다. 묘한 인연이지만 나는 하이데거 철학을 전공하여 그걸로 한평생을 '먹고산' 셈인데, 바로 그 하이데거의 근거지(학생 및 교수로서 그가 한평생을 지낸 곳)였던 프라이부르크에서 객원교수로 1년을 보냈기 때문이다.

나처럼 하이데거 철학에 매력을 느끼고 그것을 전공한 사람들에게는 프라이부르크가 메카에 해당한다. 더구나 하이데거 본인이 베를린대학의 초빙을 거절하면서까지 머물렀던 곳이고 그 전후 사연을 그의 글("Warum bleiben wir in Provinz?")을 통해 읽었던 터라 그곳은 일종의 신비를 두른 동경의 장소이기도 했다. 그래서 나에게도 프라이부르크 유학은 오랜 꿈이기도 했다. 하지만 이런저런 사정들로 그곳은 계속 꿈으로만 남아 있었는데, 1997년, 마침내 나도 '객원교수'로서 그 일원이 되었던 것이다. 기뻤고 설레었다.

나를 받아준 분은 프리드리히 빌헬름 폰 헤르만(Friedrich-Wilhelm von Herrmann) 교수, 하이데거 본인의 소위 '수제자', 그 전집의 '책임편집자'로 너무나 잘 알려진, 세계적인 유명 인사였다. 내가 보낸 신청 서한에 대해 답신을 받았을 때, 솔직히 좀 떨렸다. 그러나 열어본 내용은 호의로 가득했다. "WJ 교수의 옛 제자요 SGH 교수, LKS 교수의 학회 동료인 당신을 이곳 프라이부르크대학에 객원으로 맞이하게 된 것은 나의 큰 영광이자 기쁨…" 운운은 감당하기가 벅찰 정도로 고마운 말씀이었다.

그렇게 그분과 나는 '개인적으로 아는 사이'가 되었다.

그 수년 전 처음 독일(하이델베르크대학)에 갔을 때처럼 시간표를 보고 수업시간에 들어가 인사를 드렸다. 작은 체구에 농부 같은 인상이었던 하이데거와 달리 폰 헤르만 교수님은 훤칠한 키에 딱 봐도 전형적인 독일 신사였다. 호의적이고 친절했다. 나는 그분의 수업(하이데거 강의와 라이프니츠 강의)에 꼬박꼬박 출석했다. 기본적으로 그분과의 관계는 학문적인 것이었지만 그것이 다는 아니었다.

잊을 수 없는 장면이 하나 있다. 내가 머무르던 그때, 우연이지만 독일 전역에 학생들의 동맹휴업 사태가 있었다. 정부가 매 학기 등록금을 100마르크(약 5만 원 정도)로 인상하기로 하자 학생들이 일종의 '등투'[등록금 투쟁]를 하게 된 것이다. "Wir brauchen keine Huni(100마르크씩이나 받는 대학은 필요 없다)!"라는 구호가 아주 인상적이었다. 그 동맹휴업의 전주(前週), 수업이 끝난 후 교수님은 입을 열었다. "여러분의 동맹휴업 소식을 들었습니다. 다음 주는 아마도 정상적인 수업이 불가능할 것 같습니다." 걸핏하면 휴강이었던 1970년대에 대학을 다닌 나로서는 익숙한 풍경이었다. 한국 같으면 '와' 하고 신나는 함성을 지르거나 최소한 싱글벙글하는 반응이었을 것이다. 그런데… 나로서는 좀 의외였다. 어쨌든 휴강인데, 좋아하는 학생이 아무도 없었다. 뭔가 시큰둥했고 아쉬움이 표정에서 느껴졌다. 그때 교수님이 말씀을 계속했다. "여러분의 연대를 존중하므로 학교에 나오지는 않겠지만 그래도 우리 공부는 해야겠죠? 어떻게 생각하세요?"라는 것이다. 그러자 한 학생이, "동의합니다. 제가 다니는 교회에 큰 공간이 있는데 한번 알아볼까요?"라고 의견을 제시했다. "아, 그래요? 그거 좋겠네. 그럼 잘 부탁합니다. 다들 괜찮겠어요?" 했더니 학생들도 일제히 "Jawohl(야볼: 네, 그럼요)"을 외쳤다. 나로서는 일종의 문화충격이었다. 멋있었다. 그렇게 해서 그다음 주 수업은 약속대로 학교 밖 고풍스런 분위기의 교회에서 평소처럼 진행되었고, 장소가 달라 그런지 수업 분위기는 여느 때보다 더 활기찼다. '아, 역시 독일!' 뭔가 다름을 나는 부러움과 함께 느끼지 않을 수가 없었다.

교수님의 수업은 철저했다. 한국에서도 일본에서도 익히 알고 있었지만, 그분의 연구는, 철저하게 하이데거의 본의를 추적하는, 충실한 내재적 해석으로 유명했다. 그쪽 방면으로는 단연 최고였다. 일본의 지도교수도 그런 편이었지만, 이 양반은 그보다 한 차원 더 철저한 느낌이었다. 이탈리아 출신의 제자 파올라 코리안도(Paola-Ludovica Coriando) 양을 특별히 아꼈는데, 나이는 어렸지만 그녀의 실력은 대단했다. 특히 '에어아이크니스' 등 후기 철학에 대한 이해가 탁월했다. 겨울 학기 때는 그녀의 강의도 들어봤다. 그녀는 이미 하이데거 전집의 편집자로도 활동하고 있었다.

세미나는 하이데거가 했던 방식을 그대로 재현했다. 매 시간 바뀌는 발표자와 기록자(프로토콜란트)도 톡톡히 제 역할을 수행했다. 그분이 하이데거의 수업에 학생으로 참석했던 당시가 눈앞에 보이는 듯이 훤히 그려졌다.

이윽고 1년간의 체류가 끝나 귀국이 다가오자 교수님은 마침 학위 심사가 끝난 한국인 제자 정은성과 함께 나를 자택으로 초대했다. 프랑크푸르트에서 친했던 독일 친구 우테(Ute)네 집에 들어가 본 적은 있지만, 독일 교수님의 집에는 처음 들어가봤다. 독일에서는 보통 단독주택(Haus)을 선호하고 아파트 같은 공동주택(Wohnung)은 좀 별로로 치지만 교

수님의 댁은 보눙이었다. 그러나 그날 저녁의 분위기는 환상
적이었다. 사모님의 요리는 아주 훌륭했다. 전직 의사였던 사
모님도 식탁의 대화에 적극적이었다. 그날 나는 하이데거의
조교이기도 했던 폰 헤르만 교수님께 하이데거에 대한 이야
기도 많이 들었다. 특히 전집 발간에 얽힌 이야기들. 무엇보
다도 체링엔의 그 집 자체가 하이데거의 집 바로 근처라 전
집 발간이 결정되고 그의 생전에 이미 그 편집 작업이 시작
되면서 긴밀한 협의를 위해, 즉 하이데거가 찾으면 바로 달려
갈 수 있게 '육안으로 직접 보이는 거리에' 이 집을 마련하게
되었다는 것이다. '선생과 제자'라는 관계를 새삼 생각하게
해준 일화였다.

　사모님이 준비한 와인과 내가 선물로 가져간 와인이 다 비
어갈 무렵, 나는 불그레한 얼굴로 선물로 준비해간 작별시를
그 자리에서 낭독했다. 전날 밤늦도록 정성들여 지은 것이었
다.

Wir wollen warten
　─ Für Professor Dr. Friedrich-Wilhelm von Herrmann

Traurig als ein Kerzenlicht flammert
in der Musik des Abschiedes,
sorglich aus der Fenster guckt

der Mond die um den Tisch sitzenden Augen.

Aber nicht erlaubt der Wein
die Träne näher zu kommen,
weil er wohl weiß,
daß es noch nicht die Zeit ist.

Wahrlich gibt es kein absolutes Ende,
das kein Weiteres mehr hat.
Und alles geht ein Neues schwanger,
das das Vergangene gepflanzt hat.

Unser gepackter Koffer erinnert noch
an den ersten höflichen Händedruck im Sommer,
und die angenehme Gespräche am Herbstabend,
und auch jene aus der Philosophie geschenkte rührende
Sprache im Winter.

Im kommenden Frühling, in den Gärten unserer Herzen,
wird alles wieder einmal blühen.
Bis dahin wollen wir warten,
ohne einen einzigen Tropfen der traurigen Träne sehen zu
lassen.

우리 아직은 기다립시다
— 프라이부르크를 떠나며 프리드리히 빌헬름 폰 헤르만 교수께

이별의 음악 흐르고
슬프게 촛불이 가물거릴 때
걱정스레 창밖에서는 달이 보네요
테이블을 둘러싸고 앉은 눈들을

하지만 달은 마라 하네요
눈물이 가까이 다가오는 걸
왜냐하면 그는 잘 알고 있으니
아직은 그때가 아니라는 걸

그렇죠, 완전한 끝이란 없는 것이죠
아무것도 남지 않는 그런 끝이란
그래요, 모든 것은 새로운 걸 품고서 가죠
과거가 심어놓은 새로운 것을

꾸려진 우리 짐은 기억하겠죠
여름날의 정중했던 그 첫 악수를
그리고 가을밤의 편한 대화와
그리고 겨울날의 저 언어들을. 철학이 보내온 감동의 언어…

다가올 봄, 우리들의 정원, 마음의 정원
거기서 모든 것이 새로 꽃필 거예요
그때까지는 우리 그저 기다립시다
슬픈 눈물일랑 한 방울도 보이지 말고

박수가 터져 나왔다. 교수님은, "아주 아름답다. 내가 받아본 선물 중 이런 건 처음"이라며 좋아하셨고, 사모님은, "그거 혹시 주실 수 있으세요? 우리 남편 서재에 붙여놓고 싶은데." 하고 고마운 말씀을 건네주셨다. 당연히 드렸다. 그게 정말로 거기 붙여졌는지 그건 알 수가 없다. 붙이는 게 중요한 것은 아니다. 중요한 것은, 머나먼 지구 반대쪽 한국에서 독일까지 찾아간 한 젊은 손님이 작별을 기념하여 그 초대 선물로 독일어로 쓴 시 한 편을 준비했고, 촛불 가물거리고 와인 향 은은한 식탁에서 그걸 낭독했으며, 주인 내외가, 그것도 세계적인 저명 학자가 흐뭇하게 웃으며 감사 인사를 전해준 그런 순간이 있었다는 사실이다. 하이데거가 말한 우리의 이 '한동안'의 시간 속에. 존재의 한 장면으로서. 그건 적어도 나에게는 '기념할 만한 추억'으로서 오래도록, 지금까지도, 사라지지 않는 은은한 향기로 남아 있다.

한 번쯤 한국에 꼭 모시고 싶지만, 그분은 고소공포증으로 비행기를 타지 못해 남북 철도와 시베리아 횡단철도가 연결될 날을 기다릴 수밖에 없다.

#장면 32 **퀴너 할머니 이야기**

"사람이 사람에게 준 따뜻한 마음은 언젠가 그것을 받은 사람의 마음속에서 그리움이라는 이름의 꽃으로 핀다."

독일 서남부의 프라이부르크는 이른바 환경도시로 그 이름이 비교적 널리 알려져 있다. 그런데 철학 공부를 하는 사람들에게는 이곳이 이른바 '현상학'의 고향으로 더 잘 알려져 있다. 유명한 철학자 에드문트 후설과 마르틴 하이데거가 바로 이곳을 무대로 그들의 저 고명한 철학을 펼쳤던 것이다. 나는 1997년에 연구년을 받아 내 오랜 꿈이기도 했던 이곳에서 1년간을 지내게 됐다. 슐로스베르크, 슈타트가르텐, 마르틴스토어, 뮌스터 …, 도시 어디서 사진을 찍든 그대로 한 장의 그림엽서가 되는 이 아름다운 곳에서의 생활은 행복했다. 배후에는 슈바르츠발트(Schwarzwald: 흑림)라 불리는 거대한 삼림이 있고, 드라이잠(Dreisam)이라 불리는 맑은 개천이 재잘거리며 시내를 가로지르고, 거리 곳곳엔 그곳 사람들이 배힐레(Bächle)라 부르는 인공 도랑이 흐르고 있어 아이들의 멋진 놀이터가 되기도 했다. 유명한 도나우강과 라인강도 그곳에서 그다지 멀지 않았다.

나는 구시가지의 슈타트가르텐 근처 루트비히 거리에 있는 '마돈나 하우스'라는 일종의 숙박업소에서 지냈는데, 이 집은 대학이 가까운 데다 방세도 싸서 단기간 머무는 유학생들에게 제격이었다. 실제로 내가 사는 동안에도 러시아며 유럽 각지에서 온 학생들로 그곳은 늘 북적거렸다. 그 집에는 라우라 퀴너(Laura Kühner)라는 이름의 주인 할머니가 계셨는데, 1997년 당시에 이미 90이 넘은 고령이었다. 아마 1906년 생 정도였던 것으로 기억된다. 그 연세에도 불구하고 할머니는 매일 1층 현관 입구의 사무실로 '출근'을 해서 꼬박꼬박 학생들의 방세를 챙기고는 하셨다. 아주 작은 체구에도 불구하고 책상에 앉은 그 표정에는 전형적인 독일 여성의 단단함이 보였다. 방세를 내면 직접 영수증에 사인을 해주셨는데, 그 필체에도 뭔가 힘이 있었다. 나는 그 독일스러움이 좋아 보였다.

그런데 이분이 나를 예쁘게 보셨는지 하루는 당신의 주방으로 부르시더니 냉장고에 남은 과일로 파이 만드는 법을 가르쳐주셨다. 어쩌면 내가 한국에서 가져다 드린 조그만 선물에 대한 답례였는지도 모르겠다. 그때 이런저런 이야기를 나누며 내가 '교수', 그것도 철학교수임을 아시자 이 할머니는 크게 반색을 하며 바로 그날로 방을 옮겨주셨다. 그 방은 크게 넓지는 않았지만, 1인용 엘리베이터의 사용이 가능했고, 멋진 고가구가 놓여 있었고 창에는 예쁜 레이스 커튼까지 달려 있었다. 그것은 일종의 파격이었다. 학생들이 지내는 별채와는 완전히 분리된, 말하자면 그곳은 할머니가 쓰시는 본채였다. 그런데 파격은 그것으로 다가 아니었다. 그 집은 구조상 주방과 식당을 공동으로 사용했는데, 다음 날 식사를 위해 주방으로 가보니 식당 앞에서 유학생들이 웅성거리고 있었다. 무슨 일인가 들여다보니 식당 입구에 종이 한 장이 붙어 있었는데, 내용인즉슨, "이 식당은 오늘부터 Professor Lee의 전용공간이므로 학생들의 출입을 금함"이라는 것이었다. 아연실색한 것은 본인인 나였다. 어차피 할머니가 매일 오시는 장소도 아니고 해서 겨우 학생들을 진정시키고 식사는 종전대로 함께하게 했다. 이 할머니는 내가 아마도 칸트나 헤겔쯤 되는 인물인 줄로 생각하셨던 모양이다. '교수'라는 이 이름에 대한 할머니의 존경은 대단했다. 아마도 내게 '독일'이라는 것을 각인시켜준 가장 확실한 사건이었다.

한번은 며칠간 할머니가 보이지 않아 궁금했는데 좀 편찮

으셔서 방에서 요양 중이라는 말을 들었다. 마침 한국에서 들고 간 홍삼이 있어서 할머니께 갖다 드리며 마치 만병통치약처럼 허풍을 좀 떨었다. 그 덕분인지 며칠 후 할머니는 원기를 회복하고 다시 사무실로 나오셨다. 그날 이후 나에 대한 할머니의 대우는 더욱 특별해졌다. 언젠가는 어린 시절 들었던 황제 이야기도 들려주셨고, 또 전쟁통에 폭격을 겪으며 무서워 아버지에게 꼭 매달렸다는 이야기도 들려주셨다. "전쟁은 좋지 않아…"라고 할머니는 말끝에 중얼거렸다. 그것이 1차 대전인지 2차 대전인지는 물어보지 못했다. 할머니의 어릴 적 이야기니까 아마도 1914년 7월 28일부터 1918년 11월 11일까지 일어난 1차 대전이 맞을 것이다. 2차 대전도 후에 당연히 겪으셨을 테지만.

시간은 흘러 가을이 되고 일대의 카스타니에(Kastanie) 가로수들도 예쁘게 물이 들었다. 밤이지만 먹지는 못한다는 이 녀석들은 후드득 소리를 내며 거리로 떨어졌고 보기에는 먹는 밤(Eßkastanie)보다 오히려 더 탐스러웠다. 그 소리는 깊어가는 가을의 풍경 속에서 마치 음악처럼 시간의 흐름을 장식해줬다. 그 밤들을 몇 개 주워 왔더니 "먹지도 못하는 그 밤을 뭐 하러 가져왔어요?" 하며 할머니는 웃으셨는데, 다음 날 학교를 다녀왔더니 책상 위에 먹는 밤들이 예쁜 그릇에 담긴 채 조용히 놓여 있었다.

겨울이 오고 눈이 내렸다. 눈 덮인 프라이부르크는 더욱 예뻤다. 귀국이 가까운지라 기념으로 커다란 시가 지도를 한 장 샀는데, 오다가 할머니를 만나 자랑스럽게 보여드렸더니 할머니는 마치 손자를 나무라듯이, 그러나 웃는 얼굴로, "교수님, 절약이요, 절약" 하고 말씀하셨다. '아, 독일이구나, 독일' 하고 나는 속으로 또 웃었다.

1년간 정들었던 마돈나 하우스를 떠나던 그날, 할머니는 나의 먼 여행길에서의 안전을 빌며 이마에 십자가를 그려주셨다. 할머니는 독실한 가톨릭 신자였다. 그 손톱의 감각을 나는 아직도 기억한다.

귀국 후 바쁜 생활 속에서 나는 할머니를 잊고 지냈다. 그로부터 얼마 후 친하게 지내며 함께 고생하던 후배 C가 학위를 마치고 귀국을 했다. 이야기 끝에 할머니의 안부를 물어보았다. 할머니는 내가 떠나고 그렇게 오래지 않아 기력을 잃고 결국 세상을 떠나셨으며, 마돈나 하우스에도 이제 더 이상 우리 같은 손님들은 없다고 했다.

그래, 이제는 없다. 프라이부르크에서 보냈던 나의 청춘도 지나갔고, 나를 칸트 대하듯 하셨던 퀴너 할머니도 이제는 없다. 하지만 그때의 그 시간들은 마치 보석처럼 반짝거리는 추억이 되어 내 가슴속 깊은 곳에서 아직도 여전히 흐르고 있다. 그때를 기념하면서 그때 그 방에서 썼던 시 한 편을 여기에 옮겨 적는다.

프라이부르크의 일요일 아침

망사커튼 꽃잎 사이로 햇살이 스며
졸리운 눈 뜨고 보면 일요일 아침

기지개를 켜면서 창가에 서면
늘어선 '카스타니에'들이 이국임을 알린다

홀로 맞는 아침상에도 식탁보 깔면
재잘거리며 새소리가 벗하여주고

갓 구운 빵 구수히 향기 번지면
저만치서 '뮌스터'의 종소리 은은히 운다

철학일랑 책상 위에 모셔다 놓고
가벼운 옷차림에 집을 나서면

뒷산에서 날아온 맑은 공기가
축복처럼 내 온 몸을 감싸 안는다

청명한 하늘 위로 성탑이 솟고
그 위로 흰 구름이 금빛으로 흐를 때

오가는 할머니들 눈인사하며
선사하는 '구텐 모르겐'이 상쾌도 하다

'배힐레'를 따라서 돌길 걸으면
중세에서 온 사제들도 지나쳐 가고

뒤따라 질주하는 자전거 위엔
미래에서 온 금발 아가씨가 콧노래 한다

동화책 갈피에서 빠져나온 듯
빠알간 전차가 멎고 문이 열리면

이런 저런 사연들을 눈빛에 담고
삶의 주연들이 오르내린다

'드라이잠' 따라서 발길을 떼면
찰랑거리는 물소리가 함께 걷는데

돌아보면 이 물은 흑림에서 와
라인강을 꿈꾸며 줄달음한다

물 따라 시름일랑 흘려보내고
다리 위 난간에서 나를 잊으면

아스라이 고향 강가가 되살아나고
지나온 시간들이 소설처럼 스친다

그 시간이 흘러흘러 미래로 가고
바람결에 내 머리가 은빛으로 빛날 때

같은 곳 같은 무렵 어떤 사람이
추억을 밟는 길에 목격하게 되려나

유모차에 예쁜 아기 잠재워 놓고
벤치에서 어떤 젊은 엄마가 시를 읽는데

어쩌면 그 시집에 적혀 있는 게
내가 남긴 '프라이부르크의 일요일 아침'

보스턴,
방문학자 시절

장면 33 딜런 킴 이야기

2013년 나는 연구년으로 미국 보스턴(케임브리지)에서 1년을 지내게 됐다. 하버드의 초청을 받은 것까지는 좋았으나 숙소의 제공은 없었다. 보스턴은 생판 처음이었고 연고도 전혀 없었다. 예전 일본이나 독일에 갔을 때와는 달리 현지에 아는 사람이 아무도 없었다. 1년을 살아야 하니 거처가 문제였다. 사실 좀 막막했다. 시대가 시대니만큼 인터넷을 뒤졌다. '보스턴 정착'이라는 키워드가 주효했다. 현지 교민신문인 〈보스턴 코리아〉에서 딱 맞는 정보를 포착했다. 보스턴에 처음 오는 한국인을 위해 그 정착을 도와주는 전문 업체가 있었던 것이다. 사실 좀 놀라웠다. 이런 업체가 있다니…. 메일로 그리고 전화로 연락을 취했다. 정말 나의 니즈에 딱이었다. 그 사장님이 바로 딜런 킴, 김지훈이었다.

이분은 친절할 뿐만 아니라 아파트 등 내가 필요로 하는 모든 정보를 훤하게 꿰뚫고 있었다. 그는 도착에서 귀국까지 모든 것을 책임져주겠다고 했다. 나는 그저 약간의 비용만 지불하면 되었다. 그 비용도 합리적인 수준이었다. 이런 경우 자체가 처음이라 솔직히 약간의 불안도 없지는 않았다. 그러나 그런 불안은 현지에 도착하면서 완전히 불식되었다. 그의 서비스는 거의 완벽했다. 로건 공항에 마중을 나와 있었다. 그의 승용차로 이미 계약이 끝난 준비된 '나의 아파트'까지 데려다주고 입주 절차까지 도와주었다. 아파트 관리인인 줄리와도 잘 아는 사이인 듯했다. 아파트는 그가 메일로 수차례 보내줬던 사진 및 동영상과 완벽히 일치했다. 어떤 과장도 없었다. 그릇이며 수저까지 살림 도구도 완벽하게 갖춰져 있었다. 심지어 그가 '서비스'로 준비한 라면과 김치까지. 그야말로 몸만 들어가면 곧바로 생활이 가능했다. 은행, 전화, 인터넷 … 등등 혼자였다면 막막했을 그 모든 것이 그의 도움으로 단숨에 처리되었다. 게다가 가장 중요한 운전면허와 주민등록(social security)까지, 모든 것이 일사천리였다.

그 후에도, 생활하다가 발생하는 사소한 문제들도 전화만 하면 즉시로 달려와 해결해주었다. 일종의 AS였다. 현지의 교민들도 연결해주었다. 덕분에 현지 생활이 빠르게 안정되면서 '하버드 연구자'로서 몇 차례 강연도 하게 되었는데, 그는 그 자리에도 꼭 참석해주었고 박수를 아끼지 않았다. 그런 과정을 거치면서 그와 나 사이에는 업자와 고객의 관계가 아닌 어떤 인간적 신뢰관계랄까, 묘한 우정 같은 것이 싹트게 되었다. 가족들도 서로 알게 되고 개인적인 대화도 더러 주고받으며 그 우정은 깊어갔다. 나보다 몇 년 후배 격이지만 우리는 충분히 좋은 친구가 될 수 있었다.

그는 서울의 소위 '스카이' 대학에서 전자공학을 전공한 수재였다. 졸업 후 안정적인 직장과 인생이 보장돼 있었다. 그러나 당시는 1980년대 초, 시대가 요동치고 있었다. 10·26, 12·12, 5·18, 5공 그런 소리가 주변에서 들리던 시대였다. 그런 가운데서 그는 대학을 다녔고 열심히 공부를 했다. 그는 특별히 '운동권', 그런 것도 아니었다. 그러나 대학을 다니는 내내 역사에 대한 묘한 부채의식이 그의 내면을 불편하게 했다고 그는 토로했다. 그는 '서울의 봄'이 화려하게 꽃필 것을 기대했으나 그 꽃봉오리는 피지도 못한 채 이내 시들었고 서울의 하늘엔 이른바 '5공'의 깃발이 그 꽃 대신에 펄럭였다. 그는 그것이 싫었고 아무것도 하지 못한 자기도 한스러웠다. 아마도 당시의 청년 학생들 중에 그런 사람이 하나둘이 아니었을 것이다. 그는 자기 식으로 그 부채를 털어내고 싶었다고 말했다. 그 자기 식이 당시의 그에게는 '공부'였고 '질적인 향상'이었다. 그런데 당시 사회의 구석구석에서 곰팡이처럼 서식하던 '저급'을 그는 견디기 힘들었다고 토로

했다. 바꿀 수 없다면 떠나고 싶었다.

그런 상황에서 눈에 들어온 것이 '미국'이었다. 일부 대학생들 사이에서는 '반미'가 무슨 유행처럼 인기를 끌기도 했지만 '미국에 대한 선망'은 엄연히 그 기저에서 흔들림이 없었다. 그는 미국행을 결심했다. 정말 열심히 영어를 공부했고 유학을 준비했다. 아이비리그 같은 명문은 아니었지만 미국의 제법 괜찮은 대학으로부터 입학 허가를 받아냈다. 이윽고 도착한 미국. 그러나 미국에 연고가 없는 그에게 미국 정착은 말처럼 쉬운 일이 아니었다. 좌충우돌, 우여곡절이 많았다. 그 경험이 결국 지금의 이 일로 연결되었다고 그는 웃으며 말했다. 그런데 그 결정적 계기가 된 것은 "솔직하게 말씀드리지만 돈문제죠, 뭐. 먹고 살아야 하니까요." 하고 그는 쑥스러운 미소를 띠며 나지막하게 말했다.

"재벌 2세도 아니고 천문학적인 학비를 감당할 수가 없었죠. 장학금에 기대왔지만 그게 한국인에게 우호적이지는 않아요. 생활비를 버느라 아르바이트를 해야만 했고 그러면서 좋은 성적을 유지한다는 건 슈퍼맨에게나 가능한 일이죠. 소설이나 영화처럼 그게 그냥 되는 게 아니거든요. 결국 학업을 중단할 수밖에 없었어요. 한국에는 잘 알려지지 않았지만 실은 그런 유학생들 제법 많아요. 그렇다고 귀국을 할 수는 없죠. 그건 자존심도 걸려 있었고요. 사랑하는 사람을 만나 결혼도 했으니 식구도 먹여 살려야 했고…, 그래서 생각한 게 사업이었어요. 지금 하는 이게 의미가 있다고 생각했어요. 이왕이면 남에게 도움 되는 일을 하면서 돈을 벌자, 그런 거죠. 저 자신이 처음 왔을 때 정착에 큰 어려움을 겪었으니까요."

나는 납득했다. 그리고 "사장님이 하시는 이 일이 나에게 얼마나 큰 도움이 되었는지 몰라요. 기업에 다니며 월급을 받는 것보다 더 큰 의미가 있을 수 있죠…" 어쩌고 하며 그를 띄워주었다. 약소한 위로와 격려였다. 그냥 공치사는 아니다. 그에게는 충분히 그럴 만한 '퀄리티'가 있었기 때문이다. 그는 잘생긴 호남형이었다. 머리도 아주 명민했다. 그리고 무엇보다 큰 장점은 그의 인품이었다. 겸손하고 진지하고 성실하고 철저했다. '질'에 대한 그의 지향과 집착은 거의 철학이었다. 나는 그것을 높이 평가했다. 살면서 그런 인물을 만나는 것은 결코 흔한 일이 아니다. 더욱이 그는 나를 좋아해줬다. "여기서 이 일을 한 지가 제법 오래됐지만 교수님이 가장 기억에 남을 것 같아요. 특히 지난번 함박눈 내리던 날 뉴잉글랜드 한국학교에서 하신 그 강연은 정말 최고였어요." 하고 그는 나를 띄워주기도 했다. 고마웠다.

딜런 킴, 그는 아마 오늘도 보스턴 공항으로 나가 한국에서 막 도착한 손님을 모시고 잘 준비된 아파트로 안내할 것이다. 그리고 1년 후 혹은 2년 후 귀국하는 그 손님을 다시 공항으로 배웅하며 아쉬운 작별의 악수를 나눌 것이다. 그리고 그와 그 손님의 가슴속에는 그 시간 동안의 여러 일화들과 대화들이 남아 마치 와인처럼 숙성되며 오랜 세월 그윽한 향기를 뿜게 될 것이다.

보스턴에는 하버드와 MIT만 있는 것이 아니라 딜런 킴이라는 한 수준 있는 한국계 사나이가 그의 성실한 삶을 살고 있으며 그가 나의 친구라는 사실을 나는 좀 자랑하고 싶다. 기자로서 항상 멋진 글을 쓰는 그 부인과 그리고 착한 아이들과 함께 그가 그 식의 '아메리칸 드림'을 멋지게 완성하게 되기를 나는 기원한다. 그리될 것이다.

장면 34 데니스 벤슨 이야기

그와 나는 하버드에서 처음 만났다.

하버드의 9월은 이런저런 파티들로 시작된다. 학과나 연구소나 각 단위 기관별로 새로운 식구들을 맞아 환영 리셉션을 여는 것이다. 이때면 교수회관 격인 패컬티 클럽(Faculty Club)이 손님을 치르느라 바빠진다. 하버드 야드에서 철학과 건물인 에머슨 홀과 휴턴 도서관을 지나 좁은 퀸시 스트리트를 건너면 아담하고 고풍스러운 패컬티 클럽이 있다. 나도 소속 학과의 초대를 받아 그 파티에 참석했다.

행사를 준비한 이른바 '주최 측' 호스트들은 입구에서 말쑥한 차림으로 손님들을 맞고 환한 얼굴로 담소를 나눈다. 이윽고 모인 손님들이 삼삼오오 반가운 재회 인사 혹은 초면

인사를 나누느라 장내가 시끌벅적해질 무렵, 누군가가 와인 잔을 두드리며 주의를 끈다. 손님들은 조용해지며 주인은 "굿 이브닝, 레이디즈 앤 젠틀먼…" 차분한 목소리로 인사말을 시작한다. 복장도 분위기도 비교적 자유로운 것이 이를테면 유럽이나 일본과는 다른 미국의 한 특징이다. 주인의 인사말이 끝나면, 한두 사람 손님 중에서 스피치를 보태기도 한다. 연주나 노래 등 음악회가 중간에 모임을 장식한다. 그 음악들이 그윽한 실내 분위기와 어울려 제법 멋지다. 손님들은 다시 담소를 계속하고 웨이터들은 끊임없이 손님들 사이를 다니며 음식과 음료를 권한다. 아, 물론 와인도 있고 주스도 있고 코카콜라도 있다. 제법 영화 속의 한 장면 같은 시간이 한동안 이어진다. 이런 데서 이를테면 '뜻밖의' 만남 같은 것이 이루어지기도 한다.

나는 그 연회에서 그를 우연히 만났다. 인근 대학에서 온 젊은 교수다. 아마도 동양인인 나의 외모 때문이었을 것이다. 그가 먼저 다가와 말을 걸었다. "익스큐즈 미…" 네이티브 수준의 영어였다. 딱 봐도 한국인 얼굴인데 그는 한국말을 잘 못했다. 이른바 교포 3세, 그런 건 아니었다. 데니스 벤슨(Dennis Benson)이라는 완전한 미국 이름을 가진 그가 명함과 함께 자기소개를 하며 더듬거리는 한국말과 영어로 들려준 것이 '입양아(adoptee)'라는 것이었다. 그 말을 듣는 순간 나는 체질적으로 뭔가 긴장했다. 어떤 미안함 같은 것이 속으로 옷깃을 여미게 했다. 그런 이야기 뭐 한두 번 듣나? 하지만 실제로 내 눈앞에 마주하기는 처음이다. 그가 지난 세월 겪었을 수많은 고충들, 가슴에 담았을 복잡한 감정들, 그런 것이 그의 표정과 몸짓을 통해 전파처럼 전해지면서 나를 긴장시킨 것이다.

하지만 그는 뭔가 단단했고 그리고 당당했다. 우연이지만 그는 나와 마찬가지로 일본 유학과 독일 유학의 경험도 갖고 있었다. 아주 유창한 일본어와 독일어를 구사했다. 내가 배울 기회를 갖지 못했던 프랑스어까지도 그는 유창했다. 현상학의 한 축인 메를로 퐁티의 철학에 관심이 많다고 했다. '미국에 입양된 한국인이 왜 하필 일본 유학? 독일 유학?' 하는 생각도 들었지만 그건 개인적인 사정이 있을 테니까 초면에 자세하게 물어볼 수는 없었다. 어쨌거나 그는 미국 대학의 교수가 되었다. 명문 컬럼비아대학에서 학위를 했고 웰즐리대학의 조교수로 막 취직한 참이었다. 그는 약간쯤 들떠 보이기도 했다. 나도 처음 취직이 결정되었을 때는 비슷했다. 나는 긴장의 한편으로 그가 자랑스러웠다. 기묘한 미안함의 한편으로 어떤 고마움 같은 것이 중첩되었다. '잘 살아줘서 고맙소. 사연은 모르겠지만 당신을 품어주지 못한 부모와 나라도 이런 당신을 보면 조금은 덜 미안할 거요. 그렇게 앞으로의 세월도 더욱 열심히 살아주면 좋겠소.' 그런 마음이었지만 그것이 입 밖으로 나오지는 않았다.

그 간단한 만남이 있은 며칠 후 그에게서 인사차 메일이 왔다. 나는 회신을 하며 그에게 다시 만나기를 제안했다. 답이 왔고 약속을 잡았다. 만남을 기다리면서 많은 생각이 들었다. 그렇게 교류하면서 조금 거리가 좁혀진다면 나는 그 젊은 친구의 친구가 되어주고 싶다는 생각이 강하게 들었다. 아무리 좋은 양부모를 만났다 해도 그의 깊은 가슴속에 일종의 상처가 없을 리 없다. 나는 가능만 하다면 그 천 가닥 상처 중의 다만 한 가닥이라도 보듬어주고 싶었다. 따뜻한 마음 몇 조각이면 그것이 어느 정도는 가능하지 않을까 기대했다.

사람이 자식을 낳고 기른다는 것, 사람이 누군가의 자식으로 태어나 자란다는 것, 그것은 우리가 인생이라고 말하는 것의 적어도 절반 정도를 차지하는 것은 아닐까. 거기에 부모의 의무, 자식의 권리, 그런 것이 있는 것은 아닐까. 우리 대부분은 알게 모르게 그런 권리를 누리면서 자라났고, 그런 의무를 수행하면서 자식을 길러온 건 아니었을까. 그러나 이렇게, 아닌 경우도 있는 것이다. 그래도 인생이라는 것은 어떻게든 살아진다. 부모의 의무와 자식의 권리가 실종된 인생, 거기서도 인생의 희망과 성공, 그리고 행복은 가능한 것이다. 예전에는 장성한 자식들의 의무라는 것도 있었다지만 요사이는 대부분의 부모들이 그것을 포기한 지 오래인 것 같다. 시대가 그렇다면 뭐 그럴 수도 있지. 부모의 효도 받을 권리, 자식의 봉

양할 의무, 그런 것이 실종된 인생에서도 인생의 희망과 행복은 또 다른 모습으로 주어질 테니까.

데니스와의 재회를 앞두고 나는 그에게서 그런 좀 엉뚱한 교훈을 얻기도 했다. 먼저 말을 걸어준 것도 그렇고, 이래저래 그가 고마웠다. 따뜻한 말 몇 마디라도 준비해 가서 맛있는 밥이라도 사줘야겠다고 생각했다. 차가운 손으로 어린 그를 비행기에 실어 내보낸 저 '한국'의 한 대표로서.

나는 데니스를 다시 만났다. 하버드 사람들에게는 비교적 잘 알려져 인기가 있는 케임브리지 브래틀 거리의 '하비스트(Harvest)'라는 레스토랑이었다. 하버드 스퀘어 쪽 교문에서 만나 '하비스트'까지 함께 걸으며 많은 이야기를 나누었다. 레스토랑은 이미 저녁불이 켜져 고즈넉한 분위기를 연출했다. 제법 괜찮은 메뉴를 그에게 권했다. 우리는 그 밥을 맛있게 먹었다. 그러나 그 밥보다 훨씬 더 맛있는 것은 그날의 그 분위기였다. 밥을 먹으며 우리는 정말 많은 이야기를 나누었다. 영어뿐 아니라 일어와 독어도 간간이 동원되었다. 내가 잘 모르는 불어까지도 그는 아주 유창했다. 철학자 중에서는 메를로 퐁티와 가다머를 특히 좋아한다고 했다.

담담히 풀어놓는 그의 사연은 눈물겨웠다. 5세 때 부산역 근처에서 그는 버려진 채 발견되었다. 남겨진 단서는 조석준이라는 이름뿐이었다. 고아원에 보내졌고 자세한 상황은 알 수 없지만 헤리티지 재단을 통해 미국으로 입양되어 댈러스에서 자랐다. 처음에 친절했던 양부는 뜻밖에 인종주의자였고 성장과정 내내 심한 학대에 시달렸다고 했다. 그들이 인생을 완전히 망쳐놓았다는 느낌이었고 16세 때 이후 단교했다. 오스틴대학을 나온 후 뿌리를 찾고 싶은 마음에 한국행을 결심했고 서울 Y대학 한국어학당을 다니며 친부모의 행방을 알아보았으나 아무런 단서도 찾지 못했다. 그 시절 교류했던 몇몇 한국 교수도 좋은 인상으로 기억하고 있었다. 그리고 일본으로 유학, 코베에서 5년을 지냈다고 했다. 그 시절 그는 운명처럼 한 여성을 만나 사랑을 했고 결혼을 했다. 히로시마 출신의 일본인이었다. 그 인연으로 지금도 1년에 3개월가량은 처가가 있는 도쿄에서 지낸다고 했다. 우연이지만 내가 살았던 미나토구의 미타에서 거주한 적도 있었다고 했다. "어쩌면 동네 길거리에서 스쳐 지나간 적이 있었을지도 모르겠네." 하면서 서로 웃었다. 정말 묘한 인연인지 독일 유학 시절엔 역시 내가 살았던 프라이부르크에 그도 살았으며 내가 자주 놀러 가기도 했던 교외 란트바써(Landwasser)에 거주했다고 해서 또 한 번 놀랐다. S1 전차의 종점이었다. 그는 나의 지인이기도 했던 현지의 몇몇 일본 친구들도 알고 있었고 한국인 친구도 여럿 있었다고 했다. 내가 자주 놀러 갔던 프랑스의 콜마와 스트라스부르에도 자주 갔었다고 했다. 묘한 인연을 느끼지 않을 수 없었다. 현재는 웰즐리의 학교 근처에 거주하고 있다고 주소까지 스스럼없이 알려주었다. 5년 내에 메를로 퐁티에 관한 책을 내는 것이 현재의 목표라고 했다.

한 끼의 저녁밥이었지만 그것을 함께하며 우리의 우정은 돈독해졌다. 그날처럼 영어와 독어와 일어 대신, "언젠가는 한국어로 깊은 대화를 나눌 수 있도록 한국어를 더 열심히 공부하겠습니다."라며 그는 웃었다. 늦은 밤 손 흔들고 헤어져 멀어지는 그의 뒷모습을 나는 한참 동안 선 채로 물끄러미 바라보았다. 뭔가 단단해 보이는 그의 등이 참 보기 좋았다. 우리 학교 외벽에 적혀 있는 "곤경을 헤치고 별을 향하여(per ardua ad astra)"라는 저 라틴어 명구가 떠오르기도 했다.

해를 넘긴 1월, 눈이 내렸다가 화창하게 갠 어느 겨울날 나는 그의 초대로 그가 근무하는 웰즐리대학을 방문했다. 12시경 눈 쌓인 정문에서 그를 만났다. 하늘은 눈이 시릴 만큼 푸르렀다. 교수회관(Faculty House)에서 뷔페로 점심을 먹은 후 그는 캠퍼스를 안내해주었다. 메인 빌딩, 구 도서관, 새 도서관, 인문관, 행정동(박물관) 등을 둘러보았다. 거대한 숲속의 궁전 같은 그 놀라운 캠퍼스도 캠퍼스지만 그의 자랑스러운 표정이 참 보기 좋았다. 도서관 식당에 앉아 서너 시간 긴 대화를 나누었다. 보스턴 지역 철학과에 대해, 가다머, 리처드슨, 학비, 특히 일본, 중국, 그리고 한국 역사 등에 대해, 공유하는 부분이 많은 만큼 화제도 다양했다. 어설펐겠지만 아마 내 생애에서 가장 길게 영어를 지껄인 기록이었을 것이다. 5시경 따뜻한 허그로 헤어지며 "지나간 고통은 다 잊고 꼭 행복하세요." 그의 등을 토닥여주었다. 내가 할 수 있는 소박한 격려였다.

*

2월에 나는 예정대로 귀국했고 수년이 흘렀다. 어느 날 학회에서 독일 유학파인 젊은 후배 교수 한준수 선생이 대화 도중 데니스 벤슨을 아느냐고 물어왔다. 뜻밖이었다. "선생님이 그 친구를 어떻게 아세요?" 되물었더니 싱가포르의 학회에 갔다가 만났는데, 나를 아느냐고 묻기에 한참 이야기를 했다는 것이었다. 반가웠다. 그가 활발하게 활동을 하고 있다는 증거이기에 반가웠고 나를 기억하고 있다는 것이기에 고마웠다. 그는 여전히 밝고 씩씩한 모습이었다고 했다. 미국에서 그와 함께했던 모든 장면들이 일순간에 파노라마처럼 뇌리를, 아니 가슴속을 스쳐갔다. 그리고 부산역 근처에 홀로 버려져 두려운 표정으로 울고 있었을, 그리고 미국의 양부에게 학대를 당하며 울고 있었을 어린 그의 모습도 함께 겹쳐졌다. 그리고 아직 보지 못한 그의 일본인 아내와 마주보며 행복한 웃음을 웃고 있을 현재의 모습도 함께 겹쳐졌다. 그는 승리자였다. 가혹한 삶의 현실을 꿋꿋이 견디며 극복해낸 쉽지 않은 전쟁의 승리자였다.

장면 35 메이슨 이야기

"안녕. 좋은 아침. 어떻게 지냈어요? 오늘은 춥네요. 학교
가세요? 이따 또 봐요~"

그의 인사가 잠시 추위를 녹여주고는 했다. 나는 2013년
보스턴의 하버드에서 1년간 연구년을 보낸 적이 있었는데,
찰스강 북쪽 케임브리지의 센트럴에 있는 한 아파트에서 거
주를 했다. 그 아파트에는 메이슨(Mason)이라는 이름의 한
젊은 관리원이 있었다. 인상도 선해 보이는 이 친구는 전등이
며 창문이며 하수구며 가릴 것 없이 아파트에서 발생하는 온
갖 문제들을 다 손봐주는 거의 만능 해결사라고 해도 과언이
아니었다. 눈이 오면 아파트 주변의 눈도 치우고 재활용 쓰레

기장도 관리하고 필요할 때는 페인트칠까지도 마다하지 않는 듯했다. 몇 차례 신세를 지면서 고맙기도 하고 미안하기도 해서 한국에서 가져간 작은 선물을 하나 건넸더니만, "이게 내 일이고 그게 내가 여기 있는 이유"라며 오히려 쑥스러워했다. 어느 날 일이 끝난 후 "당신 없이는 이 아파트에서 생활이 불가능하겠어요." 하고 치켜세웠더니, 어깨를 으쓱하는 미국인 특유의 제스처를 하며 웃음을 남기고 나갔다.

아닌 게 아니라 그가 없으면 그 아파트의 몇몇 세대들은 막힌 하수구 때문에 샤워를 못하거나, 닫히지 않는 창문 때문에 추위에 떨거나, 깜깜한 부엌 때문에 저녁을 걸러야 할 수도 있으니 그의 존재는 결코 작은 것이라 할 수 없었다.

그런데 일도 일이지만, 이 친구는 성격이 좋아 언제나 환한 표정을 짓고, 만날 때마다 뭔가 한두 마디라도 꼭 인사말을 건넨다. 그래서 엘리베이터에서든 복도에서든 그를 만나는 날은 기분이 좋아졌다. 기분이 좋아진 나도 누군가에게 따뜻한 인사를 건네게 된다. 한때 유행했던 소위 '행복 바이러스'를 그는 퍼트리고 다니는 것이다. 보아하니 다른 사람들도 그를 만나면 대체로 표정이 밝아지는 것 같았다. 이 아파트의 주민들은 그렇게 알게 모르게 그의 영향을 받았다. 다른 관리원이 한 명 더 있기는 했지만 사람들은 무슨 문제가 생기면 좀 무뚝뚝했던 그보다 일단 메이슨을 먼저 찾고는 했다.

한번은 난방에 문제가 생겨 그에게 도움을 요청했는데 공사가 좀 길어졌다. 저녁시간이 되었다. 고맙기도 하고 미안하기도 해 그에게 함께 식사하기를 제안했다. 그는 쑥스러워하며 사양했지만 "이런 게 한국식이에요." 하고 강권하자, 그는 "그럼 잠시 한국이라고 생각할게요." 하며 식탁에 앉아주었다. 식사를 하며 자연스럽게 그의 이야기를 들을 수 있었다.

나도 미국 생활은 처음인지라 모든 게 어벙벙하여 잘 몰랐는데, 메이슨은 미국 태생이 아니고 이민자였다. 이민국가인 미국이니 드문 일도 아니다. 그런데 우리는 보통 얼굴만으로 서양인들을 잘 구별하지 못한다. 그가 말할 때 영어 억양이 좀 다른 것은 느꼈지만 그냥 '사투린가?' 그렇게 생각했다. 포르투갈에서 왔다고 했다. 리스본에 연로한 부모님이 계시다고 했다. "왜 미국에 왔어요?" 평범한 물음을 던졌더니 "포르투갈에서 살기가 어려워 기회를 찾아서 왔죠." 역시 평범한 대답이 돌아왔다. 그런데 사연이 있었다. 반주로 권한 한 잔으로 얼굴이 불그레해지자 그는 자진해서 입을 열었다.

고등학교 때 그에게 첫 사랑이 찾아왔다. "정말 예뻤어요. 천사 같았어요." 그는 그녀의 얼굴을 떠올리는 듯 아련한 표정으로 미소 지었다. 바다를 좋아해 해변을 자주 걸었다고 했다. 리스본 여기저기에 추억이 가득하다고 했다. 그런데 어느 날부터 그녀의 표정이 어두워졌고 심각해졌고 연락이 어려워졌다. 어렵게 연락이 이루어진 어느 날 그는 그녀로부터 이별을 통보받았다. "왜?"를 그는 묻지 않을 수 없었다. 인생에 특별한 경우는 그다지 많지 않다. 흔히 듣던 소설이나 드라마 같은 이야기였다. 교제를 알게 된 부모님이 반대한다는 것이다. 이유는? 그것도 간단명료했다. 넉넉지 못한 집안 형편 때문이었다. 딸의 부모님이라면 당연히 걱정도 할 것이다. 메이슨도 그걸 모르는 바는 아니었지만 어려움 속에서도 화목한 가정을 늘 자랑스럽게 생각해온 터였다. 착해서 부모님의 뜻을 거역하지 못하는 그녀를 달리 설득할 방도도 없었다. 그의 어설픈 첫사랑은, 첫사랑이 흔히 그렇듯, 그렇게 상처로 끝이 났다. 그러나 말이 그렇지 그 상처를 치유하기가 쉽지 않았다. 감정이 격동하는 청춘이었다. 그 어두운 먹구름 속에서 그는 '돈을 벌자, 성공하자'는 생각에 휩싸였고, 기회의 땅이라는 미국행을 결심했다. 우여곡절이 있었지만 그는 결국 미국에 오게 되었다. 그러나 현실이라는 건 그렇게 만만한 게 아니었다. 고학이라는 게 그렇게 호락호락하지 않았다. 접시닦이, 거리의 노점상에서 야채 장사까지 그는 밑바닥을 훑었다. 힘든 삶이었다. 그러다가 이 아파트의 일을 맡게 되었다고 했다.

"여긴 힘들지 않아요?" 물었더니, 그는 "Not at all(전혀요)"이라고 대답했다. "이 안정적인 일을 얻어 얼마나 고마운지 모르겠어요. 행운이죠."라고 그는 말했다. "일이 많은 만큼 수입도 괜찮은 편이에요." 그는 웃었다. "게다가 문제를 해결하는 일이니 문제가 해결된 후 입주자들이 다들 고마워

해 보람도 있는 좋은 일이죠." 하고 그는 으쓱했다. 그 긍정 마인드와 선량한 눈빛이 나는 참 좋았다.

아마 오늘도 그는 케임브리지 센트럴의 그 아파트에서 만나는 모든 사람들에게 따뜻한 인사를 보낼 것이고 창문과 전기와 주방 하수구를 고칠 것이고 쓰레기장을 정리할 것이고 눈이 오면 눈도 치울 것이다. 밝은 표정으로. 때로는 휘파람을 불면서. 그의 그 긍정 마인드가 오늘도 그 아파트의 주민들에게 행복 바이러스를 전파할 것이다.

나는 그가 많은 돈을 벌게 되기를 진심으로 희망한다. 모은 돈으로 사업도 시작해서 부자가 되기를 희망한다. 아메리칸 드림의 성공 사례일 정도로 부자가 되어 리스본의 그 첫사랑에게 연락을 취하고 그들의 끊어진 첫사랑이 다시 이어져 그 제2막이 전개되기를 희망한다. 그리고 수년 후 언젠가 내가 다시 보스턴을 방문하게 되었을 때, 우연히 지나가던 롤스로이스가 '빵빵' 하며 나를 불러 세우고 열린 창으로 그가 고개를 내밀며, "헤이, 이 교수님, 안녕. 좋은 아침. 어떻게 지냈어요? 오늘은 춥네요. 학교 가세요? 또 봐요~" 하고 환하게 웃어주는 상상을 해본다. 상상만으로도 참 즐겁지 아니한가. 나는 그의 해피엔드를 기원한다.

장면 36 싱어와 퍼트남 이야기

 2013년, 보스턴에서 1년간 연구년을 보내고 있을 때다. 당시 나는 소속돼 있던 하버드의 강의는 물론 인근 MIT와 보스턴대학의 철학 관련 행사들도 일부러 챙겨서 들어보았다. 그것들만 모아서 알려주는 사이트가 있어 아주 편리했다. (Boston-Area Philosophy Calender)

 4월 26일, 집에서 걸어 20여 분 거리였던 보스턴대학에서 프린스턴대학의 피터 싱어(Peter Singer) 교수를 초청해 특강을 한다기에, 저녁 시간인데도 불구하고 찾아가봤다. 찰스강을 건너 담쟁이로 뒤덮인 모스(Morse) 강당을 찾는 것은 어렵지 않았다. 실천윤리, 응용윤리라는 만만치 않은 분야에서 세계적인 명성을 얻고 있는 그래서인지, 강당을 가득 채운 청중들은 어림짐작으로도 500명은 넘어 보였다. 나는 도쿄 유학 시절 이미 그의 《실천윤리학》을 통해 그를 알고 있었고 졸저(《편지로 쓴 철학사》 현대편)에서 직접 그를 선정해 다룬 적이 있었기에 관심이 없을 수가 없었다. 세계적 거물인 그를 직접 보고 그의 육성으로 강연을 듣게 되다니! 그것도 그의 본거지인 미국에서! 묘한 인연을 느꼈다. 우레와 같은 박수를 받으며 그가 연단에 올라갈 때, 나도 그 박수에 확실한 일조를 했다. 각종 사진과 영상에서 익히 보던 그 얼굴이었다.

명성은 역시 거저 얻어진 것이 아니었다. '동물해방'을 주제로 내걸고 거의 한 시간 반가량 진행된 강의에서 그는 인간과 동물의 관계를 저 창세기에서부터 되짚어보며(철학사를 관통한 그의 박식함은 대단했다), 작금의 사육된 식품으로서의 동물의 실상을 여지없이 고발했다. 동물도 인간처럼 '의식'이 있음을 강조하면서. 그것은 이 문제에 거의 무관심했던 나에게도 강의 내내 많은 생각을 하게 했고, 강의가 끝났을 때는 만장의 지지자들로부터 기립박수와 함께 환호도 터져 나왔다. 거의 연예인급이었다.

그의 전략은 무엇보다도 사진과 숫자를 십분 활용했다는 점에서 빛이 났다. 꼼짝도 못할 정도로 좁은 우리에 갇혀 오로지 '고기'를 제공하기 위해 먹이를 제공받고 있는 무수한 돼지들, 그리고 날개라는 것은 펼 생각도 못한 채 가두어져서 오로지 '계란'과 '치킨'을 요구받고 있는 엄청난 수의 암탉들. 그것들의 소비가 미국 국내에서만 각각 연 1억 마리, 100억 마리 정도라 하니, 그들을 눈앞에 그려보면 실로 경악할 규모가 아닐 수 없었다. 생선은 너무 많아 거의 추산이 불가능할 정도라는 말도 그는 덧붙여줬다. (인간의 입이라는 것이 이토록 엄청난 줄은 정말이지 알면서도 몰랐다.)

이른바 '동물해방'을 표방하는 그의 결론은 사람들을 '채식주의'로 유도하는 것 같았다. 말미에서 육류 소비의 감소 추세와 채식주의자의 증가 추세를 그래프로 보여준 것도 아마 그런 차원이리라.

건강을 염려해주는 아내 덕분에 근래 들어 거의 육류를 취하지 않는 나이긴 하지만, 완전한 채식주의자도 아닌 입장에서 나는 어딘가 영 마음이 편치 않았다. 표현은 하지 않았지만, 그는 일종의 '동물권' 내지 '동물윤리'를 설파하는 것이 분명했다. 한스 요나스는 '자연에 대한 윤리', '지구에 대한 윤리', '미래에 대한 윤리'를 말하더니, 이젠 '동물에 대한 윤리'까지! 모든 윤리라고 하는 것이 애당초 그러하지만, '그냥 좀 편하게 살게 내버려둬'라고 생각하는 사람들에게는 그것이 여간 부담스러운 게 아니다. 그러나 모든 '관계'에서 '문제'라고 하는 것이 인식되는 한, 윤리라는 것은 피해 갈 수 없는 통로와 같다.

도대체 어째야 하나? 우리 인간은, 그 옛날 당연시됐던 노예를 해방했던 것처럼, 이제 그동안 당연시됐던 동물 포획을, 동물 사육을 버리고 그들을 해방해야 하는 시대를 맞은 것인가? 이제 우리는 생존을 위해 수렵에 나섰던 저 고대의 역사조차도 참회해야 하는가? 이건 그렇게 간단하지 않다. 우리의 '입'이 무섭기 때문이다. 싱어 교수도 강의 도중에, 미국과 유럽에서의 육류 소비가 줄어든 반면 생활수준이 높아진 중국에서의 그것이 기하급수적으로 늘어나고 있음을 알려주었다. 그렇다면 저 중국인들은 또 어째야 하나? 누가 저 13억의 입들을 말릴 수 있나?

의견을 말하기조차 쉽지는 않다. 그러나 내가 할 수 있는 전망은 대략 이렇다. 당분간 그냥 이 두 개의 흐름은 병행되어갈 것이다. 세상이라는 것이 어차피 대립의 공존이듯이 이 둘도 결국은 두 개의 '영역'을 형성한 채 공존할 수밖에 없다. 한편에서는 여전히 포획과 사육이 진행될 것이고, 한편에서는 조금씩 동물해방-동물권의 소리도 높아갈 것이다. 그 과정에서 누구는 전자에 가담할 것이고, 누구는 후자에 가담할 것이다. 가끔씩은 양자의 대립도 없지 않을 것이다. 그러나 앞으로 그 사이에서, 시장바구니를 들고 고민하게 될 사람들의 수가 차츰 늘어갈 가능성은 결코 작지 않아 보인다. 저 싱어 교수와 그의 지지자들이 계속해서 우리를 불편하게 만들 테니까. "오늘 저녁엔 뭘 드시겠어요?" "이래도 고기를 드시겠어요?"라고 물으며. 그리고 그 두툼한 연구 자료들을 들이 밀면서.

그로부터 두어 달 후 그는 또다시 보스턴에 나타났다. 이번에는 내가 소속돼 있었던 하버드에서 강연을 했다. 유명한 '효율적 이타주의'가 주제였다. 행사장인 사이언스 센터의 계단강의실도 입추의 여지없이 청중들로 가득 찼다. 두 번째라 그런지 첫 번째와 같은 강렬함은 좀 덜했으나 주제가 달랐던 만큼, 그리고 질의응답이 활발했던 만큼 '응용윤리'에 대해 많은 생각을 하게 만들었다.

집으로 돌아와 그 강연의 여운을 반추하면서 인터넷으로 검색을 해보았다. 그는 지나온 삶이 좀 남달랐다.

그는 현대의 여느 영미 철학자들과 달리 미국이나 영국 출신이 아니었다. 호주의 멜버른에서 태어났다. 그는 유대계였다. 나치 점령 당시의 오스트리아에서 박해를 피해 호주로 이주한 집안이었다. 그의 친할아버지와 외할아버지 모두 나치 수용소에서 희생되었다. (너무 많이 들어서 이젠 듣고도 덤덤한 상태가 되어버렸지만, 사실 이게 자기 일이라고 생각하면 보통 사건이 아니다. 영화 〈인생은 아름다워(La vita è bella)〉만 봐도 그 실감의 정도가 달라진다.) 친할아버지는 역시 유대인이었던 프로이트의 동료이기도 했다. 그런 내력을 의식한 것인지 어쩐지는 확인할 수 없으나 그는 선대의 기대에 부응해 열심히 노력했고 그 노력은 미국에 의해 보상받은 셈이다. 그는 호주 멜버른대학과 영국 옥스퍼드대학에서 공부했고 뉴욕대학의 방문교수를 거쳐 미국의 초명문 프린스턴대학의 교수가 되었다. 그리고 독특한 '반공리주의'와 '동물권'과 '세계시민주의' 등의 기치를 내걸고 현대철학의 세계에서 확고한 자신의 지분을 획득했다. 그에 대한 평가는 한국-일본 등에서의 관심과 저 두 차례의 보스턴 강연에서 여실히 입증되었다.

그의 육성을 지근거리에서 직접 들으며 나는 내가 지금 어떤 '역사적 지점'에 있음을 느꼈다. 좀 과장하자면, 마치 소크라테스를 듣는 플라톤처럼, 플라톤을 듣는 아리스토텔레스처럼, 아리스토텔레스를 듣는 알렉산더처럼, 그리고 부처를 듣는 꼰단냐처럼, 예수를 듣는 베드로처럼, 공자를 듣는 안연처럼.

*

그가 유대계 철학자라는 점에서 또 한 사람의 얼굴이 떠오른다. 힐러리 퍼트남(Hilary Putnam)이다. (그는 1926년에 태어났고 2016년에 별세했다.) 대통령 부인, 국무장관이었던 힐러리 클린턴과 같은 이름이지만 퍼트남은 남자다. 현대 미국 철학의 확실한 거장 중 한 명이다. 분석철학 분야에서 자신의 일정 지분을 갖고 있다. "철학은 결국 인문학 중의 하나이지 과학이 아니다. 하지만 그렇다고 해서 기호논리학이나 방정식, 논증이나 논문이 배제되는 것은 아니다."라는 유명한 말에서 그의 입장이 잘 드러난다. 2013년 나는 방문교수로 머물던 보스턴에서 잠시 그를 본 적이 있다. 그 기록을 소개한다.

학과 조교인 비비안 양이 새로 이메일 하나를 보내왔다. '철학좌담회, 4/23 화요일 7pm, 하버드 힐렐 2층 Beren Hall …' 행사를 안내하는 메일이었다. 저녁 7시라는 게 영 내키지 않았지만 행사의 내용을 들여다보니 2000년에 은퇴한 힐러리 퍼트남의 철학이 주 메뉴였다. 무엇보다도 퍼트남 본인이 직접 나타나는 자리다. '하버드까지 왔는데 하버드의 거물인 그의 얼굴을 안 볼 수 없다'는 아주 인간적인 너무나도 인간적인 이유로 나는 그 늦은 시간에 행사장으로 향했다. 부슬부슬 비도 내렸고 4월이라기엔 좀 너무 추웠다.

우산을 접고 계단을 올라가는데 점잖아 보이는 금발의 한 할머니가 눈인사를 하며 말을 걸었다. "힐러리를 잘 아세요?" "아뇨." "그럼 어떻게 왔어요?" "학과에서 안내 이메일을 보내줘서요." "아, 그렇군요. 이런 자리가 있다니, 정말 멋진 저녁이죠?" "네, 정말…" 그렇게 멋쩍은 대화를 하고 올라갔는데, 그분의 표정은 뭔가 들떠 보였다. 행사장은 그 늦은 시각 그 궂은 날씨인데도 거의 100명이 넘는 사람들로 북적거렸다. 그것은 마치 인문학이 살아 있다는 증거처럼 내 눈에는 비쳤다. 떠나온 한국의 탈인문학적 시대 분위기와 대비되면서 좀 부럽기도 했다. 나는 그가 잘 보이는 앞쪽에 자리 잡고 앉았다. 한순간 그와 나의 눈이 마주치기도 했다.

솔직히 나는 독일철학이 전공 분야라 과학철학, 심리철학, 수리철학, 언어철학 방면의 전문가로 알려진 퍼트남에 대해서는 그다지 아는 바가 없었다. 그저 그가 프랑스에서 박해를 피해 미국에 정착한 유대계이며, 고등학교와 펜실베이니아대학에서 1년 후배인 촘스키와 깊이 교류했고, UCLA 박사과정에서 논리실증주의의 한 축이었던 베를린 학파의 대표자로 유명한 라이헨바흐의 지도를 받았고, 프린스턴, MIT, 하버드 등 초명문대에서 교수를 지낸 현대 영미 분석철학의 거물 중한 명이라는 명성을 들어 알 정도…. 그러니 '쌍둥이 지구', '통 속의 뇌' 같은 그의 유명 개념들이 단편적으로 떠오를 뿐, 그 내용에 대해 큰 관심이 있는 것도 아니었다. 그런데 좌담이 진행되면서 들려오는 말들은 좀 뜻밖이었다. 패널들은 한결같이 그의 철학이 '삶의 길'이자 '삶의 안내'라고 치켜세웠다. 그리고 그의 철학과 마르틴 부버 및 에마뉘엘 레비나스와의 연관성을 강조했다. '어라, 이거 좀 심상치 않은데…' 하고 나는 귀를 쫑긋 세웠다. 그는 인간과 삶의 문제를 천착하는 이른바 유대 철학에도 깊이 발을 들여놓고 있었던 것이다. 문득 자크 데리다가 떠올랐다. 그도 그랬다. 그는 저 유명한 해체주의로 한때 전 세계의 철학계를 뒤흔든 인물이었다. 그런데….

1993년이었나? 내가 독일의 하이델베르크에 머물던 무렵,

일본에서 함께 수학한 도쿄대의 타카하시 교수가 파리에 왔다. (그는 일본의 전후 책임을 묻는 일본 내의 이른바 양심적 지식인으로 한국에도 그 이름이 알려져 있다.) 이러저러해서 거기서 재회한 우리는 깊어가는 파리의 밤을 이야기로 지새웠다. 그의 초청 교수를 묻자 그는 자랑스럽게 '데리다'가 바로 그라고 대답했다. 철학교수를 하는 우리에겐 그런 거물과 직접 얽힌다는 것은 하나의 '사건'이었다. 당연히 그의 근황을 물어보았다. 그랬더니 역시 뜻밖에, 근래에는 유대 철학에 빠져 있는 것 같다는 답을 들었다. 데리다도 퍼트남도, 부버도 레비나스도 모두 유대인이었다. 전공을 넘어 '원점에 대한 그들의 지향' 비슷한 것이 느껴졌다. 수천 년을 나라 없이 떠돈 그들의 저 고난의 역사를 생각해보면 그런 것도 충분히 납득이 갔다.

그런데 한 가지 놀라운 사실이 있다. 철학 공부를 하다 보면, 근세의 저 스피노자를 필두로 해서 철학사에 이름을 남긴 거물들 중에 실로 엄청나게 많은 유대인들이 있다는 것이다. 부버와 레비나스, 데리다와 퍼트남은 물론, 마르크스, 프로이트, 후설, 호르크하이머, 마르쿠제, 프롬, 카시러, 요나스, 아렌트, 베르크손, 마르셀, 레비스트로스, 비트겐슈타인, 에이어, 포퍼, 싱어 … 등등 너무 많아서 그 이름을 다 헤아리기도 쉽지가 않다. (철학 바깥에서는 하이네, 카프카, 로젠츠바이크, 아인슈타인 등도 이름이 높다.) 이들 하나하나가 다 일가를 이룬 거물들이다. 말이 그렇지 이러기가 쉬운 일인가!

학교와 교육에 대한 유대인들의 집념은 소문나 있다. 탈무드에 나오는 유명한 이야기지만, 랍비 요하난 벤 자카이는 유대가 로마에 의해 멸망하기 직전 로마 장군 베스파시아누스를 일부러 찾아가, 훗날 당신이 황제가 될 텐데 그때 유대를 위해 학교만은 허용해주기를 바란다고 간청을 했고 장군은 그것을 약속했다. 그의 예언은 적중했고 황제가 된 베스파시아누스는 약속을 지켰다. 예루살렘 근교에 세운 그 율법학교 예시바를 통해 유대인들은 망국 이후에도 토라 등 유대의 전통과 정신을 유지할 수 있었다. "자식에게 생선을 주면 하루의 걱정을 덜고, 자식에게 생선 잡는 법을 가르쳐주면 평생의 걱정을 던다." "끝이 좋으면 다 좋다." "소문은 가장 좋은 소개장이다." 같은 말도 그들의 말이다. 가르침과 배움, 그리고 학문, 그것은 그들에게 곧 생존이었다. 그 치열함에서, 그 심각함에서 그 무언가가 나온 거라고 나는 믿는다.

퍼트남의 그 강연에서는, 당연하겠지만, 아우슈비츠와 홀로코스트 같은 말들도 거론되었다. 그런 말들은 그들의 가슴 속 깊이에 박혀 절대로 빠질 수 없는 가시 같았다. 그와 관련해서 그들은 신성과 인간성이라는 것을 수도 없이 강조하고 또 강조했다. 그 말들을 들으며 자연스럽게 영화 〈쉰들러 리스트〉의 장면들이 떠오르기도 했다. 믿기 어려운 그 장면들이 다 생생한 현실이었던 것이다. 한나 아렌트의 '악의 보편

성'도 생각났다. 인간과 악마는 종이 한 장 차이였다. 퍼트남과 패널들의 표정은 담담했지만 그 단어들은 영혼의 밑바닥에 우러나온 진액처럼 농밀했다. 그들은, 상상을 초월한 저 지옥 속에서 확실한 그 어떤 교훈을 얻은 듯 했다. 그래서이리라. 그들이 돈과 머리로 미국사회의 중추를 장악하고 있다는 것은 조금도 이상할 게 없었다. 그들은 어떤 한 유대인이 낯선 고장에 새로 오게 되면 그곳 유대인 공동체가 발 벗고 나서 확실하게 그의 정착을 도와준다고 한다. (그래서 미국 거리의 그 많은 거지들 중 유대인 거지는 없다고 그들은 자랑한다.) 행사가 있었던 그 하버드 힐렐이라는 곳도 알고 보니 하버드의 유대인들을 위한 일종의 유대 공동체였다. 유대인은 정말이지 보통사람들이 아니다.

퍼트남은 내가 보았던 그 3년 후인 2016년 세상을 떠났고, 그리고 다시 상당한 세월이 지났지만 나는 지금도 그날의 그의 음성과 표정과 반짝이던 눈빛을 기억한다. 그가 이제는 아우슈비츠와 홀로코스트 같은 것을 다 잊고 그의 하느님의 품에서 영원히 평안하기를 기원한다.

베이징,
외적교수 시절

장면 37 최지명 사장님 이야기

살다가 그런 경우가 많지는 않다. 참 희한한 경험을 했다. 2019년 북경에서 지낼 때다.

한 한국인 단체에서 내가 낸 책을 대량 구매해 회원 전원에게 선물로 돌렸다. 이런 영광이 없고 이런 고마울 때가 없다. 교민 행사의 일환으로 그걸 돌렸는데, 행사 후 뜻밖에 받은 분들이 사인을 해달라고 우르르 몰려와 난데없는 사인회까지 하게 되었다. 평소에는 내 책을 남에게 줄 때 사인하는 걸 싫어하는 주의라 대개는 완곡히 사양하는데 이번엔 그 성의가 너무 고마워 응하지 않을 수가 없었다.

그런데 그중 한 분이 조심스럽게 다가와 '초대'를 제의했다. 시내에서 전문 요리점을 운영하는데 내 강연을 듣고 감명을 받았기에 나를 꼭 자기 가게에 모시고 자기 요리를 대접하고 싶다는 것이다. 역시 그 성의가 너무 고마워 응하지 않을 수가 없었다.

혼자는 어색할 수도 있으니… 하며 그분의 지인들도 가세해 일행 5명과 함께 약속한 날 약속한 시간에 그 가게 '티엔차이(添彩)'를 방문했다. 내 평생 잊을 수 없는 특별한 방문이었다. 뜻밖에도 거긴 북경 도심 한복판 왕푸징(王府井)의 특급지였다. 가게의 수준도 공산당 간부가 드나든다는 최고급이었다. 거의 2시간에 걸쳐 메뉴에도 없는 최고 수준의 한-중-일 특별 요리를 풀코스로 대접받았다. 감동적인 맛이었다. 밥부터 빛깔이 달랐고 회며 튀김이며 부침개며 … 3국을 아우르는 모든 음식이 거의 예술적 수준이었다. 그런데 감동은 그 요리만이 아니었다. 함께 그 요리를 음미하며 사장님은 자신의 살아온 내력을 들려주셨다. 그게 완전히 인생론적인 한 편의 드라마였다. 이런 건 요약이 원천적으로 불가능하지만 어쩔 수 없이 요점만 추려보자면 대략 이렇다.

그분, 최지명 사장님은 원래 상사맨이었다. 그것도 한국을 대표하는 한 대기업의 잘나가는 부장으로 북경지사에 부임했다. 수년간 근무하며 큰 성과를 올렸다. 회사를 위해 수훈을 세운 셈이다. 이윽고 임원급으로 승진도 했다. 그런데 예정된 해외 근무 기간이 끝나고 귀국이 다가왔을 때, 본사에서 아주 뜻밖의 제안을 해왔다. 귀국해도 장래가 좀 불투명한데 혹시 북경에 남아 사업을 할 생각이 없느냐는 것이다. 한다면 회사가 전폭 지원하겠다고도 했다. 소위 IMF 사태로 구조조정이 한창일 때였다. 그는 고민에 고민을 거듭했고 결국 그 제안을 받아들였다. 그런데 정작 문제는 '무슨 사업을 할 것이냐'였다. 숙고한 끝에 그는 평소에 관심이 있던 '외식업'을 지목했다. IT에서 요리로, 인생 대전환이었다. 국내에서 이런저런 구조조정 이야기가 들려왔기에 다행히 가족들을 설득하는 것도 큰 문제는 없었다. 회사의 지원금과 퇴직금을 보태 천안문 바로 근처 장안대가(長安大街: 서울로 치면 종로나 테헤란로 같은 곳)에 한식부-중식부-일식부-양식부를 갖춘 큰 규모의 종합 요리관을 열었다. 처음 시도되는 일종의 모험이었다. 몇 달이 지났다. 다행히 사업은 순조로웠다. 입소문을 타고 손님과 돈이 들어오기 시작했다.

그런데 이렇게 잘나갈 때 꼭 마가 끼는 법이다. 자신감이 붙은 그는 최고 수준을 염두에 두고 미슐랭에서 인정받은 유명 셰프를 영입했다. 본격적으로 승부를 걸어볼 심산이었다. 이번에도 입소문을 타고 손님이 늘어났고 수입도 덩달아 늘어났다. 그는 쾌재를 불렀다. 그런데 웬걸, 몇 달 후 재무 상태를 보니 구멍이 생기기 시작했다. 이윽고 적자로 넘어가더니 부채가 걷잡을 수 없이 늘어났다. 그는 가게를 정리할 수밖에 없었다. 완전히 망해버린 것이다. 참담했다. 원인은 그

셰프에게 속은 것이었다. 엄청난 돈이 어디론가 줄줄 새어 나갔다. 중국법도 잘 모르고 그의 감독 불찰이라 처벌도 불가능했다. 그는 인생의 무게를, 특히 그 쓴맛을 제대로 느꼈다. 그는 약간 남은 돈으로 술에 절어 세월을 보냈다. 배신으로 인한 극도의 인간 혐오로 모든 대인관계를 단절했다. 극단적 선택까지도 생각했다. 그러나 자신 하나를 믿고 낯설고 물선 외국까지 따라와 묵묵히 뒷바라지해준 아내와 착실하게 학교생활을 잘해준 아이들의 잠든 얼굴을 보니 눈물이 폭포처럼 쏟아져 내렸다.

그는 그 눈물을 혼자서 다 삼키고 독하게 마음을 먹었다. 살아야겠다, 일어나야겠다, 그는 결심했다. 거액의 빚을 내서 그는 규모를 대폭 줄인 전문 요리점을 다시 오픈했다. 그런데 이번에는 그 내용이 달랐다. 맡기지 않고 모든 것을 본인이 직접 챙겼다. 굴지의 대기업 임원이었던 그가 직접 시장을 보고 쌀을 씻고 채소를 다듬고 간을 맞추고 … 과거는 완전히 지워버리고 그는 오로지 요리의 '질'만을 생각했다. 생선의 색깔이 달라졌고 익은 밥의 냄새가 달라졌다. 튀김의 식감도 달라졌다. 손님들의 칭찬이 돌아왔다. 그는 관심을 보이는 손님들에게 직접 얼굴을 내밀고 요리 하나하나에 대해 설명을 했다. 이게 왜 먹을 만한지 납득을 시켰다. 가격을 올려도 손님들의 발길은 줄지 않았다. 회계는 부인이 직접 살폈다. 해를 거듭하면서 그는 빚을 완전히 청산했고 돈이 쌓이기 시작했다. 그러나 그는 결코 자만하지 않았다. 잘될수록 더욱 조심하고 자신을 낮추었다. 가게도 가정도 완전히 안정을 되찾았다. 그러면서 조금씩 다시 사람들을 만나기 시작했고 그중 한 사람의 권유로 우연히 발걸음한 모임에서 나의 강연을 들었고 나의 책을 읽게 되었다는 것이다. '질적인 고급국가'를 지향하자는 나의 철학에 백 퍼센트 공감했다는 것이다. 그 기묘한 시점도 그렇고, '인연'이라고밖에는 설명할 길이 없다.

나를 비롯한 6명의 일행은 그의 요리가 보여주는 '수준'을 인정할 수밖에 없었다. 그토록 대단한 점심을 먹었음에도 그는 이대로 헤어지기 아쉽다며 이왕 오셨으니 저녁까지 드시고 가라고 강하게 권했다. 그 분위기가 너무 좋았기에 우리는 무엇에 홀린 듯 그 제안을 받아들였다.

저녁이 준비되는 동안 그는 우리를 넓은 홀로 안내했다. 잠시 주춤거리던 그가 조심스레 말을 꺼냈다.

"한 가지 자랑하고 싶은 게 있습니다. 망한 이후에 모든 낭비와 사치는 철저히 단절했습니다만, 인생이란 게 그게 다는 아니잖습니까. 좋아하는 취미가 하나 정도는 있어도 괜찮지 않을까요? 그래서 딱 하나는 남기기로 했습니다. 저에게는 그게 오디오였습니다. 고등학교 때부터 좋아했었죠. 다시 돈을 벌게 되면서 딱 하나 돈을 아끼지 않고 오디오를 장만했습니다. 정말 자랑할 만합니다. 한번 들어보시겠습니까?"

그렇게 말하는데 안 들을 도리가 없다. 메인 홀에 놓인 거대한 크기의 스피커가 눈을 압도했다. 전원을 넣고 선곡을 하고 재생 버튼을 눌렀다. 그 소리가 우리 모두의 귀를 단숨에 장악했다. 난생 처음 들어보는 소리였다. 분명히 기계건만 좀 과장하면 콘서트홀 현장에서 직접 듣는 생음악보다 더 고운 소리였다. 인간의 기술 수준에 탄복을 할 수밖에 없었다. 웬만한 사람의 1년 치 연봉을 훨씬 능가하는 억대의 그 가격도 납득이 되었다. 그렇게 두어 시간 우리 일행은 음악에 취했다. 클래식은 물론 팝송, 포크송, 영화음악, 중국 고전음악 … 심지어 뽕짝까지. 그 오디오는 모든 장르의 음악을 완벽히 소화해냈다. 감동이 있었다. 그러나 가장 큰 감동은 그 요리도 오디오도 아닌 그 사장님 본인이었다. 인생의 바닥에서 다시 일어난 그에게는 어떤 특유의 빛이 났다. 하나의 살아 있는 귀감이었다. 한때 유명했던 '의지의 한국인'이라는 말이 떠올랐다.

우리 일행은 점심과는 또 다른 종류와 차원의 저녁을 대접받고 그 가게를 나왔다. 뭔가 한 편의 명화를 감상하고 영화관을 나서는 듯한, 혹은 박물관이나 미술관이나 콘서트홀을 나서는 그런 기분이었다.

인생을 사는 우리는 누구나 난관을 경험한다. 그러나 그 난관을 대하는 태도는 사람마다 다 다르다. 많은 사람들은 좌절하거나 원망을 하거나 혹은 증오를 한다. 그런 것이 과연 답이 될까? 최 사장님은 그 자신의 현재 모습으로써 우리에게 그 답을 말해주고 있었다.

　내가 거기서 다른 무엇도 아닌 '존경'이라는 단어를 떠올린 것은 그저 우연이나 과장이었을까? 그런 모습은 결코 쉽게 구경할 수 있는 게 아니었다. 지금 이 순간도 아마 그 사장님은 정성을 다해 머릿속에 맛을 그리면서 쌀을 씻고 있을 것이다. '가장 맛있는 밥'을 짓기 위해. 아니 어쩌면 최선의 자기와 최선의 식탁을 위해. 인생의 행복은 결국 맛있는 밥 한 끼에서 시작하는 것이었다. 그런 철학을 가르쳐준 최지명 사장님께 나는 깊이 감사하고 있다. 진정한 감명을 준 것은 내가 아니라 청중석에서 어설픈 나의 강연에 감명을 느껴주신 바로 그 사장님이었다.

장면 38 권세준 박사 이야기

  '북경의 추억'. 그런 것이 내 인생에서 이렇게 긴 그림자를
드리우게 될 줄은 몰랐다. 기껏 1년이었다. 그러나 그 시간은
참 농밀한 것이었다. 많은 사람들을 만났다. 그냥 스쳐가는
것이 아닌, 함께 웃고 즐기고 걱정하고 토론하고 … 그런 '관
계'라는 것이 있었다. 서울로 돌아온 지금, 아련하게 떠오르
는 얼굴들 중에 권세준 박사가 있다. 늘 점잖게 웃는 얼굴이
다. 그의 호칭을 박사라고 해야 할지, 교수라고 해야 할지, 사
장이라고 해야 할지, 집사라고 해야 할지, 좀 애매하다. 그 모
두이지만, 가장 적합한 것은 '아우'인 것 같다. 50대 초반 정
도로 보이는 그는 자주 나를 '꼭 큰형님 같다'고 했다. 나는
막내아들로 3대를 내려온 터라 낯선 그 말이 뭔가 참 듣기

좋았다.

북경에 도착하고 얼마 되지 않았을 때, 지인들 몇 단계, 특히 김주열 변호사의 소개로 그야말로 우연히 '북경 한인 실업가연대'라는 모임에 초대되어 교민 강연이라는 것을 하게 되었다. 청중은 대부분 현지에서 크고 작은 사업을 하는 사장님들이었다. 북경 시내의 한 호텔(Holyday Inn)에서 이루어진 그 강연은 당시 내가 북경대에서 연구하던 '노자와 하이데거, 그리고 예수'라는 주제였는데, 의외로 호응이 뜨거웠다. '흥미로웠다'며 많은 질의와 토론이 이어졌다. 그때 토론자의 한 사람으로 권세준 박사가 손을 들었다. 그의 질문은 평범의 수준을 벗어나 있었다. "거철들의 이런 파격적인 비교가 가능하려면 원천적으로 그 근저에 놓인 문제 자체의 공통성이라는 게 있어야 할 텐데, 콕 집어 그게 뭐라고 보십니까?" 하는 내용이었다. 나는 예전 하버드에서 배운 대로 "엑설런트 퀘스천"이라고 칭찬한 뒤, "인간의 능력과 노력을 초월하는 아프리오리한 문제 영역, 구체적으로는 아픔의 인식" 어쩌고 하는 장광설을 풀어놓았다.

뒤풀이에서 더 많은 철학적 토론이 이어졌다. 그는 전직 교수님이었다. 명문 북경대에서 박사를 하고 부산 모 대학의 교수를 지냈는데, 학교의 특명으로 출신지인 중국에 파견되어 국내 최초로 '한중 합작 대학'을 설립했고 오랜 기간 그 학장을 역임하며 안정 궤도에 올려놓은, 대단한 실력파였다.

그런데 이사장과 총장의 절대적인 신임이 길어지자 학내에
시기-질투 세력이 등장하고 견제에 들어갔다. '장기 해외 근
무는 지나친 특혜' 운운하는 말에 그는 귀국을 할 수밖에 없
었다. 귀국 후 적대 세력의 견제는 더욱 심해졌고 그는 대학
교수 사회에 깊은 환멸을 느꼈다. 그는 고민했지만 과감하게
교수직을 던지고 다시 중국으로 돌아왔다. 전공인 경영학을
살려 사업을 시작했다. 학자와 사업가, 완전히 다른 길이었
다. 어찌 불안이 없었겠는가. 그러나 그가 시작한 무역업은
제법 짭짤한 사업이었다. 그런데 막 이익이 나려고 할 무렵,
IMF 사태가 터졌다. 그는 원점에서 다시 시작해야만 했다.
그러나 그는 좌절하지 않았다. 이를 악물고 새로운 방향을 모
색했다. 다행히 IMF 사태는 오래가지 않았다. 한국의 저력을
중국에 있으면서 실감했다. 그는 막 일기 시작한 소위 '한류'
붐을 보면서 연예산업에 주목했다. 판권 사업으로 한국의 문
화 저작물들을 중국에 보급하기 시작했다. 그로서는 그게 애
국의 길이라는 확신이 있었고 따라서 보람도 컸다. 그가 중개
한 몇몇 작품들이 중국 TV 전파를 탔을 때는 정말 흐뭇했다.

그런데 고향의 부친이 잠시 북경을 다녀가셨다. 노총각인
아들을 걱정하시면서 "내년 내 생일날까지 장가를 가지 않으
면 부자의 인연을 끊겠다." 하고 폭탄선언을 하셨다. 우리나
라에서 가장 보수적인 소위 '선비의 고장'이 바로 그의 고향
이었다. 부친의 말씀은 곧 명령이나 다름없었다. 그는 다급해

졌다. 효도가 사업보다 우선이었다. 그때 필요한 서류를 떼러 학교에 갔다가 거기서 우연히 유학 후배인 진선미 양을 만났다. "하오쥬부젠(好久不见: 오랜만이네요)"에서 시작한 대화가 길어졌고 저녁까지 같이 먹게 됐다. (이런 걸 나는 '운명적 우연'이라고 부른다.) 다음 날도 연락을 했고 인연이었던지 만남이 이어졌다. 그녀와는 이야기가 잘 통했다. 무엇보다 심성이 고왔고 겸손한 인품이었다. 우수한 두뇌와 미모는 기본. 날씨 좋은 초가을 어느 날, 그는 용기를 내서 그녀에게 '백두산 투어'를 제안했다. 그녀도 "중국에 살면서 아직 백두산을 못 가봤었네…" 하면서 응해줬다. 그 '예스'에 그는 용기를 얻었다. 백두산 천지에서 그는 그녀에게 아버지의 엄명을 전하며 프러포즈를 했다. 그녀는 "아버지 때문인가요?" 하고 조심스러워했다. "아니요. 이건 아버지의 명이 아니라 인연의 명에 따르는 겁니다."라고 그는 너스레를 떨었다. 그녀는 웃었다. 그 웃음이 곧 대답이었다. 고향의 아버지에게 데려가 인사를 시켰더니 아버지는 입이 찢어지도록 좋아하셨다. 그는 효자였던 만큼 아내에게도 최선을 다했다. 아들도 태어났다. 이제 모든 행복이 그의 것이었다.

그런데… 모든 일이 순조롭기만 하다면 그건 인생이 아니다. 이른바 '사드 사태'가 발발하면서 한한령이 내려졌다. 한류 컨텐츠의 중국반입이 원천적으로 차단되었다. 또다시 위기가 닥쳐온 것이다. 그는 동분서주하고 고군분투했다. 새로운 죽의 장막…. 그러나 그는 굴하지 않고 한 가지 우회로를 찾았다. 친했던 북경대 후배 중에 막강한 파워를 가진 공산당 간부의 자제가 있었다. 호형호제하던 사이였다. 그의 명의로 현지회사를 차리고 그가 확보한 판권들을 회사 소유로 넘겼다. 그중 일부는 한한령에도 불구하고 국영 TV의 전파를 탔고 중국 어린이들에게 엄청난 인기를 끌기도 했다. 중국을 '아는' 그이기에 가능한 일이었다.

그는 아마도 지금 우리나라 최고의 중국 전문가 중 한 사람일 것이다. 엄청난 지식을 과시한다. 중국사회에 대한 경험적 지식뿐만이 아니다. 인문학, 사회과학, 자연과학, 예술분야까지 그는 모르는 게 없어 보인다. 진짜 '박사'다. 블록체인이나 4차 산업 전반에 대해서도 그는 뛰어난 일가견을 가지고 있다. 공자와 노자도 빠삭하다.

식견뿐만이 아니다. 그는 따뜻한 심성이 돋보이는 친구였다. 북조선이 이른바 '고난의 행군'을 하고 있을 때, 꽃제비들이 북경에도 많이 있었다고 했다. 그는 거기까지 흘러들어온 그 거지 아이들이 너무나 가슴 아파 얇은 유학생의 지갑을 탈탈 털어 한인식당으로 데려가 따뜻한 찌개를 먹인 적도 여러 번이었다. 그런 일들을 겪으면서 그는 통일에 대해 남다른 의지를 갖게 되었다. 처음 북경에 도착했을 때, 한동안 학내 기숙사에 거주했는데, 같은 기숙사에 북조선 유학생들도 제법 있었다. 처음의 경계가 조금 누그러지고 익숙해지자 그 친구들이 "남조선 동무, 이밥에 고깃국 있으니까 우리 방에 와서 같이 드시라요." 하며 초대도 했다. 가서 맛있게 먹고 고맙다는 인사도 했고 그들은 뭔가 뿌듯한 표정이었다. 대부분 고급간부의 자제들이었다. 그러나 얼마 후 '거리에 거지가 득시글거린다'는 남조선을 중국이 '선진국'으로 평가하는 현실을 목격하고는 더 이상 그런 초대를 안 하게 되었다. 반대로 그가 저들을 초대해 거하게 대접하기도 했다.

'나의 아우' 권세준 박사는 아직도 그 어둡고 긴 터널을 통과하는 중일 것이다. 그러나 나는 확신한다. 그는 또다시 길을 찾을 것이다. 그리고 언젠가 나에게 연락을 해올 것이다. "형님, 저 서울에 출장 왔습니다. 같이 맛있는 거 먹고 싶으니 시간 좀 내주시지요." 그런 날을 기다리는 즐거움이 하나 더 보태졌다. 나는 내 생애 내내 '북경의 추억'을 지우지 못할 것이다, 설령 나중에 기억의 풍화가 찾아온다 할지라도.

장면 39 링허핑 교수님 이야기

2019년 1년간 나는 북경대학에 외적교수로 머물렀다. 그것은 내 인생에서 크나큰 행운이었다. 귀국 직후 우한(武汉)에서 시작한 소위 코로나19가 전 세계로 걷잡을 수 없이 퍼지면서 공항조차 폐쇄되었던 점을 생각하면 1년을 온전히 채우고 아무 탈 없이 귀국한 것은 폐쇄 직전이었던 그 시점을 보더라도 기막힌 행운이 아닐 수 없었다. 한 달만 늦었어도 귀국 자체가 아예 쉽지 않았을 것이다. 생각하면 아찔한 일이다.

북경, 여행으로는 이미 몇 차례 다녀온 적이 있었지만 주민으로 살아보는 것은 처음이었다. 심지어 중국어도 제대로 모른 채 '가면 어떻게 되겠지' 하는 똥배짱으로 무작정 상경하듯이 떠난 일대 모험이었다. 공항에서는 일단 어설프나마 영어가 통했고, 출구에서는 지인인 유학생 조성무 군이 마중을 나와 계약된 아파트까지 택시를 탔으니 역시 별문제가 없었다. 박사과정생인 조 군은 현지인 수준의 중국어를 구사했고 그의 친절한 도움으로 주숙등기(외국인 등록), 은행계좌, 장보기, 인터넷, 휴대폰 등 모든 게 해결되어 생활은 완전히 궤도에 올랐다.

학교로 갔다. '이타후투(一塔湖图: 명소인 박아탑, 미명호, 도서관)'를 품은 북경대의 교정은 거의 고궁 같은 분위기로 너무나 아름다웠다. 때맞춰 꽃도 피기 시작했다. 나를 받아준 초청자는 장창위 교수로, 한국에 강연차 왔을 때 함께 식사도 하고 '한잔'도 하고 노래방도 갔던 사이라 감회가 남달랐다. 주객이 바뀐 지금, 동갑내기인 그는 여전히 격의 없고 친절했다. 젊은 학과장 우이룽 교수와 조교 린샨 양의 도움으로 연구비 신청과 신분증 수령까지 사무적인 일들은 일사천리로 처리되었다.

고즈넉한 전통식 철학계 연구동은 산사를 방불케 하는 멋진 분위기였는데, 거긴 교수들 전용공간이라 나는 다음 날부터 주로 '외국철학(서양철학)연구소'의 도서관에서 논문 작업을 했다. 사서인 왕옌리 선생도 영어가 능통하고 엄청 친절했다. 그녀를 통해 출입, 대출, 복사 등 모든 사용이 곧바로 자유로워졌다.

조금씩 안정이 된 며칠 후다. 장 교수가 미리 귀띔해준 대로 독일철학 전공의 링허핑(凌和平) 교수를 방문했다. 왕년의 스타 교수로 지금은 명예교수 신분이지만 아직 연구소 내에 자신의 연구실을 갖고 있었다. 학교의 대우가 남달라 보였다.

똑똑 노크를 하니 안에서 "칭진(请进: 들어오세요)" 하는 중후한 목소리가 들려왔다. 수북한 턱수염이 인상적인 노신사였다. 표정과 눈빛에서 인품이 느껴졌다. "니하오"부터 아는 중국어를 총동원해 자기소개와 인사를 나누었다. 그러나 거기까지. 깊은 대화는 불가능했다. 어쩔 도리 없다. 양해를 구하고 영어를 동원했다. 그런데 뜻밖에도 이 양반 입에서 독일어가 흘러나왔다. "장 교수에게 들으니 선생님은 독일철학 전공이고 독일에서도 연구하셨다던데, 괜찮다면 독어로 얘기할까요?" 독일어로 그렇게 말했다. 반가웠다. 독일철학이 전공인 나는 영어보다 독어가 약간 더 편한 편이다. 이 양반의 독일어는 발음도 문장도 수준급이었다.

많은 이야기를 나누었다. 내가 마음에 들었는지, 초면이지만 사적인 이야기도 들려줬다. 젊었을 적 독일에 살았을 때 이야기, 거기서 알았던 한국-일본 교수들 이야기, 어릴 적 고향 시안(西安: 옛 長安)에서의 일들, 그리고 심지어 민감한 국제관계에 대한 생각도 들려줬다.

근대 이후 영국과 미국 등 '서방'이 세계를 주도해왔지만 그 실력과 함께 아편전쟁 같은 저들의 잔인한 얼굴도 잊어서는 안 된다며, 영국에 의해 철저하게 파괴된 청 왕조의 별궁 원명원에 꼭 한번 가보라고 권하기도 했다. 중국과 한국은 공히 외세의 침략을 겪은 아픈 역사를 갖고 있지만 그 난관을 극복하고 오늘날 세계가 주목하는 발전을 이루어냈으니 함께 연대해서 새 시대를 주도했으면 좋겠다고 말하는 그는 영락없는 애국자이기도 했다. 그러면서 "이왕 오셨으니 중국의 자랑스러운 문화들을 많이 보고 가시죠."라는 당부도 잊지 않았다. "같이 가드리지는 못하지만 시간이 될 때, 이화원이나 대관원 그리고 시내의 '융허궁(雍和宮)'이라는 라마 사원도 꼭 한번 가보세요. 볼거리가 많습니다. 그 앞의 국자감거리도 좋고요." 하고 추천해줬다. 덕분에 거기도 가보게 됐다.

외철연구소의 그 도서관에 갈 때마다 나는 간헐적으로 그를 만났고 조금씩 정도 깊어갔다. 상해, 광주 등 지방에 있는 내 전공 분야의 거물들을 소개해주겠다고도 했는데, 여러 사정상 아쉽게도 1년 내내 북경을 벗어나지는 못했다.

그 후 그는 몇 차례 나를 시내의 음식점에 초대해 식사와 술을 대접해줬다. 매번 장소도 바뀌었고 매번 메뉴도 바뀌었고 매번 초대 손님들도 바뀌었다. 모두 나를 위한 배려였다. 자신의 제자를 포함해 대여섯 명의 다른 손님들이 항상 있었다. 그리고 그중에는 반드시 영어나 독어를 할 줄 아는 손님이 섞여 있었다. 역시 아직 중국어가 서툰 나를 위한 배려였다. 자기네끼리는 물론 중국어로 대화했다. 덕분에 나는 조금씩 중국어에도 익숙해져갔다. 간단한 것은 들리기도 하고 말할 수도 있게 됐다. 약간이지만 귀도 열리고 입도 열린 것이다. 물론 필담도 때로 동원했다.

한번은 취기에 이런 이야기도 들려줬다. 젊을 적 그가 독일 베를린에 유학하고 있을 때였다. 학교 앞 주점에서 우연히 묘령의 한 여학생을 알게 되었다. 몇 차례 대화와 만남 뒤, 그녀는 아직 독일어가 서툴렀던 그에게 독일어 선생이 되어주겠다고 자청했다. 대신에 중국어를 가르쳐달라고 했다. 솔깃한 제안이었다. 그렇게 만남이 거듭되면서 둘은 가까워졌다. 그녀는 예쁜 만큼 선량했고 총명했고 성격도 원만했다. 얼마 후 그녀는 이제 그냥 독일어 선생이 아니라, "당신이 독일에 있는 동안 여자친구(Freundin)가 되어줄게요."라고 제안을 수정했다. 둘은 함께 인근의 포츠담 등 명소들을 돌며 많은 길을 걸었다. 식사도 같이 했다. 어느새 둘 사이엔 사랑의 감정이 싹텄다. 그러나 마치 소설처럼 그 러브스토리는 기승전결의 '전'으로 급선회했다. 부친의 별세로 갑자기 귀국을 하게 된 것이다. 장남이었던 그는 집안을 책임져야 했다. 게다가 독일과 중국은 멀었다. 다시 만날 수 있을지도 불투명했다. "다시 오기는 쉽지 않다"며 귀국 소식을 전한 날 그녀는 밤새 눈이 퉁퉁 붓도록 울었다고 했다. 마치 저 《황태자의 첫사랑》에서 사랑하는 왕자 카를 하인리히를 떠나보내는 주점

여급 캐티처럼.

"너는 나를 위해서라도 꼭 행복해야 할 의무가 있다."라는 말을 남기고 그가 독일을 떠나던 날 그녀는 그에게 다가와 말없이 쪽지 한 장을 손에 쥐어 줬다. 비행기 안에서 그것을 읽어보았다. 한 편의 시가 손 글씨로 적혀 있었다.

"쑥스럽지만 읽어보시겠습니까? 우정의 기념입니다." 하며 링 교수는 주머니에서 스마트폰을 꺼내 뒤적이더니 사진 파일을 하나 열어 내게 내밀었다. 중국어로 잘 정서된 바로 그 시였다.

送给彼此想念的人

不求你深深记得我一辈子
只求你别忘记你的世界我来过
偌大的地球上能和你相遇是奇迹般的幸运
感谢上天给了我们
一次相识相知的缘分
即使某天这一段感情再也无法继续
相信你也会记得
曾经有一个人和你相依偎
因为你已是我今生
永远无法割舍的牵挂

如果你真的有想我

那我是幸福的

就算和你走不到天涯海角

我的心依然为你牵挂着

你一定要记得

你的世界我曾经来过 爱过

一份好的感情或友谊

不是追逐而是相吸

不是就缠而是随意

不是游戏而是珍惜

可以朝夕相处也可以久而不见

走过的路脚会记得

而爱过的人心会记得

서로 그리운 사람에게

당신께 바라지 않을게요, 한평생 나를 깊이 기억해달라고

당신께 다만 바랄게요, 잊지 말아달라고, 당신의 세계에 내

가 왔었다는 걸

크나큰 지구상에서 당신과 만날 수 있었던 건 기적 같은

행운

감사해요, 하늘이 우리에게 주었다는 걸

한 차례 우리 서로 알게 된 인연을

설사 어느 날 이 일단의 감정이 더 이상 지속될 수 없대도
믿어요, 당신도 기억하리라고
일찍이 한 사람이 있어 당신과 서로 기댔다는 걸
왜냐면 당신은 이미 내 이번 생의
영원히 지울 수 없는 흔적이니까요
만일 당신이 나를 잊지 않으신다면
그걸로 난 행복해요
설령 당신과 하늘 끝 바다 끝까진 못 갈지라도
내 마음은 한결같이 당신을 생각할 거예요
당신 꼭 기억해야 해요
당신 세계에 내가 일찍이 왔었고 사랑했었다는 걸
한 자락 좋은 감정 혹은 우의
쫓아감이 아니라 서로 끌어줌
얽매임이 아니라 자유롭게 함
유희가 아니라 소중하게 여김
우리의 모습이었지요
아침저녁 함께 지낼 수도 있고 또한 오래도록 못 볼 수도
있지만
걸었던 길은 다리가 기억할 수 있고
그리고 사랑했던 사람은 마음이 기억할 수 있지요

그는 비행기에서 이 시를 읽으며 속으로 울었다고 했다.

그는 중국에 돌아왔고 혼자 남은 모친의 기대대로 결혼을 했고, 아내에 대한 의리로 두 번 다시 독일의 그녀를 찾지 않았다. 세월과 현실은 그 두 사람에게 재회를 허락하지 않았지만, 그것은 너무나 아름답고 가슴 아린 청춘 시절의 기념으로 남게 되었다고 그는 아련한 눈빛으로 말했다.

나는 감동했다. "아름답네요." "아름답죠?" 그와 나는 조용히 마주 보며 서로 웃었다. 우리가 확실히 친구가 되는 순간이었다.

공산주의 중국에도 인간이 살고 그들은 우리와 똑같이 사랑을 한다. 그리고 우정을 나눈다. 너무나 당연한 진리를 나는 그를 통해 다시 한 번 확인했다.

귀국을 앞둔 어느 날 그는 작별 인사차 찾아간 나에게 책을 한 아름 선물해줬다. 노자, 하이데거 등 그의 손때가 묻은 책들이었다. 이따금 서울의 내 서가에 자리 잡은 그것들을 볼 때마다 나는 희미한 옛 추억의 그림자처럼 그 양반 링 교수를 떠올린다. 그가 있어 아름다운 북경이 조금 더 아름다웠다.

장면 40 미윤이네 이야기

 '띠로릭', 북경에서 쓰다 가져온 중국 폰이 울렸다. 웨이신
(微信: 위챗) 메시지다. '오우, 미윤이구나', 반가운 마음에
얼른 열어보았다. "쟈오쇼우 예예(敎授爺爺: 교수 할아버지),
저 R대 합격했어요. 추카해주세요^^" '할아버지'라는 표현이
좀 거시기했지만, 흐뭇한 미소가 만면에 번졌다.
 미윤이는 김정환 사장의 딸내미다. 고3이었는데 이젠 예비
대학생이 된 것이다. "꽁시꽁시, 니 타이신쿨라(恭喜恭喜,
你太辛苦了: 추카추카, 너 정말 수고 많았다)." 곧바로 답신
을 보냈다. 지난 1년간 북경에서의 여러 장면들이 일순 한꺼
번에 겹쳐서 떠올랐다.

김정환 사장은 북경 한인교회에서 만나 친해진 집사님이
다. 점잖은 인품이 몸에 밴 독실한 교인이었다. 나는 공식적
으로 세례를 받은 크리스천은 아니지만, 1년 내내 착실하게
교회를 다녔다. 도쿄에서 유학하고 있을 때는 도쿄 중앙교회
를 다녔고, 하이델베르크와 프라이부르크에서 연구년을 보냈
을 때는 현지 성당을 다녔고, 보스턴에서 연구년을 보냈을 때
는 케임브리지 한인교회를 다녔다. 성경에 기록된 예수 그리
스도의 말씀들을 가치 중의 가치, 철학 중의 철학으로 인정하
는 터라 교회에 못 나갈 이유가 없다. 신학적으로는 소위 '교
회의 세속화'가 논란이 되지만, 그래도 험악한 세상과 견주어
보면 교회엔 상대적으로 선량한 사람들이 실제로 많다. 김 집
사님도 그런 분 중의 하나였다. 나이는 나보다 한참 아래지만
동향이라 특별히 더 친근감이 느껴지기도 했다.

　　도착은 2월, 아직 추운 겨울이었지만 곧 매화와 함께 따뜻
한 봄이 북경에도 찾아들고 교회 식구들은 날을 잡아 근교의
향산(香山)으로 야유회를 갔다. 북경에서 교외 산행이라…,
생각지도 않은 호사였다. 산길을 걸으며, 기분 좋게 땀을 흘
리며 이런저런 이야기를 나누었다. 그날 뒤풀이까지 하며 김
집사로부터 개인사도 좀 듣게 되었다.

　　그는 서울에서 대학을 마치고 북경으로 유학을 왔다. 경영
학이 전공이었지만 처음부터 학자보단 '사업'을 염두에 두었
었다. 그런데 유학이라는 게 그렇다. 젊은 청춘이라 공부 이

314

외에도 예기치 않은 일들이 일어난다. 연애를 하게 된 것이다. 상대는 뤄양(洛阳)이 고향인 왕샤오춘, 중국 한족이었다. 공부와 연애를 병행하는 것은 크게 어려운 일은 아니었다. 그러나 그들은 한때의 연애로 끝날 사이가 아니었다. 돌아서면 보고 싶어질 만큼 뜨거웠다. "하오샹니(好想你: 보고 싶다)"라는 말을 서로서로 얼마나 많이 주고받았는지 모른다. 진지하게 결혼을 생각했다. 국제결혼이다. 걱정이 안 될 수 없었다. 한국의 부모님은 다행히 "너를 믿으니까 너만 좋다면…" 하고 의외로 쉽게 허락하셨지만, 보수적이라는 그녀의 부모님이 걱정이었다. 작정을 하고 뤄양의 어른들을 찾아뵈었다. 살면서 그렇게 긴장한 적은 없었다고 김 집사는 그 이야기를 하면서 쑥스럽게 웃었다. 그쪽 부친이 근엄한 얼굴로 물었다. "만일 내가 허락을 안 하면 어쩔 텐가?" 그는 엉겁결에 이렇게 대답했다. "한 일주일만 이 댁에서 지내게 해주십시오. 저를 좋아하지 않을 수 없으실 겁니다." 그 말을 듣고 그 부친이 웃음을 터트렸다. "하오! 그 패기가 좋다. 결혼해라. 단, 내 딸을 울리는 일이 있으면 용서하지 않겠다." "저 사람이 저를 울리는 일이 있을지는 몰라도 제가 저 사람을 울리는 일은 없을 겁니다. 더 사랑하는 제가 약자니까요." 또 한바탕 웃음이 터졌다. 그렇게 그들은 결혼했다. 결혼 후 그는 한국과 중국을 오가며 무역업을 시작했다.

결혼 2년 후 딸이 태어났다. 그게 미윤이었다. 미윤이는 자청 왕소군의 후손이라는 엄마를 닮았는지, 이목구비가 또렷한 미인형이었다. 눈빛이 초롱초롱한 게 여간 똑똑한 아이가 아니었다. 고3 때까지 성적은 항상 전교 최상위권이라 선생님은 칭화·베이다(청화대, 북경대: 중국의 양대 명문대)를 도전해보라고 권했다. 공부만 잘하는 게 아니었다. 노래가 완전 가수급이었다.

교회가 우리의 거주지인 류다오코우(六道口)에서 상당히 멀어 셔틀버스를 이용했는데, 매번 미윤이 엄마가 버스 안에서 동네 반장 역할을 했다. 어느 날 옆자리에 앉은 미윤이가 일본 애니메이션 '토토로'의 주제가를 콧노래로 부르기에 "그 영화 좋아하니?" 하고 물어보았더니, "네, 완전 좋아해요." 하고 흥분을 하는 것이었다. 내가 일본 이야기를 하며 좀 아는 체를 했더니 "할아버지 일본어 할 줄 아세요? 저 이 노래 너무 좋아하는데 일본어로는 할 줄 몰라요. 배우고 싶은데 가르쳐주실 수 있으세요?" 하고 눈을 동그랗게 떴다. "원한다면 가르쳐줄 수도 있지." 그렇게 해서 매주 그 버스 안에서 애니메이션 주제가들을 일본어로 가르쳐줬다. 미윤이는 어릴 때부터 중국에서 학교를 다닌 탓인지 한국어가 좀 어눌했고 나는 아직 중국어가 서툴렀다. (미윤이는 중국어가 모국어이다 보니 그것은 완벽했다.) "영어는 좀 하니?" 했더니, "Yes, no problem!" 하는 대답이 즉각 되돌아왔다. 정말 똑똑한 아이였다. 영어와 서툰 중국어와 단편적인 한국어로 일본어 교습이 이루어졌다. 교회에 도착하면 "아, 벌써…" 하고 미윤이는 아쉬워하며 버스에서 내리곤 했다. 하루는 버스를 타니 미리 타고 있던 미윤이가 회심의 미소를 띠며 "이거 들어보실래요?" 하며 폰에서 노래를 하나 재생했다. 바로 그 토토로였다. 유튜브 녹음인 줄 알았는데 자세히 들어보니 그 목소리가 바로 미윤이었다. 깜짝 놀랐다. 노래도 발음도 완벽했다. "일본 가수가 부르는 줄 알았다." 하고 칭찬해줬더니 "찐더마(정말요)?" 하며 너무너무 좋아했다. 엄마인 왕 집사도 "우리 미윤이가 노래를 좀 잘하긴 해요." 하며 웃었다.

그렇게 몇 달이 훌쩍 지나갔고 내가 가르쳐준 노래도 몇 개로 늘어났다. 그때그때 직접 불러 녹음한 노래도 들려주었다. 정말 놀라운 아이였다.

그런데 어느 날부터인가 미윤이도 그 엄마 왕 집사도 아빠 김 집사도 버스를 타지 않았다. 친하게 지내는 장로님께 물어보았더니 아빠 김 집사가 사업 일로 서울에 갔다가 갑자기 뇌졸중으로 쓰러져 입원을 했다는 것이다. 인생에서는 곧잘 그렇게 거짓말 같은 일들이 실제로 일어난다. 엄마도 서울로 날아갔고, 얼마 후 간병에 지친 엄마를 좀 쉬게 해야 한다고 미윤이도 서울로 날아갔다. '고3인데…' 좀 걱정이 되었다. 병원에서 이따금 미윤이가 메시지를 보내왔다. 아빠 병실에서 공부도 계속하고 있고 아빠도 조금씩 회복이 되고 있다는 반가운 소식이었다. 엄마는 자기가 아빠를 너무 들볶아 대서 저렇게 된 거라고 자책을 많이 한다는 이야기도 덧붙였다. 그러나 원경에서 보이는 그 세 사람의 모습은 '사랑'으로 끈끈하게 엮여 있었다.

 몇 달 후 김 집사로부터 직접 웨이신이 왔다. 덕분에 퇴원을 했고 다시 업무에 복귀했다는 소식이었다. 그러고 나서 얼마 후 미윤이로부터 저 소식을 받은 것이다. 칭화-베이다는 아쉽게 놓쳤지만 R대학도 알아주는 명문대학이다. 요즘도 미윤이는 '췐민K꺼(全民K歌)'라는 앱에 자주 노래를 올리고 있다. 그리고 웨이신의 '펑요우췐(朋友圈)'에 사진과 함께 스토리도 올린다. 그 아이의 노래는 일취월장이다. 대학생활도 엄청 재미있는 모양이다. 이 '교수 할아버지'를 아직도 기억하고 있는지 모르겠다. 김 집사의 사업이 날로 번창해서 저 다문화 가족이 언제까지나 행복하기를 나는 기도하고 있다.

이수정 李洙正

일본 도쿄대 대학원 인문과학연구과 철학전문과정 수사 및 박사과정을 수료하고 하이데거 연구로 문학박사 학위를 취득했다. 한국하이데거학회 회장, 국립 창원대 인문과학연구소장·인문대학장·대학원장, 일본 도쿄대 연구원, 규슈대 강사, 독일 하이델베르크대·프라이부르크대 객원교수, 미국 하버드대 방문학자 및 한인연구자협회 회장, 중국 베이징대·베이징사범대 외적교수 등을 역임했다. 월간《순수문학》을 통해 시인으로 등단했고 현재 창원대 철학과 명예교수로 활동중이다.

저서로는 *Vom Räzel des Begriffs*(공저), 《言語と現実》(공저), 《하이데거 — 그의 생애와 사상》(공저), 《하이데거 — 그의 물음들을 묻는다》, 《본연의 현상학》, 《인생론 카페》, 《진리 갤러리》, 《인생의 구조》, 《사물 속에서 철학 찾기》, 《공자의 가치들》, 《생각의 산책》, 《편지로 쓴 철학사 I·II》, 《시로 쓴 철학사》, 《알고 보니 문학도 철학이었다》, 《국가의 품격》, 《하이데거 — '존재'와 '시간'》, 《노자는 이렇게 말했다》, 《예수는 이렇게 말했다》, 《부처는 이렇게 말했다》, 《시대의 풍경》, 《철학세계 일주》 등이 있고, 시집으로는 《향기의 인연》, 《푸른 시간들》이 있으며, 번역서로는 《현상학의 흐름》, 《해석학의 흐름》, 《근대성의 구조》, 《일본근대철학사》, 《레비나스와 사랑의 현상학》, 《사랑과 거짓말》, 《헤세 그림시집》, 《릴케 그림시집》, 《하이네 그림시집》, 《중국한시 그림시집 I·II》, 《와카·하이쿠·센류 그림시집》 등이 있다.

sjlee@cwnu.ac.kr

소설로 쓴 인생론

1판 1쇄 인쇄	2022년 3월 5일
1판 1쇄 발행	2022년 3월 10일
지은이	이 수 정
발행인	전 춘 호
발행처	철학과현실사
출판등록	1987년 12월 15일 제300-1987-36호

서울시 종로구 대학로 12길 31
전화번호 579-5908
팩시밀리 572-2830

ISBN 978-89-7775-857-5   03810
값 16,000원